時代小説

深川駕籠

山本一力

祥伝社文庫

目次

本書関連地図

神田川
両国橋
竪川
大川
横川
浜町
新大橋
小名木川
高橋
海辺
大工町
北新堀町
御船手番所
仙台堀
深川佐賀町
豊海橋
三ノ橋
永代橋
大川端折町
深川黒江町
富岡八幡宮
永代門前仲町
入谷鬼子母神
千住
谷中村
全杉村
三之輪
雑司が谷
護国寺
坂本村
今戸
浅草寺
本所
上大島町
深川
高輪

北
西
東
南
御城
日本橋
京橋
弾正橋
東湊町
本八丁堀
高橋
尾張町
芝口橋
御成街道
増上寺

装画　原田維夫
装幀　かとうみつひこ

菱あられ

一

入谷鬼子母神《いりやきしもじん》の境内《けいだい》で、左義長《さぎちょう》（どんど焼き）が盛大に燃え上がっていた。

火事を恐れる幕府は、市中の焚《た》き火《び》を厳しく取り締まった。しかし一月十五日の左義長は、松飾りを燃やす町行事だ。近所の住人が大きな輪を作って焚き火を囲んでいた。

火のわきには水の入った四斗樽《だる》三個と、大きめの手桶が七つ重ねられている。二尺（約六十センチ）の鳶口《とびぐち》を握った刺子半纏《さしこばんてん》姿の男が、火の番に立っていた。

「かしら、駕籠《かご》だ」

通りを見ていた男が鳶の辰蔵《たつぞう》に話しかけた。

「ちげえねえ。源次《げんじ》、ここに呼んできな」

火の番が駆け出した。五尺三寸（約百六十一センチ）の源次は、刺子を着ていても動きが素早い。駕籠の前に回り込んで押し止めた。

「雑司《ぞうし》が谷《や》まで、かっ飛ばなきゃならねえ客がいるんだ」

源次が引き止めたのは、竹の骨に薄縁《うすべり》をかぶせた四つ手駕籠だった。竹柱は飴《あめ》色に変わっていたが、薄縁は青畳のように真新しい。

「深川《ふかがわ》の帰り駕籠だ。ほかをあたってくれ」

愛想のない答えが後棒《あとぼう》から返ってきた。駕籠舁《か》きはふたりとも、六尺はありそうな大男だった。長柄《ながえ》は樫《かし》の二寸角一本棒。乱暴に担《かつ》いでも、びくともしないような拵《こしら》えだった。

「ここには流しの駕籠はめったに来ねえし、いなかの手代が難儀してんだ。話だけでも聞いてやってくんねえな」

難儀をしていると聞いて、前棒《まえぼう》が向きを変えた。源次と後棒とが並ぶ形になった。

「聞くだけだぜ」

後棒は源次より七寸も高かった。駕籠舁きを見上げるのが腹立たしいのか、源次はさっさと境内に向かった。

「おっ、いい駕籠じゃねえか」

辰蔵が源次の後ろに目を走らせた。

「あの図体なら早駆けしそうだ。八ツ（午後二時）には楽に間に合うぜ」

しょげていた手代が、ふうっと肩の力を抜いた。

「呼び止めてわるかったが、おれは町内鳶の辰蔵だ」

駕籠舁きに話しかける辰蔵は、太い朱《しゅ》色の筋が入った役半纏を着ていた。唇は分厚く首は太くて短い。顔には幾つも火傷痕《やけどあと》が散らばっていた。

「なめえを知らねえと話がやりにくい。おれはいまも言ったが辰蔵だ、すまねえがおめえさんたちもおせえてくれねえか」

「おれは新太郎《しんたろう》、前棒は尚平《しょうへい》だ」

「ありがとよ。これでも食いねえな」

辰蔵があられを渡した。

「このにいさんからの戴《いただ》きもんだ」

尖《とが》ったあられは、滅法《めっぽう》固そうだった。

「歯が欠けそうだが、嚙んでると米の甘味がじんわり広がるぜ。あられは、かてえのが値打ちだそうだ」

誉《ほ》められた手代が口元をゆるめた。

ガリガリ音を立てて、あられを頰張《ほおば》る新太郎と尚平は、周《まわ》りから肩先が飛び出すほどに大柄だった。しかも真冬に、ひとえの紺木綿《こんもめん》と身体に巻いたさらしだけ。端折《はしょ》った木綿の裾《すそ》からは、真っ白なふんどしが見えていた。

新太郎の月代《さかやき》は青々としている。日がな一日、おもてを走り回る駕籠舁きとも思えない色白な顔のなかで、濃い眉と大きな黒目が際《きわ》立っていた。

尚平は、肌の黒さが尻の白ふんどしを引き立てていた。潮焼《しおや》けした漁師のような身体つきだが、月代には剃刀《かみそり》も当てられており、髷《まげ》もきれいに結《ゆ》われていた。

「雑司が谷の鬼子母神まで、この手代さんを乗せてやってくんねえ。なんでも八ツに向こうでひとが待ってるてえんだ」

手代がわずかに頭を下げた。厚手の袖合羽《そでがっぱ》を着込み、右手に風呂敷包みを提《さ》げている。濃紺の袖合羽は、ところどころが泥で茶色く汚れていた。

「草加《そうか》の米とあられ問屋、常盤屋《ときわや》の手代で清吉《せいきち》と申します。千住《せんじゅ》の大木戸《おおきど》で誂《あつら》えました駕籠が、高い酒手《さかて》をせびったうえに、入谷と雑司が谷を取り違えました。八ツまでには何としても着けていただかないと」

「待ちねえ。いきなり言われても、新太郎さんたちにはわけが分からねえだろう」

辰蔵が新太郎を正面に捉《とら》えた。

「清吉さんとわけのあるおしのてえひとが、去年の暮れに飛脚《ひきゃく》仕立ての文《ふみ》を寄越したそうだ。お店《たな》づとめの奉公人が飛脚を頼むぐれえだ、八ツの用は善《よ》く善くのことだろう」

言葉の区切りで新太郎が辰蔵に近寄った。

「わるいがかしら、知らねえ男の身の上話なんざ聞きたくもねえ」

辰蔵の目が尖った。が、すぐに元に戻した。

「手間はかけねえよ」

尚平の目配せで新太郎が口を閉じた。辰蔵が話に戻った。

「明け六ッ（午前六時）に草加を発《た》った清吉さんは、四ッ（午前十時）には千住に着いたが、江戸は初めてだ。鬼子母神がどこだか分からねえ。仕方なしに飛び込んだのが、大木戸の駕籠宿だったてえわけよ」

千住の大木戸駕籠と聞いて、新太郎の両手がこぶしになった。

「ところが連中は鬼子母神を取り違えてここに着けた。そのうえ真っ黒な駕籠の後棒は、二分《ぶ》も酒手をふんだくったそうだ」

辰蔵がキセルに煙草《たばこ》を詰め始めた。源次が燃えている木っ端《こば》を辰蔵に差し出した。

「駕籠が出てったあと、清吉さんが泣きそうなつらで寄ってきた。鬼子母神みやげのすすきみみずく売ってる店はどこだてえんだが、言われたみんなが顔を見合わせた」

「…………」

「おめえさんらの仲間をわるく言うようだが、後棒は緋縮緬《ひぢりめん》の派手なふんどし締めた食えねえやつだったそうだ」

吸い終わった煙草がキセルから吹き飛ばされて、新しいのが詰められた。新太郎を見る辰蔵の目が強くなった。

「可哀相なのが清吉さんよ。寒空のなかを散々に揺られて、やっと着いたら場所違いだ。

そのうえ途方もねえ酒手をむしられて、藪入《やぶい》りの小遣《こづか》いもあらかた消えちまった。そんな難儀話を聞かされてたところに、おめえさんたちが通りかかったてえわけだ」

辰蔵が吹き飛ばした二服目が、新太郎の足元に飛んだ。

「どうでえ、新太郎さん……南鐐《なんりょう》一枚（六百二十五文）てえことで、清吉さんを運んでくれりゃ恩に着るぜ」

煙の立つ刻み煙草を新太郎がわらじで踏みつけた。

「若い衆にも言ったが、深川にけえる駕籠だ。役には立てねえ」

焚き火がバチバチッと爆《は》ぜた。

二

辰蔵の太い首に血筋が浮かび上がった。

「けえり駕籠だというのは分かったが、草加の手代さんが難儀を抱えてるんだ。ちっとは男気《おとこぎ》を見せてみねえな。もとはと言えば、おめえさんらの仲間がしでかしたことだぜ」

新太郎と尚平が苦笑《にがわら》いを交《か》わした。

バチバチバチッ……。

また大きな爆ぜる音が立ち、火の粉が舞い上がった。だれかが板切れを放り込んだのだ。新太郎の顔色が動いた。

「火に乱暴をするな。火の粉が境内の杉枝に飛んだら、ただじゃあ済まねえ」

「おれは町内鳶だと言ったはずだ」

辰蔵が首の血筋をさらに膨《ふく》らませた。

「深川ではどうだか知らねえが、ここの火の用心は駕籠舁きじゃねえ、鳶の役回りだ」

辰蔵の嫌味《いやみ》で周りに嘲笑《あざわら》いが起きた。が、新太郎は火の粉から目を放さなかった。ねずみ色の空が朝方よりも低くなっている。風も出てきた。辰蔵が火に近寄った。

「左義長はここまでだ」

「そんな……まだずいぶん焚き残しが転がってるよ」

「これから餅《もち》を焼くとこだしさあ」

方々から声があがった。辰蔵は取り合わず、片付けろと源次に目配せをした。

「やっと思い出した。おれはその駕籠舁きを知ってるぜ」

火の向こう側で、職人髷の男が甲高《かんだか》い声をあげた。源次たちの動きが止まった。

「うちの町内の木兵衛《きへえ》さんを、毎月十五日に深川から乗せてくる連中さ。ふたりともやたら背がたけえんだ、間違いねえ」

周りの目が職人に集まった。

「そいつらに頼んでも無駄だよ。目方の軽い年寄りを運ぶのに、深川から歩き通しで来る駕籠だ。雑司が谷まで駆けられっこねえ」

「ほんとうかい？」

わきの男がたずねると、職人は胸を大きく反《そ》り返らせた。

「でけえ図体は見かけだけかよ」

ぺっと唾《つば》を吐き捨てると、男は職人を連れて焚き火から離れた。それを潮にひとの輪が崩れ始めた。

風が強くなり、炎の先が揺れている。鳶の若い衆たちが焚き火に水をかけ、境内の玉砂《たまじゃ》利《り》をかぶせた。火が消えたときには、ひともすでに散っていた。

好き放題に言われても、尚平は黙って空を見詰めていた。漁場の漁師が空模様を見るのとおなじ目付きだった。

「歩く駕籠なんてえものがあるとは、いまのいままで知らなかったぜ」

辰蔵が頬の火傷痕を、キセルでポンポンッと叩いた。

「源次、おもてで駕籠を一挺《ちょう》つかまえろ」

「がってんで」

「見てくれだけのはいらねえ」

山門へ駆け出そうとした源次の腕を、新太郎が摑《つか》まえた。

「なにしやがんでえ」

「尚平、雑司が谷に行くぜ」

「ああ……清吉さんも支度《したく》するだ」

「ばか言うんじゃねえ」

辰蔵が怒鳴《どな》り声をあげた。源次も摑まれた腕を振りほどくと、腰を落として身構えた。

「てめえが気を変えるのは勝手だが、おれは清吉さんに八ツには間に合うと請け負った。歩きの駕籠なんざ願い下げだ」

「おれも乗せてえわけじゃねえ」

新太郎が軽く蹴った玉砂利が、焚き火の燃え跡《あと》に飛び込んだ。

「入谷ではどうだか知らねえが」

口調を真似された辰蔵が舌打ちをした。

「富岡八幡宮《とみおかはちまんぐう》の神輿《みこし》を担ぐ男は、言われっぱなしにはしねえんだ。雑司が谷までは三里（約十二キロ）の見当だ、八ツにはきっちり間に合わせるぜ」

「着かなかったらどうする」

「おれは着ける、とそう言ったんだ」

「分からねえ野郎だな。大口叩いて、遅れたときには、どう落とし前をつけるんだ」

互いにひかない。ふたりが睨《にら》み合うわきで源次《じ》が焦れていた。

「新太郎、そんときは髷を切れ」

尚平が重たい口を開いて、とんでもないことを言い放った。

ひとたび髷を切り落とすと、生《は》えそろうまでには四月《よつき》はかかる。武家には命を取られたも同然の不面目《ふめんぼく》だ。

町人でも見栄《みえ》っ張りな連中は、なによりも髷の手入れを大事にする。三人の男が目を見開いて尚平を見た。

「切る羽目《はめ》になるわけねえだ」

相肩《あいかた》を見詰めていた新太郎が、大きな伸びをしてから辰蔵に向き直った。

「聞いた通りだ。八ツをしくじったら、おれの髷をすっぱりやってくれ」

「おれのもだ」

尚平の声が重なった。ことの成り行きに怯《おび》えた清吉は、提げた風呂敷を細かに震《ふる》わせていた。

「そこまで言われちゃあ引っ込めねえ。おれも入谷の辰蔵だ、もしも八ツに間に合ったら、五両……いや、十両の祝儀《しゅうぎ》を出そうじゃねえか。だがよう、着かねえときには、待ったなしで髷をもらうぜ」

「おれの髷が十両とは、ずいぶん安く見てくれたぜ」

「たかが駕籠舁きが、でけえ口をきくんじゃねえ」

新太郎を見上げて源次が毒づいた。

「てめえの髷に十両の値がつきゃあ御《おん》の字《じ》じゃねえか。どこが安いんでえ」

息巻く源次の肩を辰蔵が押さえつけた。

「幾らなら釣り合うと言いてえんだ」

「銭はいらねえ」

「なんだと」

今度は辰蔵が目を尖らせた。

「あんたがてめえで屋根に登り、纏《まとい》を振って詫《わ》びを入れてくれ」

「てめえ、どこまでふざけた口を……」

源次が殴りかかろうとした。が、新太郎も尚平も平然とした顔を変えず、身構えもしない。辰蔵が源次をわきに引き戻した。

風がさらに強くなっている。足元の玉砂利をざざっと踏みつけたあと、辰蔵は大きな息を吐き出した。

「清吉さん、妙な具合になったが聞いての通りだ。だがよう、案ずるこたあねえ」

源次の腕を摑むと自分のわきに引き寄せた。

「雑司が谷まで源次をつけるぜ。こいつは四貫《かん》（約十五キロ）纏を抱えて二里を走るやつだ。駕籠がくたばったら、先に鬼子母神まで走って、おしのさんに待っててもらう」

清吉は言葉も出せずに突っ立っていた。

三

「根津権現《ねづごんげん》から行こう」

枯れ枝を拾った新太郎は、玉砂利をどけて地べたに道筋を描き始めた。

「なかが突っ切れりゃあいいが、今日は小正月だ。大回りして、駒込追分《こまごめおいわけ》まで一気に登るぜ」

「分かった。権現わきで肩を替えるだ」

尚平も小枝を手にすると、新太郎の描いた根津権現のわきに丸印をつけた。

「追分から蓮華寺広小路《れんげじひろこうじ》に入る。あすこもきつい登りだが、それも松平《まつだいら》様のお屋敷あたりまでだ。そこを過ぎりゃあ、護国寺《ごこくじ》までは道が広くて走りやすい」

「新太郎、護国寺の手前がきつい下り坂だ」

「分かってる」

「雪が降り出したら厄介《やっかい》だ」

新太郎が空を見た。雲がさらに低くなっていた。

「八ツまでは持たねえ。いつ雪足袋《たび》に履《は》き替えるかは、おれにまかせろ」

「足袋を持って出てねえだ」

「屋根裏の骨におれが吊るしたよ」

駕籠に近寄った尚平が足袋を確かめた。

十歩ほど離れたところで、辰蔵がふたりの様子を見詰めていた。初めはキセルをもてあそびながら、見下したような目をしていた。が、新太郎と尚平のやり取りが進むうちに、目付きが変わってきた。

尚平が雪足袋を確かめたところで、辰蔵は常夜灯のわきに源次を呼び寄せた。

「気に入らねえやつらだが、おめえも気を抜くんじゃねえよ」

「気を抜くなって……あいつら、歩きの駕籠ですぜ」

「おめえは見たのか?」

言われた源次が口ごもった。

「あいつら、道のりを確かめ合ってるが素人《しろうと》じゃねえ。いいか、嘗《な》めるなよ」

源次は渋々うなずいた。

「前棒が言ってたとおり、護国寺の富士見《ふじみ》坂は晴れでもきついとこだ。ひとっ走り宿にけえって、おめえも替えの足袋を用意しな」

「…………」

「駕籠がもたついたら、構わねえから雑司が谷まで行っちまえ」

「分かりやした。それじゃあ……」

走りかけた源次を辰蔵が呼び止めた。

「これを帯に挟《はさ》んで持ってきな。走りながらでも食えるだろう」

あられの残りだった。湿らないように油紙に包まれている。

「いただきやす」

源次は刺子半纏とあられとを手に持ったまま駆け出した。指図《さしず》を終えた辰蔵は、寺男と庫裏《くり》に入って行った。

源次が戻ってきたときも、新太郎はまだ尚平と確かめ合いを続けていた。道筋の絵図が敷石のあたりまで延びている。息を整えながら源次が呆《あき》れ顔を見せた。

纏持ちの源次は、日ごろから仲間の鳶と、火消しの手順を念入りに確かめ合っていた。しかし半鐘《はんしよう》が鳴れば、手順よりも飛び出すのが先だった。

新太郎の目に入る場所に立った源次は、煽《あお》り立てるように足踏みを始めた。新太郎は気にも留めず、辻ごとの道順をなぞっていた。

上野《うえの》の森から九ツ（正午）の鐘が流れてきた。八ツまであと一刻《いつとき》（二時間）しかない。

清吉は駕籠のわきで顔を歪《ゆが》めて焦れていた。

「鷹番《たかばん》屋敷の裏からはゆるい上りだが、法明寺《ほうみようじ》までは一本道だ」

「そこまで行けば、けやき並木まで八町（約八百七十メートル）もねえだ」

「こんな空模様じゃあ、参道もさほどに人は出ちゃあいねえ。本堂裏の店までは、わけなく走れる」

締めくくった新太郎は、道筋をあたまから念入りに確かめ直し、清吉のそばに戻ってきた。

「半端《はんぱ》じゃなく揺れるし寒いぜ」

「千住から乗ったんです。それぐらいの心得はできていますから」

早く出せと言わんばかりに、手代が口を尖らせた。

「合羽の襟元《えりもと》をしっかり合わせて、長柄の手拭《てぬぐ》いを放すんじゃねえよ」

言い置いた新太郎は、尚平と連れ立って手水舎《てみずや》で口をすすいだ。鉢巻きを手水《ちょうず》で濡らし、きりっと細く締め直す。縁起かつぎなのか、髷にも手水をつけた。

駕籠に戻ると、清吉がすでに座っていた。

尚平、新太郎の順に肩が入る。清吉の座った四つ手が一尺五寸持ち上がった。

「しっかりついて来い」

初めて新太郎が、源次とまともに目を合わせた。尚平が息杖《いきづえ》を突き立てた。長柄を担ぐ肩が大きく盛り上がった。新太郎がぐいっと押し出す。色白な顔が朱色に変わり、右足が思いっきり玉砂利を踏みつけた。

ぐらりと揺れて、駕籠が飛び出した。清吉は長柄に吊るされた手拭いを、右手でしっかり握っていた。

四

駕籠が出たあとも源次は動かなかった。

百姓《ひやくしよう》馬との駆け比べで馬を負かしたのが売りの源次は、新太郎たちの速さを見切ったと思ったからだった。

去年の夏、源次はおなじ裏店《うらだな》に住む駕籠舁きから、駆け比べを挑まれた。

「纏抱えて走るのが自慢らしいが、担ぎ駆けはこっちが玄人《くろうと》だ」

酒臭い息で売られて、その場で買った。

勝負の場所は三之輪《みのわ》の原っぱに決まった。空き地の雑草を刈り込み、一町の真っすぐな走り道が造られた。

鳶仲間が右側、駕籠舁きたちが左を取り囲んだ真ん中を太鼓《たいこ》の合図で駆け出した。

身体ひとつの差もつかない走りだった。が、一町の端を目前にしたとき、駕籠舁きが身体ごと源次にぶつかってきた。思いも寄らない相手の仕掛けで、源次は右に弾《はじ》き飛ばされた。鳶たちの血相が変わった。

「なんてことしやがんでえ」

「駕籠のわきをチョロチョロ走るやつは、弾かれて当たりめえよ」

立会人の町名主《まちなぬし》は、源次の負けと裁いた。

「あいつは汚ねえ手を使いやがったんだ。みんなも見てただろうがよ」

仲間たちは、とりあえずうなずいた。しかし相手がどうであれ、あっけなく弾かれたのは鳶の名折れだと陰で笑った。

秋祭りの余興で、源次は百姓馬に走り勝って汚名は濯《そそ》いだ。しかし駕籠舁き連中とは、二度とまともな口をきかないできた。

そんな源次の前に、新太郎たちがあらわれた。しかもかしらを相手に髷を賭けてきた。なにがあっても立会人役をしくじれない源次は、身なりを思いっきり軽くこしらえた。素肌に茶縦縞《たてじま》の木綿一枚、これは新太郎たちとおなじだった。その縞木綿を尻端《ぱし》折《ょ》りにして、さらにたすきがけだ。帯には足袋が一足挟まっている。足元には薄手の組半纏と、あられを包んだ油紙が置かれていた。

手足をぶらぶらと振り、目一杯の伸びをくれてから、首をぐるぐる回した。身体をほぐし、気合を充《み》たしたところで山門を出た。

そこで源次が立ち止まった。一膳飯屋から出てきた二人連れから、目が動かなかった。赤ふんどしと黒い駕籠は、見間違えようがなかったからだ。

男のひとりは千住大木戸駕籠の後棒を担ぐ寅《とら》だった。背丈は五尺一寸（約百五十五センチ）と小さいが、胸板は分厚く、右肩はこぶで大きく盛り上がっている。雪が降りそうな寒さなのに、ひたいは脂《あぶら》光りしていた。

「ご機嫌がよさそうじゃねえか」

見知らぬ男に無愛想な声をかけられた寅は、険《けわ》しい目で相手を見た。ところが源次の鳶半纏を見て表情を変えた。

町駕といざこざを起こすと、そこの町内が走りにくくなる。わきを抜き去る駕籠には仕返しをする寅だが、町駕には下手《したて》に出た。若い衆相手でも、かしらと呼んだ。

「ええなりだが、どこかが燃えてんのかい、かしら」

「おれはかしらじゃねえ」

小ばかにしたような口調の寅に、源次が怒鳴り返した。

「てめえっちが鬼子母神ちげえをしやがるから、深川の間抜けな駕籠を呼び込んじまった。おかげで雑司が谷まで、おれがついてく羽目になったのよ」

深川と聞いて寅が真顔《まがお》に戻った。

「面倒かけたのは、どんな駕籠なんで」

「聞いてどうするよ。でえいちてめえら、途方もねえ酒手をふんだくっただろうが」

「…………」

「ひとの町内で勝手をしといて、面倒かけたのはどんな駕籠もねえもんだ。厄介事のもとはおめえらじゃねえか」

「待ってくれ、あにい」

近寄ってくる寅の酒臭い息をかいで、源次が顔を背《そむ》けた。

「やあ、かしら」

「あの客は、鬼子母神に早く着けろとしか言わなかったんだ。千住で鬼子母神と言われりゃあ、たいがいは入谷に連れてくるさ」

寅の前棒がうなずいた。

「あにいが雑司が谷まで行くんですかい……だったらちょっと待ってくんねえ」

さらしに挟んだ巾着《きんちゃく》から、寅が一分金一枚を取り出した。

「済まねえがこれを、手代にけえしてやってくんなせえ……ところでこいつは余計なお世話だろうが、なんでまた、わざわざあにいが」

一分金を仕舞ってから、源次が駕籠舁きに目を合わせた。

「深川のふたりは大男だが、うちのかしらは走りっぷりを案じなすったのよ。途中であごを出すようなら、おれが雑司が谷まで言伝《ことづて》を運ぶ段取りだ」

「言伝って、あの手代の？」

源次がうなずくのを見た寅は、さらに身体を近づけた。

「あにいのかしらは、なんでそこまで手代に肩入れされるんで……あいつは、まるっきりの他人じゃねえんですかい」

「もうちょいと離れてくんねえ。酒臭くってたまんねえや」

寅が素直に身体をひいた。

「左義長をかこんだ町内の連中が、わいわいやってたさなかだ、難儀を抱えたいなか者を邪険《じゃけん》にはできねえ」

「そりゃあそうだ」

「行きがかりで助けたのよ。そのうえ駕籠の野郎が、八ツまでに着かねえときには髷をすっぱ《す》り落とすと、かしらに啖呵《たんか》を切りやがった。おれはそれの見届人よ」

寅の目が、ねずみに飛び掛かる猫の目のように鋭くなった。

「それじゃあすまねえが、手代に一分をけえしてやってくだせえ」

寅は前棒を追い立てて駕籠を出した。

駕籠が見えなくなると、源次は油紙をくるみ込んだ半纏を腰に巻きつけた。大きな息を吸い込み、速い足踏みを繰り返してから駆け出した。

粉雪が山門に舞い始めた。

五

源次は金杉村《かなすぎ》を駆けていた。雲は分厚いが、このあたりは雪はまだだった。鉛色《なまり》の空に寛永寺《かんえいじ》の濃い森が溶け込んでいる。

村の坂を登り切ると風が強くなった。こどもたちの奴凧《やっこだこ》が、風に煽られてぐいぐい昇って行く。凍《い》てついた風だが、源次には心地良かった。

谷中《やなか》村の下り坂を過ぎたら、周りが賑《にぎ》やかになった。寛永寺の門前町が始まったのだ。今日が小正月で明日が藪入り。行き交うひとの動きも弾んでいた。

「ごめんよ、ごめんよ」

尻を端折って駆ける源次の声に、人込みが割れた。腰までの風呂敷を背負った扇箱《おうぎばこ》買いが、慌《あわ》てて飛び退《の》いた。

天眼寺《てんげんじ》の先で、御腰物《おこしもの》奉行の組屋敷町に入った。高い白壁が両側をさえぎり、人通りが急に途絶えた。向かい風も消えて源次の足が速くなった。しかし五町（約五百五十メートル）も走ると、ふたたびひとが増え始めた。尚平が肩を替えると言った、根津権現門前町に差し掛かったのだ。

寒空を厭《いと》わず、ひとが出ていた。声をあげても前が空《あ》かない。それでも源次は足をゆるめなかった。後ろから突き当たられた職人が、大声で悪態をついた。源次は人込みを散らして走り過ぎていた。

入谷を出る前、源次はここの門前町までには追いつける、と胸算用していた。ところが人出が凄《すご》くて駕籠が見えない。

「なかが走れないから大回りする……」

突然、新太郎の言ったことを思い出した。あのときは聞き流していた。門前町を避けて大回りするには、根津権現別当院《べっとういん》の角を西に戻り、さらに千駄木《せんだぎ》下町へと走ることになるのだ。

先を急ぐ駕籠が、そんな回り道をするとは考えてもみなかった。参道の人込みに往生《おうじょう》した源次は、胸のうちで新太郎の先読みに舌打ちをした。門前町のなかほどを過ぎても、まだ減らない。両手でひとを掻《か》き分けながら駆けた。五尺少々の源次は、人波に呑まれて遠くが見えない。果てしなく続く参詣客に、げんなりしながら駆け続けた。

やっとの思いで門前町を抜けたときには、ふんどしまで汗で濡れていた。腰に巻いた半纏がわずらわしい。ほどいた半纏で汗を拭い、ぐるぐる絞りにして腰に巻き直した。邪魔な油紙の包みは、足袋と一緒に腰の帯に挟んだ。

水戸《みと》中納言《ちゅうなごん》屋敷わきで雪になった。さらさらした粉雪だが、一気に舞い始めた。駒込追分から中山道《なかせんどう》に入ったころには、うっすらと雪がかぶさり始めていた。小正月の賑わいは町なかだけで、街道の人影はまばらだった。

薄く積った雪が、源次の足をからめとろうとする。折り合いをつけて巧《たく》みに駆けた。

が、駒込片町《かたまち》の角で加減を誤り、尻から転んだ。痛みで源次の眉間《みけん》に深いしわが刻まれた。帯に挟んだあられが、背骨の窪《くぼ》みに突き当たったのだ。

清吉が自慢していた固いあられは、源次の背中に押されても崩れていない。腹立ちまぎれに叩き捨てようとしたが、かしらからもらったものだと思い直した。

蓮華寺に向けて延びる上り坂は、雪を嫌ってひとが通っていない。白い道が、源次を拒《こば》むように延びていた。

起き上がった源次は、炭屋の軒下《のきした》でわらじを脱いだ。底が真っ白になるほど雪が詰まっている。ぶつけあって底を払った。腰の半纏をほどき、汗と雪とでびしょ濡れになった顔を拭った。両足の指先を揉《も》みほぐし、足袋に履き替えた。

履き物を替えたら気分も替わった。わらじと油紙を帯に挟み、蓮華寺坂も勢いをつけて登り切った。

松平駿河守《するがのかみ》の屋敷わきを駆け抜け、小石川《こいしかわ》村に入ると、道が平らになった。走る左手は一面の畑。その奥には松平播磨守《はりまのかみ》と松平大学頭《だいがくのかみ》の広大な屋敷が連なっている。平らで走りやすくはなったが、風に押された雪がまともにぶつかってきた。

真っすぐな一本道はざっと八町。目を凝《こ》らしても、駕籠は見えない。ここまで来ても捉えられないことに、源次は焦《あせ》りを覚えた。しかも新太郎たちは、源次よりも半里は遠回りしている勘定だ。

「いいか、嘗めるなよ」

かしらの言葉が思い出された。

そのとき……。

畑の一本道にかぶさった雪に、強く踏みしめた足跡が見えた。

紫色に変わった源次の唇がゆるみ、足運びの勢いが増した。

六

小石川村の辻を西に曲がると、眺めが狭くなった。道の両側を松平大学頭屋敷が挟み、高さ一丈《じょう》（約三メートル）の白塀が塞《ふさ》ぎ立っていたからだ。道も周りも白一色で明るくなった。壁が風も防いでくれる。源次の足が軽やかになった。

人通りが絶えている。幅二丈もある広い道の真ん中に、真っすぐな足跡が続いていた。歩幅に、いささかの乱れもない。雪に残された足跡が、新太郎たちの走りの確かさを描き出していた。

大塚仲町《おおつかなかまち》を過ぎて坂を三つ上り下りしたら、富士見坂の上に出た。わずか三町（約三百三十メートル）で十丈も落ち込む急坂だ。源次は足を止めた。

坂の右手は護国寺の広大な伽藍《がらん》と森、左には音羽町《おとわちょう》門前町の家並が見えた。粉雪が舞い始めてすでに半刻《はんとき》（一時間）、商家の屋根が白黒の市松《いちまつ》模様を描いている。見惚《ほ》れるほどの眺めだが、白く急な下り坂は奈落《ならく》につながる一本道に見えた。

右下に目を戻した源次に朱がさした。

富士見坂右手には護国寺の白塀が連なっている。その塀際に新太郎たちの駕籠が見えた。雪の急坂を確かな足取りで下っている。

源次は深い息を吸い込んで調子を整えた。ゆるんだたすきを締め直し、足袋の裏も確かめた。仕上げに腰に巻いた半纏をぎゅっと絞り、坂に一歩を踏み出した。

「どけ、どけ、どきゃあがれっ」

左わきを一挺の駕籠が走り抜けた。真っ黒な薄縁《うすべり》、赤い長柄を担ぐ赤ふんどし。白い坂道で異様に目立つ駕籠が、千住の連中だとすぐに分かった。

寅が力まかせに押す空《から》駕籠は、すぐに深川駕籠に追いついた。充分な道幅のある富士見坂なのに、寅は新太郎のわきを掠《かす》めるようにして前に出た。振り返って深川駕籠の後棒を確かめた寅は、並び掛けると、いきなり右に幅寄せした。

雪道に気を払って押していた新太郎は、躱《かわ》すに躱せず塀際に押された。駕籠の天井が、ザザザッと護国寺の白壁を引っ掻いた。

将軍家祈禱《きとう》寺を傷つける駕籠にたまげて、参拝客が飛び退《の》いた。寅が幅寄せを繰り返す。新太郎は壁から離れようとして、左に押し返した。しかし勢いに乗った寅に分がある。四つ手駕籠の薄縁が、べりっと千切《ちぎ》れ飛んだ。

真っ青な顔で手拭いを握る清吉が剝《む》き出しになった。客の怯え顔を見た寅が、さらに調子付いた。梶棒《かじぼう》を抱え込み、身体ごと新太郎にぶつかった。揺さぶられた清吉が、手拭いを放しそうになった。

新太郎が坂の途中で肩を替えた。駕籠が斜《かたむ》き、清吉が駕籠から食《は》み出した。尚平が肩を替えて駕籠を戻した。すかさず新太郎が息杖で寅の足を掬《すく》った。

急坂を走る寅の身体が崩れ、駕籠ごと横滑《よこすべ》りに引っくり返った。転がる勢いが止まらず、坂を登ってきた野菜の担ぎ売りを巻き込んだ。

天秤《てんびん》棒を担いだまま、棒手振《ぼてふり》が転んだ。白菜と大根が飛び散った。起き上がった野菜売りが寅に飛びかかろうとした。が、雪に足を取られてふたたび転んだ。

素早く駕籠を担ぎ直した寅と前棒は、棒手振に詫びも言わず新太郎を追った。

「そうか……」

源次から短い声が漏れた。千住の大木戸駕籠と聞いて、両手をこぶしにした新太郎の様子を思い出したのだ。新太郎が髷を賭けたことを知った寅が、目に鋭い光を宿したさまも合わせて思い返された。

「見ねえ、あの駕籠を……まだ追ってるぜ」

源次のわきで見ていた職人連れが、寅たちを追い始めた。棒手振も荷を転がしたまま、寅を追っている。富士見坂が大騒ぎになった。

野次馬と化した参拝客の先に出ないと、始終を見届けることができない。源次は足を速めた。

新太郎は、すでに山門前の石段に差し掛かっていた。空駕籠で追いかける寅は、あっという間に追いついた。前棒の尚平がすぐさま応じた。梶棒を左に切り、右をあけた。石段の端には雪が積り始めている。そこに誘い込もうとしているように見えた。

寅は誘いに乗らず、新太郎の真後ろに付けた。登りは軽い空駕籠に分がある。先を登る新太郎の背中に、寅の押し出す梶棒がぶつかった。新太郎の足が鈍《にぶ》った。

「てめえ、汚ねえぞ」

野次馬から怒声が飛んだ。しかし寅は構わず、二度、三度と突きを繰り返した。

登り切るまで、あと九段。後棒の遅れを感じ取ったのか、尚平は足元を確かめながら長柄を肩に押し付けた。軽くなった新太郎は、一気に駕籠を押し出した。はずみで右足が外に膨らみすぎて、積った雪で足が滑った。ガクッと駕籠が崩れた。上りの石段で前の見えない寅は、構わず駕籠を押し出した。千住の前棒は寅を抑《おさ》え切れない。新太郎のあたまに梶棒がぶつかりそうになった。

「あぶねえ」

息を詰めて見ていた職人が、源次のわきで怒鳴り声をあげた。

尚平が素早く踏ん張った。思いっきり右に振って寅の突きを躱すと、新太郎もろとも残りの三段を引き上げた。野次馬連中が声をそろえて尚平の腕力に喝采《かっさい》した。

登り切った先は、護国寺の広い参道だ。二挺の駕籠が並んで駆けても道幅は充分にある。小正月の人出が踏みつけた道は、雪が消されて走りも楽だ。足がもつれ気味の新太郎を、寅があっと言う間に抜き去った。

一気に抜き去られるのが一番の恥だと、源次は長屋の駕籠舁きから聞かされていた。

あっけねえケリの着け方だぜ……。

ところが終わってはいなかった。仁王《におう》門わきで、千住の駕籠が足を止めて待っていた。

法明寺鬼子母神は、護国寺領地を右に曲がり、田んぼ道を西に走った先だ。角を曲がると、また道が狭くなっていた。新太郎たちを遣《や》り過ごしてから、寅があとについた。

千住駕籠のしつこさと狡《ずる》さに、源次は呆れた。しかし深川駕籠は、追手《おって》など相手にしないかのように、おなじ調子で駆けていた。

ひとの途絶えた細道に、粉雪が舞っている。

「はあん」

「ほう」

聞こえるのは、駕籠舁き四人の掛け声だけだった。

七

田畑の真ん中を分ける細い一本道が始まった。水田も稲の切り株も雪で白くなっていた。

寅の駕籠は、新太郎から五間《けん》（約九メートル）後ろを走っている。源次も五間あけて寅に付いた。

振り返りっぱなしの清吉が、大声で新太郎たちに叫んでいる。道がじわじわと上り気味になった。護国寺から先の道を駆けるのは、源次には初めてだった。左手奥の鷹番屋敷から放たれた鷹が、駕籠の真上で輪を描いた。

「屋敷裏からはゆるい上りの一本道で、けやき並木まで八町……」

新太郎たちの言葉を思い出した。坂上に見えている鷹番屋敷までおよそ二町、と源次は見当をつけた。

屋敷からの八町を加えても、都合《つごう》十町で鬼子母神だ。いまの走りが変わらなければ、八ツには間に合ってしまうかも知れない。着いたら辰蔵の負けだ。かしらが駕籠舁きに詫びを入れる姿など、源次は見たくもなかった。

しかしその片方で、ひたすら走る新太郎たちに肩入れする気持ちが次第に膨らんでいた。

相肩のために髷が賭けられるか……。

走りながら、なんども自分に問い掛けた。答えは分からなかった。

上りがわずかにきつくなった。源次は調子を変えていないが、千住駕籠との間が一間ほど詰まってきた。

深川の駕籠が遅くなっていた。源次はわきに出て新太郎を見た。踏み出す足が上がっていない。地べたを擦《す》るような足運びだった。

千住の後棒は力強い踏み込みだが、前に出る気はなさそうだった。

駕籠の前棒は走り道を見定める。

押し加減で、駕籠の速さを決めるのが後棒の役目だ。後棒に勢いがないと、駕籠は立ちどころに遅くなる。

充分に足を残して、逃げる獲物が力尽きると一気に襲い掛かるつもりだ……源次は寅が見せた目の光をまた思い出していた。

入谷からここまで駆けるうちに、源次は新太郎たちを何度か見直していた。

遠回りを承知のうえで、根津権現の参道を避けて走ったこと。

松平屋敷の道で見た、真っすぐな足跡。新太郎たちの気性と生き方が、雪にくっきり描かれているように思えた。

そして富士見坂で突っかけられたあとの、ふたりの呼吸。石段で見せた前棒の働き。野次馬は力持ちだと囃《はや》したが、源次は相肩を気遣う尚平の気持ちだと感じていた。

懸命に追って、源次は富士見坂で追いついた。自分で雪道を走ってみて、新太郎たちの足がどれほど達者かよく分かった。

その新太郎の足が落ちている。長柄をぶつけられた痛みが足を奪っている、と源次は察した。なんとかふたりを助けたい……この思いが喉元《のどもと》までせ《す》りあがってきた。

しかし源次は立会人だ。千住の連中に手出しはできない。なにより新太郎たちに手を貸すのは、辰蔵に弓を引くことになる。

あれこれ思い巡らしているとき、急に駕籠との間が開いてきた。

道から雪が消えていた。鷹番屋敷の下男たちが、雪を掃《は》き捨てたのだ。新太郎が肩を上下に揺らしながら、目一杯に足を上げている。荒い息が聞こえてくるようだった。

新太郎が追い込みをかけ始めたことで、寅の押し方が変わった。跳ね上げる太股《ふともも》が、肘《ひじ》にくっつくほどの勢いだ。足につれて尻が揺れる。緋縮緬のふんどしが、獲物をいたぶるまむしの舌の色に見えた。

じわっ、じわっと千住駕籠が間合いを詰めた。前棒の吐く息が新太郎の背中にかかるほどに迫ったところで、寅が追い上げを止めた。

新太郎の喘《あえ》ぎが源次にまで聞こえた。それでも新太郎は調子を落とさない。が、足がすでに一杯なのは、はっきり分かった。

寅は新太郎をもてあそぶつもりらしく、抜き去る気配を見せなかった。

「このカス野郎っ！」

源次は声に出して吐き捨てた。しかし怒りが沸き立っても、どうにもできない。道がわずかに右に曲がった。前方に、わめき続ける清吉の真っ青な顔が見えた。

手代を見て源次の表情が動いた。走りながら腰に手を回し、帯に挟んだあられの油紙を摑んだ。乱暴に破り開き、両手一杯にあられを握る。からの包みが風に舞った。

大きく息を吸い込んでから、源次は一気に駆けた。すぐさま千住駕籠の先に出た。前棒の足元に狙《ねら》いすませて、両手のあられを振りまいた。

「ぎゃあああ……」

前棒が腰から崩れ落ちた。勢いで押す寅が、駕籠ごと相肩に乗り上げる。寅に圧《の》しかかられて、竹の骨がベキッと折れた。

さらに前に出た源次は、新太郎に並んだ。

「先に行ってるぜ」

一声投げて駕籠を抜き去った。

残り四町、まだ鐘は鳴らない。このまま着いたら辰蔵の負けだ。たったいま源次は、立会人の掟《おきて》破りをやった。が、悔《く》いはなかった。

鷹番屋敷を過ぎると、また両側に畑が広がってきた。道にも雪が戻ってきた。足元を取られないように、源次は駆け方を加減した。

左の畑の奥に、ぽつんと一軒、農家が見えた。藁葺《わらぶ》きの母屋《おもや》と納屋《なや》とが軒を連ねている。その納屋の屋根から煙が出ていた。白と黒とが混じり合った煙が、屋根の方々から昇っている。小止《こや》みなく降る粉雪越しにも、煙の勢いが見てとれた。

火事だっ！

息があがるほどに源次が駆け出した。

八

「この梁《はり》を引き倒せば屋根が落とせる。とっつあんは綱か縄をめっけてくれ」

源次に言われて、農家の親爺《おやじ》が母屋に飛び込んだ。納屋と母屋との間には、二間幅の路地がある。源次は路地に張り出した差掛け屋根を落とせば、母屋への飛び火が防げると読み取った。

「納屋はあきらめろ」

戻ってきた親爺が、白髪《しらが》あたまをぺこぺこ下げて、手にした縄を差し出した。

「五丈の縄が二本だがよう」

「それだけありゃあ充分だ」

ところが縄を手にした源次の顔が曇った。

「この太さじゃあ持たねえ。ほかにねえか」

「これっきりだ」

「しゃあねえ、水瓶《みずがめ》はどこだ」

「母屋を入った左奥が流しだで」

源次はすぐさま母屋に飛び込み、縄をたっぷり水に浸《つ》けて戻ってきた。

「屋根の横骨になってる陸梁《ろくばり》がめえるか」

「丸太のことけえ」

「そいつに縄を回して、ううを切れ」

「ううってなんだなや」

「縄の結び方だ……いいや、おれのやる通りに真似をしてくれ」

雪の湿り気を帯びた藁屋根が、ぶすぶす音を立て始めた。納屋で暴れ回る火が、軒下から吹き出してきた。強い風が煽《あお》ると、二間の路地などひとまたぎにしそうだった。

濡れた縄の親（根元）を左手でしっかり握った源次は、尻手（先端）を梁に放り投げた。慣れた手つきの源次に投げられた縄は、くるっと梁に回り込んで垂れ下がった。

「おれとおなじに縄を回せ」

言われた親爺も縄を投げた。ところが勢いが足らず、届かないまま落ちてきた。繰り返し投げるが、何度やっても届かない。

「おれにかしな」

汗と雪にまみれた新太郎が立っていた。

火を見た鳶は、なにをおいても火消しに走る。立会人の役目が半端になっても、辰蔵は許してくれるだろう。しかし駕籠は別だ。火消しを助《す》けて遅れても、いいわけにはならない。いまにも鐘が鳴りそうだった。

「おめえ、駕籠はどうするんでえ」

「火消しが先だ。梁を落とすんだな」

新太郎は源次とおなじ目の光を帯びている。源次が大きくうなずいた。

「縄は五丈だ。六尺さがって、ううを切れ」

「分かった」

何を指図されたかを、新太郎は分かっているようだった。

素早く梁に縄を回した新太郎は、源次と一緒に六尺さがった。納屋の火が背中に伝わってくる。雪は降り続いているが、火を消す勢いはない。

縄の親を右手に持ち替えた新太郎は、くるりと小さな輪を作った。その輪に尻手を通し、さらに輪の根元をひと回りさせてから、尻手を二つ折りにして輪に通した。源次も縄に同じ細工《さいく》をした。

「せいっ、のうで引くぜ」

源次の掛け声で、ふたりが息を合わせて引っ張った。作られた結び目がぐいっと締まり、梁に回された縄がピーンと張った。どれだけ強く引いても、結び目は結んだところから動かず、縄が張ったままだ。

「せいっ、のうっ、おらあっ」

源次の縄を尚平も引いた。たっぷり水を吸い込んだ縄は、男たちが強く引いても切れない。三度目の気合声で、丸太の梁が引き剝《は》がされた。新太郎と源次が結び目の尻手を強く引くと、あれだけ締まっていた結びが、するっとほどけた。差掛け屋根が落ちて、路地の幅が四間まで広がった。

「あんた素人じゃねえな」

新太郎は答えず、次の指図をたずねた。

風向きを読んだ源次は、炎の動きに先回りして、燃えそうなものを剝がせと言った。大柄な新太郎は、壁の高いところも難なく剝がせる。源次は新太郎が残した低い壁板を破っていった。

水瓶に井戸水を汲《く》み入れ、火事場に運ぶのは尚平が受け持った。三斗の瓶を前抱きにする尚平に、源次は心底からおどろいた。

火が回り切った納屋は、燃えるにまかせるしかなかった。が、母屋への飛び火は防ぎ止めた。

尚平のさらしが、瓶の汚れで茶色の染《し》みを作っていた。水を浴びて背中に張りついた新太郎の木綿から、不動明王《ふどうみょうおう》の彫物が透《す》けて見えた。源次の目が見開かれた。

「あんた、臥煙《がえん》かよ」

「古い話だ」

新太郎がゆるんだ帯を締め直した。

最初のジャンで飛び起きて、だれより早く火事場に駆けつけるのが臥煙だ。真冬でも白地の木綿一枚にさらしだけ。薄い木綿越しの彫物を見ると、やくざも道を譲った。

深川の臥煙だったのか……。

命よりも男の見栄を大事にする臥煙が髷を賭けた。源次の心ノ臓が破裂しそうになった。

「もう火は消えたでしょうに」

清吉の苦々しげな声で、源次の昂《たか》ぶりが一気に醒《さ》めた。

「おれが駕籠の先に立って、ひとをどけて走りやしょう」

源次の言葉遣いが変わっていた。清吉は膨れっ面《つら》で駕籠に戻った。

「ひとりもんの百姓だで、なんもねえがよう。大根、好きなだけ持ってけや。あんちゃん、遠慮すんなって」

両腕に大根を抱えた農家の親爺に、いらないからと手を振った源次は、新太郎たちを駕籠に追い立てた。

「走りやすぜ」

源次が先に駆け出した。駕籠が続く。幾らも走らないうちに、八ツの鐘が鳴り出した。

九

すすきみみずくの店は、お茶屋の隣りに構えていた。三里を走り抜いた駕籠が、店のわきで長柄をおろした。

「おしのさんらしいひとは来てねえよ」

先に飛び込んで様子を聞き出した源次が、半纏で汗を拭いながら清吉に伝えた。

「そんな……ほかにお店はありませんので?」

「ここ一軒だと言われたぜ」

「てまえがじかに聞いて参ります」

血相を変えた清吉は、風呂敷を提げて店に飛び込んだ。

「礼も言わねえで、なんてえやつだ」

源次が吐き捨てた。

「草加からええ思いで出てきたんだ。そこまで気が回らねえさ」

「新太郎さんたちは髷まで賭けて走ったんじゃねえか。なにをおいても礼が先でさあ」

「それは違うぜ」

新太郎の声が厳しくなっていた。

「礼なら相手に会えたあとだ。髷がどうのこうのは、あの手代にはかかわりがねえ」

「…………」

「あいつはひとに会うために駕籠を誂《あつら》えた。もしも会えねえときには、なにをされても文句は言えねえ」

源次が口を閉じた。ほどなくして、肩を落とした清吉が店から出てきた。

「雪のなかで、そこの石垣のあたりに立っていたひとがいたそうです。年格好は少し違いますが、こんな雪の日に人待ちしていたのは、おしのに決まっています」

清吉がきつい目を新太郎に向けた。

「あなたが火消しなんかしなければ、もっと早くに来られたんです。八ッには着けると請け負いながら、ひどいじゃないですか」

溜《た》まっていた不満を一気に吐き出した。

我を忘れて、駕籠舁きに食ってかかるほどに清吉は取り乱していた。

四人の髷に雪が積もっている。

「遅れたと言っても、わずかなもんだ」

源次が清吉の悪口《あっこう》をたしなめた。

「見ねえ、ここを。どこにも下駄《げた》の跡がついてねえ。ひとなんざ、待っちゃいねえ」

「待ちな」

源次の口を新太郎がさえぎった。

「済まねえことをした。これからおしのさんのお店《たな》まで、おめえさんを連れてかせてくれ。あんたが言ってた音羽町ならすぐ手前だ」

新太郎の出方に清吉が面食《めんく》らった。その清吉の肩を尚平が突っついた。

「あのひとでねえか」

黒柄の番傘《ばんがさ》をさした娘が、急ぎ足で歩いてきた。木賊《とくさ》色の道行《みちゆき》を羽織り、左手には鳶色の風呂敷を抱えている。

四人の男を見て足が止まった。が、清吉を見つけて小さな口元がほころんだ。清吉が駆け寄った。

「ごめんなさい。お店は早くに出たのですが、雪道が歩きづらくて……ずいぶん遅れてしまいました」

残りの三人を気にしながら、おしのが小声で話している。向かい合った清吉は、すっかり笑顔に変わっていた。

長柄に肩を入れた新太郎と尚平が駕籠を出した。けやき並木のあたりで、源次が並びかけてきた。

「あんな手代には、もったいねえ娘だ……あっ、駕籠賃をもらってねえでしょう。ひとっ走り戻って、おれが取ってきやしょうか」

新太郎にきつい睨みをもらった源次は、にやりと笑って一分金を取り出した。

「千住野郎に、半金《はんきん》けえしてもらいやした」

尚平が駕籠を止めた。

「新太郎さんたちとどんなわけがあるのか知りやせんが、千住の連中が差し出したカネだ。これならいいでしょう」

「尚平、南鐐を一枚だしてくれ」

受け取った一分金の釣銭として、源次に南鐐銀一枚を手渡した。南鐐二朱銀は二枚で一分、辰蔵から請け負った通りの駕籠賃だ。

「この稼ぎで髪結い代にはなった」

「待ってくれ、新太郎さん」

源次が慌てて口を挟んだ。

「たしかに八ツには遅れたが、手代の相手も遅れてきたんだ。賭けは勝ち負けなしってことにしやしょうや」

言った源次が、新太郎の目を見て息を呑み込んだ。

「勝ち負けを決めるのは辰蔵さんだ。おめえが口出しできるほど軽くはねえ」

出過ぎた口だったと思い知った源次が、粉雪のなかでしょげ返った。尚平が新太郎の肩をポンッと叩いた。新太郎が尚平を見返し、ふうっと大きな息を吐き出した。

「おめえさんが助《す》けてくれたと、手代が言ってた。礼を言わせてもらうぜ」

新太郎の目付きが柔らかくなっている。尚平もおなじ目で源次を見ていた。

「すまねえが手代に釣銭をけえしてやってくれ。ゆるゆる先に行ってるが、つるんでけえろうじゃねえか」

新太郎が長柄に肩を入れた。尚平が軽く息杖を突き立てて、駕籠が動いた。

後ろ姿に軽くあたまを下げた源次は、すすきみみずくの店に駆け出した。

ありの足音

一

駕籠舁《か》きの新太郎と尚平が暮らすのは、深川黒江町《くろえちょう》の裏長屋、木兵衛店《きへえだな》だ。三軒連《つら》なった長屋が四棟並んでおり、二棟目と三棟目の前に井戸がある。

深川の井戸は塩気が強く、飲み水は水売りから買った。この数日雨続きで水売り舟が出てこない。長屋の路地には、大小様々な鍋やどんぶりが雨水受けに並んでいた。

新太郎たちは井戸を目の前に見る三棟目の真ん中、八畳ひと間に土間つきの部屋である。

木戸に近い左の角部屋は仕立職人親子、右隣りは八卦見《はっけみ》だった。

木兵衛店の軒《のき》は、他の長屋よりも五寸（約十五センチ）は長く張り出している。それゆえどの家も、なかに仕舞えないものを重ね置いた。新太郎たちの軒下には、六尺（約百八十センチ）の樫《かし》一本棒が通された四つ手駕籠が立て掛けられていた。

「なんだい、おまえたちは。もう五ツ（午前八時）だてえのに、まだ寝てるのかい」

家主《いえぬし》の木兵衛が断わりも言わずに入ってきた。

「さっさと起きて、あたしのところに顔を出してくれ」

「今日は十五日じゃねえ、まだ十日だぜ」

新太郎が口を尖《とが》らせた。

毎月十五日には、木兵衛を駕籠で別宅のある入谷まで送り届けるのが定《き》めだ。文銭《もんぜに》がぎっしり詰まった銭箱と一緒に、駆けずに歩き通しで入谷までだ。十五日はふたりにとって厄日《やくび》だが、まだ五日先である。

「よんどころないことで、おまえたちに頼みたいてえ客がいるんだ。ぐずぐず言ってないで、うちまで来るんだ」

言うだけ言うと木兵衛は出て行った。

木兵衛店に暮らし始めてすでに一年余り。新太郎は月七百文の店賃《たなちん》と駕籠株（辻駕籠営業の免許）の賦代《ふだい》を、日を違《たが》えずに払っている。盆暮れには永代《えいたい》寺仲見世《じなかみせ》で求めた、木兵衛好物の揚げまんじゅうを付け届けた。それでもふたりは、あたまが上がらない。わけは木兵衛が親代わりだからだ。家主は親も同然というが、ふたりにはまさしく親も同然だった。

昨年（天明《てんめい》六年）七月まで、新太郎は臥煙《がえん》（火消し）の纏《まとい》振りだった。組屋敷で寝起きする臥煙は、ひとたび火が出ると町内鳶《とび》を蹴散らせて火元に向かった。臥煙に屋根を奪われると、町を守る鳶は面子《メンツ》をなくしてしまう。火事のたびに、臥煙と鳶とはいざこざを起こした。

黒雲のかかった昼に、木場《きば》から火の手が上がった。佐賀町《さがちょう》の臥煙屋敷から三貫（約十一キロ）纏を抱えて駆けつけた新太郎は、町鳶に先駆けて火元の屋根を奪った。

途中から雷雨になり、火は雨が消した。新太郎は雷に撃たれ、二丈（約六メートル）の高さから転げ落ちた。気を失った新太郎は、戸板で佐賀町まで運ばれた。

骨折り、切り傷などもなく、ひと晩寝ただけで起き上がった。纏頭《がしら》として、若い者に稽古《けいこ》を付けるためだ。

纏振りは庭のやぐらを使う。足場に板を渡しただけの造りだが、高さは四丈。火の見を兼ねており、半鐘《はんしょう》も吊《つ》り下げられていた。

やぐらの真上に夏陽があった。板場まで三十段。毎日わけなく登ってきた新太郎が、このときは息があがり冷や汗にまみれていた。それが高い所に登った最後になった。屋根から転げ落ちたことで、身体が高い場所を怖《こわ》がるようになったのだ。

新太郎は老舗《しにせ》両替屋の総領息子だ。不自由なく育ち、臥煙組に入ってからも半年足らずで纏頭になった男が、生まれて初めてくじけ折れた。

佐賀町を出た新太郎は、陽が傾き始めた深川富岡八幡宮でぼんやりしていた。大鳥居の下で、大柄な男が低い気合声で四股《しこ》を踏んでいる。富岡八幡宮は大相撲《おおずもう》の興行神社だ。本殿の石段に座り込んだ新太郎は、定まらない目で四股を見ていた。

あたりがにわかに暗くなり、大粒の雨が落ちてきた。濡れるのは平気だったが、そのときの新太郎には夕立はわずらわしかった。

境内《けいだい》を出て最初に目についた縄暖簾《なわのれん》をくぐった。座って四半刻《とき》（三十分）も経《た》たぬ間に、五本のカラ徳利《どっくり》が並んだ。

「夕立がやみゃあしねえや」

半纏を引っ掛けた職人が飛び込んできた。

「冷やでいいから一本頼むぜ」

男は新太郎のわきの酒樽《さかだる》を鳴らして座り込んだ。身体が新太郎の肘《ひじ》にぶつかり、猪口《ちょこ》の酒が跳《は》ねた。相手は詫《わ》びも言わない。知らぬ顔で土間の先客に目を走らせると、隅《すみ》にいた仲間を目ざとく見つけた。

「なんでえ半公《はんこう》。もうやってやがったのか」

「あっ……勝造《かつぞう》あにい、お先です」

半公と呼ばれた男が、隣りの若い男と一緒にあたまを下げた。

「孝次《こうじ》も一緒か。いいからこっちに来な」

勝造は新太郎に断わりも言わず、ふたりを呼び寄せた。菜《な》漬けの樽を引っくり返しただけの、小さな卓だ。カラ徳利と小鉢ふたつが並んでおり、三人が加わるには狭すぎた。

「往生際《おうじょうぎわ》のわるい夕立だぜ。見ねえ、ずぶ濡れだ」

振り回した半纏の雨粒が、新太郎に飛び散った。それでも新太郎は文句を言わず、黙って猪口を口に運んでいた。

突然土間が蒼《あお》くなり、バリバリッと轟音が飛び込んできた。

「あにい、近そうだ」

「ここいらの雷は、みんな八幡様の森が引き受けてくれると決まってんだ。光ったぐれえで腰を浮かすんじゃねえ」

粋《いき》がる声に重なって酒が運ばれてきた。

「おまちどおさま」

徳利が卓の真ん中に置かれた。だれの酒かは言わなかったが、娘は新太郎に目を合わせていた。勝造が手を伸ばして酒を取った。

「冷やだと言ったのに、燗酒《かんざけ》だぜ」

男はぶつぶつ文句を言いながら、仲間の猪口を取り上げて酒を注《つ》ぎ始めた。

「おれの酒だ」

我慢の切れた新太郎が、尖った声を投げ付けた。これがきっかけで、口だけ達者な職人三人と八幡宮で立ち回ることになった。

新太郎は堅気《かたぎ》に喧嘩を売りつけたおのれに、舌打ちしながら歩いた。本殿のそばまで来ると雨が弱くなった。稲妻《いなずま》も空の端《はし》まで退《の》いていた。

新太郎が立ち止まった。透けて見えた彫物で、堅気ではないと分かった三人がひとつに固まった。そのとき、数人の男が玉砂利を鳴らして駆けてきた。抜き身の匕首《あいくち》を手にしている。新太郎や職人には目もくれず、四股を踏み続けていた男を取り囲んだ。

「向こうが只事《ただごと》じゃねえ。おめえたちのはあとにするぜ」

新太郎の動きは素早かった。玉砂利をひと握り掴むと、囲まれた男のそばに駆け寄った。

「なんだ、おめは。斬られてえか」

ひとりが新太郎に詰め寄った。怒鳴り声に訛《なま》りがあった。

「かまわね、邪魔するならそいつもやれ」

新太郎を狙う匕首が闇を裂いた。刃先の動きが鋭い。獲物に飛び掛かる蝮《まむし》のような揺れ方だ。隙《すき》を見せると下から刃先が斬り上がる。さらに突きが出る。新太郎は、右手の玉砂利を投げ付ける間《ま》が見つけられなかった。

四股の男は三人に取り囲まれていた。大関力士の名を刻んだ二畳大の石碑を背にして、背後からの襲いかかりを断《た》っている。しかし三本の匕首が間合いを詰めていた。

勝造が職人ふたりの肩を押した。

「杉枝を拾ってあいつらを助《す》けろ」

雷に吹き飛ばされた杉枝を三人が突き出した。が、修羅場《しゅらば》慣れした相手には通じない。枝を小脇に抱え込み、腰で決めて横に振った。玉砂利に立っていた勝造は、足が崩れて横倒しになった。男が勝造に襲いかかった。

動きが変わって隙が生じた。勝造に向かう男に、新太郎が体当たりを食わせた。玉砂利に重なり倒れた男に馬乗りになり、右手の匕首を奪った。

刃物を取られた男は両腕を新太郎の首に回し、のど輪で締め付けた。

半吉《はんきち》が怒鳴り声をあげて、杉の折れ枝を男の顔面に叩き付けた。皮がめくれた、ざらざらの枝だ。男が鈍《にぶ》い声を漏らした。動かなくなったのを確かめた新太郎は、四股男に駆け寄った。

取り囲んでいた三人のひとりは、すでに投げ飛ばされていた。四股男は、右の脇腹を斬られている。

新太郎は大粒の玉砂利を拾い、一味のかしらに投げ付けた。息が乱れていたのと焦りとで、石は闇に消えた。

相手の反撃は敏捷《びんしょう》だった。間合いを詰めて、新太郎に斬りかかった。身体をかばった右腕を斬られた。躱《かわ》す間もなく左の脇腹も餌食《えじき》にされた。新太郎の上体が左に大きく傾いた。

「町内で勝手をしやがって」

勝造たちが玉砂利を投げ付けた。出入り慣れした男も、三方からのつぶては躱せない。孝次の小石があごに命中し、男が膝から崩れ落ちた。すかさず杉枝が叩きおろされた。残るはひとりだ。勢いを得た職人三人が、四股男の加勢に駆けた。

「かまわねでくれ」

襲う男たちと同じ訛りだった。手を出すなと言われたが、勝造が杉枝を突き出した。匕首が一瞬、枝に気を取られた。

四股男が身体ごとぶつかり、相手の帯を摑んだ。充分に腰を入れると、右からの上手投げで玉砂利に叩き付けた。それでも匕首を離さない。四股男は相手を肩まで持ち上げて、もう一度したたかに投げ付けた。これでぴくりとも動かなくなった。

「ひでえ傷だ。おめえさん、見かけねえ顔だが近所かい？」

勝造に問われた四股男が、荒い息を吐きながら首を振った。鳥居の陰から、杉枝で叩きのめされた男と大関碑の前でのびていたふたりを引き摺《ず》った新太郎が寄ってきた。腕と脇腹が血まみれだった。袖が捲《め》くれ上がっており、二の腕の彫物が見えている。

「あんた、臥煙じゃねえか」

「今日、組を抜けた」

「おれの宿は黒江町の木兵衛店だ。わけがありそうだが血止めが先だ。歩いてもわけねえから、うちに来なよ。ところで……」

勝造が四股男に目を移した。

「こいつらいってえ、どこの連中だ」

「勝浦《かつうら》の与太者《よたもの》だ」

房州《ぼうしゅう》訛りの四股男は口が重かった。

「やくざもんなら、このまま放りっぱなしでも構わねえや。ぐずぐずして、町役人に見つかると面倒だぜ」

ふたりは勝造の口利《き》きで、木兵衛店に住み着いた。新太郎は父親から勘当されて、実家の人別帳から消されている。浜から逐電《ちくでん》した尚平も無宿者だ。

尚平はわけがあって、本所《ほんじょ》の相撲部屋から追い出されていた。

勝造からわけを聞いた木兵衛は、新太郎の実家、小網町《こあみちょう》の杉浦屋《すぎうらや》番頭と掛け合った。

「そちらが請人《うけにん》になってくれるなら、人別帳も仕事もなんとかしましょう。手許《てもと》に駕籠舁

き の空《あ》き株がありますから。新太郎は怪我《けが》も治っています。駕籠の相肩《あいかた》は、相撲取りのなり損《そこ》ないですがね」

啞然《あぜん》とした顔つきの番頭に構わず、木兵衛は掛け合いを続けた。

「尚平は安房勝浦生まれです。浜の草相撲で網元のせがれを土俵下に投げ付けて、死にそうな目に遭《あ》わせたそうです」

番頭から駕籠舁きになると聞かされて、新太郎の母親は絶句した。

「臥煙よりは大層まともでございます。なにより命を危うくすることがございません」

番頭が懸命になだめても、母親の両目から曇《くも》りは消えなかった。

木兵衛は土地持ちで、裏店《うらだな》は自分の持ち物だった。長屋の手入れはきちんとやるが、普請《ふしん》のたびに割前《わりまえ》を店子から取る。祝儀不祝儀はなにがあっても百文のみで、店子よりも少なかった。

辻駕籠の届けは木兵衛が手配りした。株の賦代は、店賃に加えて毎月取り立てる。しかも月に一回、深川から入谷まで相場の半値で、銭箱と一緒に運ばされた。

家主の在《あ》り方に文句はあるものの、新太郎と尚平は駕籠舁きが気に入った。いまでは江戸府内なら、町名を聞いただけでぴたりと着けられる。

前棒が尚平で新太郎が後棒だ。ふたりの呼吸《いき》は、他の駕籠舁きが羨《うらや》ましがるほどに合っている。走りも速い。駕籠は大工の勝造と指物《さしもの》職人の半吉が、隅々にまで手を入れた。梶棒は樫の一本棒。押そうが引こうが、びくともしない自慢の拵《こしら》えだった。

顔を洗い下帯を取り替えてから、ふたりは木戸わきの木兵衛の宿に顔を出した。

「さっさと上がってきな」

奥の八畳間から木兵衛の声がした。土間に雪駄《せった》を脱ぎ、座敷に上がると先客がいた。

一番奥の棟に住む年寄り、正之助《まさのすけ》だった。

二

「いつまでも突っ立ってるんじゃないよ」

ふたりが先客に並んで腰を下ろした。座らなかったのは、正之助の姿が余りに異様だったからだ。

目は細めの黒帯で塞《ふさ》がれている。鼻の両穴には綿が詰められており、ゆっくりした調子で口から息を吐き出していた。

「あらためての顔つなぎも妙なもんだが、おまえたちも正之助さんのうわさぐらいは聞いてるだろう」

　ふたりの六尺男が神妙にうなずいた。

「おまえたちは正之助さんと一緒に、今日から筑波山《つくばさん》まで出かけてくれ」

　新太郎たちはうまく呑み込めず、きょとんとした目で木兵衛を見ていた。

「ふたりともまだ寝ぼけてるのか」

「そうじゃあねえんですが、筑波山まで行くてえのが分からねえんだ」

「筑波の山も知らないのかい」

「ばか言っちゃあいけねえや。がまがえるがごっそりいる山だ、だれでも知ってるさ」

　新太郎が胸を反《そ》らせた。寝起きで真っ白だった顔に朱がさしている。

「おれが分からねえのは、そこへ一緒に行けと木兵衛さんが言ったことさ。まさか筑波山まで、駕籠で運べてえんじゃねえだろう?」

「わたしから話そう」

　鼻に詰めた綿で声がくぐもっている。しかし正之助の話し方には張りがあった。裏店に暮らしながら、武家のような物言いである。

「あんたたちに、筑波山で採《と》ったきのこを江戸まで運んでもらいたい」

　ますますわけが分からず、新太郎と尚平が目を交わし合った。

正之助は常州《じょうしゅう》真壁《まかべ》郡下妻《しもつま》が在所《ざいしょ》である。代々が山猟師《やまりょうし》で、正之助も弓の腕は達者だ。獲物は庄屋が高値で買い取った。

正之助が仕留めるキジ、ウサギ、鹿などの獲物は、山深いところに棲《す》むものに限られた。里の餌《えさ》を漁《あさ》らない野生の鳥獣は、味がまるで違う。正之助の仕留めたものは、庄屋が三倍の値で買い占めた。

下妻藩一万石藩主は井上遠江守正棠《いのうえとおとうみのかみまさき》である。正之助の獲《と》るキジ、ウサギ、鹿は庄屋が郡代官を通じて献上した。野趣に富む味を喜んだ藩主は、正之助を藩お抱えの猟師に取り立てた。

正之助は弓と同時に、きのこ採りの達人でもある。なかでも筑波山のまつたけは、正之助しか採れなかった。山奥で偶然に見つけた場所は、藩主に問われても明かさなかった。

藩主の母堂《ぼどう》はまつたけをことのほか喜んだ。没してすでに六年になるが、藩主はいまでも母の祥月《しょうつき》命日にはまつたけを供えた。

正之助は下妻藩から年五十両の俸給を得ている。役目は藩主母堂の祥月命日十月十六日にまつたけを届けることと、月命日ごとの屋敷内の墓守《はかもり》だ。

諸国から産物が流れ込む江戸なら、一両も出せば立派なまつたけが手に入る。しかし藩主は、亡母が賞味した領地のものにこだわった。それが採れるのは正之助だけだ。亡き母に供える供物料《くもつ》であれば、五十両などいかほどでもなかったのだろう。

下妻藩下屋敷は深川猿江町《さるえちょう》にある。屋敷内に居室を与えると言われたが、正之助は固辞した。その代わり下屋敷からさほど遠くない黒江町に住むことで、藩の許しを得た。

木兵衛店に住み始めて五年、正之助の風変わりな暮らし方は長屋でも評判だった。窓と入口には雨戸を別に設《もう》けて、ほとんど戸を閉じている。ときたま外歩きもするが、目には黒帯を巻き鼻には綿が詰まっていた。

話には聞いていたが、当の本人を間近に見たのは新太郎も尚平も初めてだ。目に巻いた黒帯を見て、物には驚かない新太郎も言葉が出なかった。

「これまでは馴染《なじ》みの飛脚《ひきゃく》を誂《あつら》えてきたが、その男が昨年暮れに流行《はや》り病《やまい》にやられおった。そこで木兵衛さんに、無理を承知であんたらをと頼んだ次第だ。済まんがわしと一緒に、筑波まで行ってくれんか」

「おれと尚平に、筑波からまつたけを運ばせようてえんですかい?」

「山から猿江町の下屋敷まで、およそ三十里（約百二十キロ）だ。あんたらなら、二日もあれば駆けられるだろう」

「そいつあ無茶だ。めえにち江戸中を走り回ってるが、せいぜい駆けても四里五里の話さ。飛脚みてえに、日に何十里もは走れねえ」

新太郎の言うことに尚平もうなずいた。

「なんだい、おまえたちは。そろいもそろって、とんだ腑抜《ふぬ》けぞろいだったとは知らなかったよ。おい、新太郎……」

毒づかれた新太郎が家主を睨み付けた。

「あたしにそんな目をしても無駄だよ。おまえはふたこと目には、深川の男がどうしたこうしたと大層な口をきいてるが、今日を限りにその口を閉じな」

吐き捨てた木兵衛がそっぽを向いた。新太郎の顔が真っ赤になった。

「幾ら木兵衛さんでも言い過ぎだぜ」

「あたしはおまえたちに赤っ恥をかかされたんだ、これでも言い足りないね」

「どんな恥をかかせたと言うんでえ」

新太郎が気色《けしき》ばんだ。

「おまえたちなら、江戸のどんな駕籠舁きにも負けるもんじゃないと請け負ったんだ。あたしなりに見てきたつもりだが、とんだ見当違いだったよ」

「…………」

「あたしははっきりと、よんどころない頼みを抱えている客がいるとおまえに言った。それを承知で顔を出しながら、あっさり断わるような料簡《りようけん》のやつに構ってるひまはないんだ。目障《めざわ》りだからかいってくれ」

「幾らよんどころねえ頼みだと言われても、筑波山からまつたけ運ぶなんざ……」

「だからあたしのめがね違いだったと、そう言ってるんだよ」

言葉の途中を木兵衛が抑えつけた。

「深川八幡の神輿《みこし》を担ぐ男は、よんどころない頼みの選《え》り好《ごの》みなんざしやしない。おまえなら、ふたつ返事で聞き届けると思ったからあたしも請け負った」

「だからそれが……」

「うるさいよ、新太郎。年寄りは気が短いんだ、このうえあたしに恥の上塗りをさせるなら、おもての薪《まき》ざっぽうで引っ叩《ぱた》くぞ」

木兵衛がしわがれ声を張り上げた。新太郎が言葉にならない唸《うな》り声を漏らした。

「新太郎、話だけでも聞くだ」

尚平が取り成しを口にした。木兵衛がさらに目を険《けわ》しくした。

「おまえも分からないことを言うじゃないか。正之助さんはすぐにでも発《た》ちたいと言ってるんだよ。話だけ聞いてどうしようてえんだ」

「待ってくれよ木兵衛さん、尚平は口先だけのことを言うやつじゃねえ。ちょいとふたりで話をさせてくれ」

ふたりがおもてに出た。血相を変えて怒り狂っていた木兵衛が、正之助ににやりと笑いかけた。正之助も口元をゆるめた。黒帯には小さな穴があけられている。新太郎たちが戻ると、木兵衛がまた渋い顔をこしらえた。

「正之助さんにたしかめてえことがある」

黒帯で塞がれた目が新太郎を見た。

「筑波山から深川猿江町まで、二日がかりで構わねえんですかい？」

「そうだ。十四日の朝早くには筑波を出られるように採る」

「おれも尚平も常州はまるで知らねえんだが、この場で道中《どうちゅう》案内を聞かせてもれえやすか」

「それは造作《ぞうさ》もない。ここに携《たずさ》えている」

正之助が風呂敷包みを膝元に引き寄せた。

「もうひとつ……正之助さんは、道中をずっとそのなりで行く気ですかい」

「帯と綿のことか？」

「そうです」

「大丈夫だ、あんたらに遅れはせんよ」

正之助の口元が引き締まった。

三

正之助が道中細見《さいけん》を開いて道筋を話しているとき、木兵衛の女房が茶をいれてきた。

「雨水を沸かしたお茶だから、味は勘弁しておくれ」

新太郎たちには、木兵衛の家で初めて出された茶だ。どんぶりには女房と商《あきな》う焼き芋《いも》まで盛られている。正之助がいることで、扱いがまるで違った。

「筑波に至る水戸《みと》街道には、大きな川が三つある。そこをうまく渡るのが肝要だ」

正之助が須原屋《すはらや》版水戸道中細見を開き、道筋の説明を始めた。横長の細見には江戸から下妻に至る宿場と川が描かれている。初めて見た新太郎と尚平は、木版多色刷《ず》りの鮮やかさに感心した。

「まずは中川《なかがわ》だ。中川は亀有《かめあり》から新宿《にいじゆく》に渡る。先に行けば金町《かなまち》の関所だが、あんたらの往来手形はすでに木兵衛さんが調《ととの》えてくれている」

木兵衛がふたりに手渡した往来手形の宛名は「国々御関所御番衆中《くにぐにおんせきしょごばんしゆう》」とされていた。

これであれば、どこの関所も通ることができる。正之助は下妻藩発行の手形を持っていた。

「江戸川《えどがわ》は矢切《やぎり》の渡しだが、ここは舟も船頭も申し分ない。あんたらさえよければ、日が落ちる前に矢切を渡りたいんだが」

「大きな川は三つと聞かされたが、もうひとつはどこなんで?」

「利根川《とねがわ》だ。それは明日渡る」

正之助はすぐにでも出立《しゅったつ》する気に見えた。

「木兵衛さん……なにがあろうが、おれたちは出かけると踏んでたんじゃねえか」

往来手形まで調えた手回しの良さに、新太郎が皮肉を吐いた。木兵衛は取り合わずに焼き芋を食べている。尻を持ち上げると、新太郎に向けてぶりっと屁《へ》を放った。新太郎が右手をばたばたさせて、臭いを追い払った。

「まったく食えねえじじいだぜ」

小声でぼやいてから正之助に向き直った。

「支度《したく》はなにをすりゃあいいんで?」

「山の夜は冷える。厚手のものを用意したほうがいい。走りの支度はあんたらにまかせる。四半刻のうちには出かけるぞ」

「ひとつ聞きたいことがあるだ」

ここまで黙っていた尚平が口を開いた。

「それら「どうやってまつたけ運ぶだね」

「きのこはまつたけだけじゃない、はつたけも採る。それらを山で厨子に詰める。あんたを山で厨子《ずし》に詰める。あんたらは手ごろな長さの枝を見つけて、吊るして走ればいいだろう」

聞いていた新太郎の顔色が変わった。

「ずいぶん気楽に言ってくれるぜ。まえうしろで担いで走るには、肩にしっくりくる棒じゃなきゃあ無理だ。その辺に転がってる枝なんかじゃ担げねえ」

「そうか、それは気付かなかった……」

正之助が得心した。

「あんたらの肩に馴染む棒を、山でわたしが作る。それでいいか？」

静かな物言いだが、新太郎も尚平も素直に聞き入れる強さがあった。永代寺から四ツ（午前十時）の鐘が流れてきた。

「急がないと矢切が渡れなくなる」

行くことを決めたふたりは、すでに土間に下りていた。

四

朝五ツまで降っていた雨は、三人が木兵衛店を出立した四ツ半（午前十一時）前には上がった。しかし陽は顔を出さず、ぬかるみの街道を歩くことになった。

新太郎と尚平は股引腹掛《ももひきはらがけ》に薄手の町内半纏を着ている。ねずみ色の木綿地《もめんじ》に深川黒江と赤く染め抜かれた半纏は、富岡八幡宮大祭の礼装である。

「筑波山往《い》き還《かえ》りの道中、深川の威勢を見せびらかしてこい」

祭りのほかで着ようものなら目を吊り上げる木兵衛が、今回限りと言って貸してくれた。替えを含めてひとり二枚である。

引き締まった濃紺の股引腹掛に、赤文字も鮮やかな半纏を着た六尺男がふたりだ。行き交う旅人が振り返った。

正之助の身なりも周りから浮いていた。厚地で目の粗《あら》い紺木綿に、山吹色の筒太くて裾口の狭い軽衫袴《かるさんばかま》だ。上下の色味違いが際立っていることに加えて、目に巻いた黒帯と鼻に詰めた綿が人目を集める。

総髪をあたまの後ろで結《ゆ》わえているが、白髪である。しかし渋い銀色で、曇り空のもとでも髪の艶《つや》が分かった。

背丈は五尺五寸（約百六十七センチ）、新太郎の肩までしかない。背中の背負子《しょいこ》には物が詰まっており、黒帯には小穴しかあいていないが歩みは確かだ。振分《ふりわけ》荷物を担いだ新太郎たちが足を速めても、正之助を追い越すことはなかった。

金町関所の手前で初めて黒帯と綿を取った。厚い雲越しの薄いひかりでも眩《まぶ》しいのか、正之助が目をすぼめた。

職人でも商人でも、関所役人が男の旅人吟味《ぎんみ》をすることは稀《まれ》だ。しかし新太郎たち三人は余りに目立った。

「いずこに行くのか」

「つぎの宿場はどこだ」

「路銀はいかほど持っておるのか」

「旦那寺《だんなでら》の名を申してみよ」

役人は細々《こまごま》としたことまで問い質《ただ》したうえで、持ち物のひとつひとつを吟味した。受け答えは正之助が応じた。下妻藩井上鷹《たか》の羽《は》紋が焼印された樫の木札を受け取った役人は、大名武鑑《ぶかん》で確かめてから吟味を終えた。

関所で手間取ったことで、矢切の渡し場に着いたときには、薄暗くなり始めていた。まだ七ツ（午後四時）前の見当だが、陽の差さない秋はいきなり暗くなる。

川面《かわも》の風が強くなっていた。

「これで仕舞い舟だでよう……」

船頭が語尾を引っ張って仕舞い舟だと触れた。新たな客はあらわれず、渡し舟は新太郎たちを含めて十人で渡り始めた。

数日降り続いた雨で水かさが大きく増しており、流れが速い。

「下げ潮で面倒な流れだ」

茶色く濁った川のなかほどを見ていた尚平が、ぼそりと漏らした。舟には櫓《ろ》もついているが、船頭は長い棹《さお》を使っている。軽くひと突きすると、舟は大きく前に出る。川を知り尽くした棹遣《づか》いだった。

ところが真ん中あたりで潮に出くわしたのか、舳先《へさき》が大きく川下に流れた。艫《とも》が左に振られて船端《ふなばた》が棹に強くぶつかった。船頭の腰がよろけて、棹を握ったまま川に投げ出された。

尚平が素早く動いた。櫓を握ると舟の向きを川上に向け直し、棹を手にしたまま浮かんでいる船頭に近寄った。新太郎が棹を摑み、一気に船頭を引き上げた。

川に落ちたときの打ち所がわるかったらしく、船頭が立ち上がれない。

「どうだ尚平、おめえの櫓で渡れるか？」

「やるしかねえだ」

舟の相客は松戸《まつど》村の百姓四人に旦那風の男ひとり、それにこどもを連れた母親だ。百姓たちは金町で仕入れた手桶の包みを膝に抱えていた。

月の十日目で大潮が近く、流れが強い。尚平が漕いでも真っすぐには進まず、よれながら川下に流された。

夕暮れが対岸の船着場を隠し始めている。だれの目にも桟橋から遠ざかってゆくのが分かった。怯《おび》えたこどもが泣き出した。

「そちらのお百姓がた、手桶をみんなに配ってくれ」

黒帯をはずした正之助が百姓に指図《さしず》した。が、せっかく買い求めた手桶だ、百姓はだれも言うことをきかない。

「みんなで水を掻《か》くんだ、さっさと配れ」

正之助の声が厳しい。包みを取り上げようとして新太郎が立ち上がった。舟が大きく揺れて、こどもがこぼれ落ちそうになった。正之助が座ったまま身体を動かし、こどもの帯を摑み止めた。

「早く配れ」

こんどは百姓も素直に従った。

「あんたがたは右手に座ってくれ」

百姓四人と新太郎が右舷《うげん》に移った。こどもを含む残りとともに正之助が左舷だ。銘々《めいめい》が手桶をしっかりと握っている。

「みんなの息を合わせるのが肝心《かんじん》だ。あんたが声を出して調子をとってくれ」

新太郎が気合のこもった掛け声をあげた。船客みんなが声に合わせて川面を掻いた。右舷の掻き手がひとり多いことで、舳先が船着場に向き直った。尚平も力一杯に櫓を遣《つか》った。なんとか対岸に着いたときには、秋の夕暮れどきにだれもが汗まみれになっていた。

こどものひたいにも汗が見えた。

「おかげで命拾いをしました」

桟橋に降りたところで、旦那風の男が正之助に寄ってきた。

「てまえは松戸宿で旅籠《はたご》を営《いとな》みます村上屋八右衛門《むらかみやはちえもん》と申します。お宿がお決まりでなければ、ぜひてまえどもにお泊まりください」

三人が顔を見合わせてからうなずいた。

五

村上屋で厚いもてなしを受けた三人は、その夜は酒で潰《つぶ》れた。

古武士を思わせる正之助だが、酒には目がない。落ち窪《くぼ》んで鷹のように鋭かった、正之助の目尻がさがっている。鼻の綿もはずし、燗が間に合わないほどに徳利をあけた。途中からは湯呑みに替えて、ふた口で飲み干した。

新太郎も尚平も、呑ませれば一升は軽い男だ。村上屋も負けていない。案じた女房が顔を出しても片手で追い払って酒を続けた。

翌朝の出立は四ツ（午前十時）と、大きく出遅れた。三人ともひどい二日酔いで歩みが鈍《のろ》い。あびこの利根川渡し場に着いたのは、八ツ半（午後三時）近くだった。

この川も水が増えており、流れが速い。船頭ふたりが操る舟は、なんとか突き進んだ。しかし左右の揺れがひどい。ここまで来ても酒の抜けきっていない三人は、船端から顔を突き出して苦しげに吐いた。

大男ふたりに異形《いぎょう》の老人である。気味悪がった相客は、三人から座を離した。

川を渡ると取手《とりで》である。正之助が深川で示した道筋では、十一日の宿は土浦《つちうら》だった。しかしまだ八里も先だ。どれほど足を速めても三刻（六時間）は要《い》る。

「手前の宿場に沈むか？」

新太郎、尚平に異存のあるはずもない。それでもなんとか踏ん張り、取手から三里進んだ若柴《わかしば》宿に投宿した。早足を続けたことで、残っていた酒を汗が連れ出した。

旅籠の土間ですすぎのたらいを運んできた女中が、酒臭さに顔を背けた。正之助は宿銭をはずみ、相客なしの部屋を誂えさせた。

三人とも朝からろくに食べていない。味噌汁をどんぶり飯にぶっかけて、お代わりをした。だれも酒は頼まなかった。

飯が終わると湯にもつからず、五ツ（午後八時）前には床に入った。千住から数えて九番目の若柴は、宿場女郎《じょろう》に旅人の人気があった。宿の手代も、安い給金を女郎世話の口銭《こうせん》で補っている。

宿銭を惜しまなかった三人連れの部屋を、手代は揉《も》み手《で》でおとずれた。ところが部屋に近寄ると、廊下にまでいびきがこぼれている。手代は大きな舌打ちをして引き返した。

一夜明ければ十月十二日である。宿に握り飯を調えさせた三人は、足をゆるめず昼前には土浦に入った。遠くに筑波山が見え始めた。

「ここからは街道をはずれて田んぼ道を歩く。山のふもとまであと六里だが、あんたら大丈夫だな？」

「正之助さんさえよけりゃあ、駆けてもいいですぜ」

「今夜は泊まるだけだ、駆けることはない」

山の姿を捉《とら》えたことで、新太郎も正之助も声に弾みがある。握り飯の昼を終えた三人は、確かな歩みで筑波山のふもとを目指した。

正之助が先に歩くいなか道は、新治《にいはり》村の真ん中を通る一本道だ。すでに田の稲刈りは終わっているが、切り株が群れになっていない。広い田のなかで、飛び飛びにしか見えなかった。

「今年も米は不作だ」

正之助が寒々とした田を指差した。

天明四年から今年まで四年続けて夏が盛りを迎えず、米の稔《みの》りがわるかった。今年五月には、江戸でも大きな打毀《うちこわ》しが起きた。

「百姓はさぞかしつらいだろうに、わしらは筑波山にまつたけ狩りに出向いている」

「…………」

「片方は食うや食わずだというのに、藩主どのは母親供養のまつたけ狩りだ。百姓が死にそうなときに、能天気の片棒を担ぐのはやりきれん」

正之助の想いが足に出た。新治村から山のふもとまで、いささかも足をゆるめず口もきかなかった。新太郎、尚平も黙って追った。

山道に入ったときには、とっぷりと暮れていた。夜空は雲が塞いだままで月星がない。まさに闇夜だが提灯《ちょうちん》の用意がなかった。ところが正之助は、あたかも先が見えているかのようにずんずんと先を進んだ。

「待ってくだせえ、歩けるもんじゃねえや」

何度も転んだ新太郎が音《ね》をあげた。

「あと二町（約二百二十メートル）も登って回り込めば宿だ。あんたらはゆっくり歩いてこい」

言い置いた正之助は、ふたりに構わず闇のなかに溶けた。

「おれから離れるなよ」

闇夜の山道を初めて歩く新太郎から、いつもの威勢が失《う》せていた。勝浦の浜で育った尚平がにやりとしたが、新太郎には見えなかった。正之助が言ったとおり、大きく曲がった先に小さな明かりが見えた。

勢いの戻った新太郎が足を速めた。濡れた石に足を取られて転んでも、悪態もつかずにひたすら歩いた。

宿に入ると、正之助は囲炉裏端《いろりばた》に座っていた。土間を正面に見る座が、あるじの座り場所だ。その席を正之助が占めていた。

「今夜はあんたらとは別に寝る。飯は好き勝手に済ませてくれ」

正之助の顔つきも物言いも変わっていた。目には鋭さが戻っており、口元はぎゅっと引き締まっている。松戸宿で酒に目尻をさげた男とは別人だった。

女中が案内した部屋は、天井板がなく太い梁《はり》が剝《む》き出しになった十畳間だ。梁を這《は》うヤモリが新太郎のあたまに落ちた。新太郎が飛び上がった。

あまりの驚き方に、尚平と女中が笑い転げた。新太郎が憮然《ぶぜん》としているとき、狙い定めたかのように、別のヤモリが足元に落ちた。新太郎が慌てて後ずさりした。

「なんもねえだ、新太郎。ヤモリは家のお守りだ」

廊下に出た女中が口元に手をあてて、笑いをかみ殺していた。

六

十三日は朝から雨になった。囲炉裏を囲んでの朝飯で、正之助の顔は渋かった。

「このまま雨が続くと今夜は無理だ」

「今夜って……まつたけを採りに行くのは、夜だてえことですかい？」

「そうだ」

あとの問いを拒《こば》むような口調で正之助が答えた。新太郎が頰を膨らませても、正之助は相手にせず飯を食べ終えた。

朝飯を済ませたあと、正之助は好きにしていろと言い置いて雨の山に入った。山に抱かれた一軒宿だ、どこを見ても木しか見えない。しかもおもては雨降りである。

新太郎は宿の女中に言いつけて、昼前だというのに燗酒四本を調えさせた。

「夜の山になんざへえると、なにに出くわすか分かったもんじゃねえ」

「なんだ新太郎……怖いのか？」

尚平にからかわれながら酌《く》み交わす徳利は、幾らも持たずカラになった。

「寝られるときに寝とくべ」

明るいうちから横になり、目覚めたのは夕方だった。正之助は囲炉裏前に座り、山刀で棒を削《けず》り出していた。長さは六尺、両端が細くなった天秤《てんびん》棒のような形である。

「寝られるときに寝るのはいい心がけだ」

尚平と同じことを言った正之助は、ふたりに棒を担がせて厨子を吊り下げた。藩主家紋が描かれた漆《うるし》塗りの黒厨子だ。肩に馴染む仕上がりに、新太郎が満足げな笑いを見せた。

「あんたらにはきついことになった。ま、座ってくれ」

囲炉裏端に飯と酒が運ばれてきた。

「山に入るのがまる一日遅れた。あんたらが下妻を出られるのは、十五日の朝早くだ」

「それでいいんじゃねえですかい。昼間のうちに松戸あたりまでかっ飛んでおきゃあ、つぎの十六日には楽々猿江に着いちまうさ」

「深川で言い漏らしたが、十六日朝一番には下屋敷の賄《まかな》い所になければいかん」

「そいつあひでえ見当違いだぜ。十五日中には着けろてえことじゃねえか」

「その通りだ」

正之助があたまを下げた。新太郎も尚平も口を開かない。寝起きの尚平は、髷《まげ》が斜めによれていた。

「せめて明日の昼間に、なんとか飛び出すことはできねえんですか？」

「今朝も言ったが、まつたけを採るのは月明かりのある夜だ。あんたらには済まんが、明日の月夜を祈るしかない」

天気が相手では、新太郎も文句の持って行き場がなかった。おもての雨は続いている。

明日も降ったらどうするんでえ……喉元まで出かかった言葉を呑み込んだ。だれもが同じ思いでいるのが新太郎にも分かったのだ。正之助に差し出された酒を黙って受けた。尚平は手酌《てじやく》で盃《さかずき》を重ねている。

二本の徳利をあけた新太郎は、湯に入るという尚平を残してひとり部屋に戻った。雨のやまない山は寒い。身震いをしてから敷きっぱなしの布団に入った。

横になっても昼間寝過ぎたことに加えて、十五日に走る道筋の長さを思うと不安で眠れない。筑波山から猿江町まで三十里。さほどの山谷はない道だが、大きな川が幾つもある。

渡し場で手間取ったらどうする。

三十里を走りきれるのか。

それよりなにより、明日は晴れるのか。

雨はまだやんでいなかった。

七

前日あれほど眠ったのに、新太郎も尚平も女中に起こされた。寝つけなくて様々に思い巡らしていたが、夜半過ぎて眠りがきた。

幸いにもからりと晴れている。里の朝日は江戸より強く、雨露に濡れた杉の葉が光っていた。ふたりの顔が明るくなった。

「日暮れまでは、はつたけを採る」

朝飯を済ませると三人で山に入った。筑波山の斜面はゆるやかだが、草がたっぷり雨にまみれている。正之助が進むのは、けもの道にもなっていない斜面である。

「山歩きはおれのほうが慣れてるだ」

厨子は尚平が背負った。一刻《とき》（二時間）近く過ぎたところで山が台地になり、すすきの原っぱがあらわれた。すすき原の先には松が群れになっている。正之助が黒帯はそのままで鼻の綿をはずした。

「わしが呼ぶまでこの場を動くなよ」

「なんでついて行っちゃあいけねえんで」

「猟師は狩場を教えたりはせん。あんたらがこの山に来る気遣いはないが、念のためだ」

「それは分かるが、こんな原っぱでどんだけ待ってりゃあいいんだよ。歩き通しで喉がカラカラだ」

「向こうの端を下れば沢があるし、あけびが山ほど実ってるはずだ。飽きたらここに戻ってくれ」

尚平から厨子を受け取ると、正之助は一歩ずつ確かめるような足取りで松林に向かった。新太郎たちが沢に向かい始めたとき、正之助が振り返った。

「あまり深いところまで行くなよ。この山には熊がいるぞ」

新太郎の足がぴたりと止まった。

「平気だ、新太郎。あれは脅《おど》しだ」

「なんでおれたちを脅すんでえ」

「山はあのひとの飯の種《たね》だ。勝手に歩き回られたくねえだよ」

房州勝浦で育った尚平は山にも明るかった。沢もすぐに見つけたし、正之助の言ったあけびの蔓《つる》も楽々見分けた。冬ごもり前の蛇に出遭った新太郎が飛びあがっても、尚平は呆れて笑うだけだった。

半刻ほど沢に遊んですすき原に戻ると、正之助に呼び寄せられた。近寄った新太郎が、きのこの香りに鼻をひくひくさせた。

「これがはつたけだ。宿で食わせてやる」

すすきの茎《くき》に突き刺したはつたけを、新太郎の目の前に吊り下げた。手を伸ばそうとしたら、正之助が素早く引っ込めた。

「はつたけは手で触ると色が変わる。運ぶときは触らんように気をつけてくれ」

ていねいに厨子の梁に吊るしたあと、三人は陽が西に移り始める前に山を下りた。稜線の向こうに陽が沈むと、入れ替わりに星が空を埋めた。斜め上の夜空に満月も出てきた。

まつたけ採りは、正之助がひとりで山に入ると言った。

「ここまで来たんだ、そばでまつたけ採るところを見せてくだせえ」

「邪魔はしねえだ、おれも見たい」

雨で一日潰したことで、きつい走りをさせる負い目もあったのか、ふたりに強く求められて正之助が折れた。

「山は冷える。備えは大丈夫だろうな？」

新太郎たちは町内半纏に刺子《さしこ》を重ね着した。宿を出たのは五ツ（午後八時）過ぎだ。正之助の腰には竹籠《たけかご》と、鞘《さや》に収まった鉈《なた》がさげられている。新太郎と尚平は手ぶらであとについた。

満月だが杉や椹《さわら》が重なり合って繁る山には、明かりがほとんど届かない。正之助は山の周りを巻くようにして、少しずつ登った。向かっているのが、はつたけの場所と違うのは新太郎にも分かった。

ときおり木々の奥から、がさがさと音が立つ。その都度、正之助は足を止めて音の元を確かめた。耳をそばだてて、四方の闇を鷹のような目で探る。綿をはずした鼻は、新太郎には嗅《か》ぐことのできない匂いを探しているように見えた。

行くぞ、とも言わず、いきなり歩き始める。それを何度も繰り返した。

この山には熊がいるぞ……昼間の言葉が思い出された。あれは脅しだと言った尚平も、いまは顔を引き締めている。夜の山の不気味さを思い知った新太郎は、宿に残っていればよかったと悔《く》いた。

登り道がきつくなった。それにつれて木の繁り方がまばらになった。いつの間にか、杉から松に変わっている。正之助の姿勢も変わった。背をかがめて、地を這うように登り始めた。新太郎もおなじ形で従った。

やがて正之助が足を止めて、枯葉の上に腹這いになった。間引きでもしたかのように、松がまばらになった。満月の蒼《あお》い明かりが枯葉に降り注いでいる。正之助の目が、斜面の下から上に向かって松の根元を追った。

新太郎も腹這いになって根元を見た。重なり合った枯葉のほかはなにも見えない。しかし正之助には見えたらしい。起き上がると三本目の松に真っすぐ近寄った。ふたりがあとを追った。

まだ笠を開いていないまつたけが、月明かりを浴びている。腰の竹籠をはずした正之助は、松葉と落ち葉を籠に詰めて、その上にまつたけを入れた。大小合わせて七本のまつたけだ。

採り終わると、また腹這いになった。

「どうして正之助さんにはめえるんで？」

「あんたらには見えんだろうが、まつたけは蒼く光っとるんだ。帯で目を塞いでいるのは、そのひかりを見つけるためだ」

つぎに移ったのは、さらに五本先の松だった。どれほど目を凝《こ》らしても、新太郎には蒼いひかりなど見えない。が、そこにもまつたけはあった。籠のなかが十三本に増えた。

そのとき……正之助がしゃがんだまま、下方の松林を振り返った。月明かりが照らす正之助の顔が引き締まっていた。

「この松林のはずれに掘建《ほった》て小屋がある。音を立てずにわしについて来い」

竹籠を手にさげて正之助が立ち上がった。落ち葉を踏んでも音が立たない歩きで、斜面を登り始めた。新太郎が抜き足で追った。しんがりの尚平はわけを察したらしく、息を殺して新太郎のあとについていた。

八

掘建て小屋の薄い壁板の内側で、三人が息を潜めていた。

「熊はわしらに気付いたはずだ、かならずここまで追ってくる」

話しながらも、正之助は壁板の先から目を離さない。そこに熊がいるかのようだ。

「冬ごもりの近い熊は気が立っている。命懸けの勝負になるぞ」

ふたりには返す言葉もない。正之助の小声を聞き漏らすまいと懸命だった。

「熊と立ち合っては勝てる道理がない。眼に力を込めて追い返すのが、唯一の勝ち目だ。あんたらもわしと一緒に熊を睨み付けろ」

正之助が口を閉じると、物音のない闇が小屋を埋めた。三人の息遣いだけが聞こえる。小屋の外からカサカサカサッという、かすかな音が流れ込んできた。新太郎も尚平も、その音を耳にできた。

「まだ心配はいらん。あれは熊笹を這うありの足音だ」

互いの顔も見えない闇のなかで、新太郎はありの足音を初めて聞いた。熊を怖れながらも、不思議な気分を味わっていた。

ペキペキッ、ペキペキッ……。

小枝を踏み潰す音がした。ありの足音が消えた。正之助が両目に力を込めて壁板の先を見ている。それを察して、新太郎と尚平も闇のなかで眼を見開いた。

熊は真っすぐには近寄らず、小屋から五間（約九メートル）離れた松に身を隠して気配をうかがい始めた。前足で根元の枯葉を払い除《の》けた。わざと音を立てて、小屋の様子を探っているようだ。何度もそれを繰り返したが、両目は小屋からはずさない。

鼻面《はなづら》を地べたに着けて、前足を一歩踏み出した。そこでまた、枯葉をどけて音を立てた。小屋のすぐ前にもう一本、太い幹周りの老木がある。大きな音を立てながら、熊はその陰に身体を移した。

正之助は熊の動きを感じ取っていた。壁板の向こうが見えているかのように、動きを眼で追った。いまは板を突き通して、松の老木を睨み付けている。

新太郎もはっきりと熊を感じた。正之助から睨みで熊を追い返すと言われたとき、そんなことができるわけがないと信じなかった。

それでも命懸けで壁を睨み付けていると、熊の気配が分かるようになった。同時に、火事場を思い出した。

屋根で纏を振っていると、炎が襲いかかってくることがある。新太郎は逃げなかった。全身に気合を込めて紅蓮《ぐれん》の舌を睨み返し、纏で追い払った。何度もそれで、火事場の炎に立ち向かった。不思議なことに、火は新太郎を避けた。

正之助の言ったことが、いまの新太郎には身体の芯《しん》で得心できた。熊はいま小屋の左手にいる……その方向に気合を集めた。

松の陰から出た熊は、音を立てないようにして壁板に近寄った。四足でしっかり踏ん張ると、あたまを前に突き出した。前足を伸ばせば壁を引っ掻くことができる近さだ。

しかし熊は手を出そうとせず、そのままの形で板の先を睨み付けた。ときおり、ふうっ、ふうっと鼻息を荒くした。が、それ以上の動きは見せない。

うううう……唸りながら、右の前足が地べたを引っ掻いた。枯葉が吹き飛んだ。熊は焦れていた。

正之助は鉈を両手で握り、腰を落とした。襲いかかってくれば、一撃を加える姿勢である。鉈を握る両手に力がこもり、息を止めた。

新太郎は素手で摑みかかる気だ。尚平も同じ気配を放っている。三人の男が深い息をしつつも、命を懸けた殺気を放った。どの眼も闇と壁板を突き抜けて熊を睨んでいた。

脅しをかける唸り声が繰り返された。が、熊は前に出ようとしない。それどころか、一歩ずつ後ずさりを始めた。老木を過ぎ、五間離れた松の陰まで戻った。怒りに充《み》ちた唸り声が闇を引き裂いた。

もう一度、さらに大きな唸り声を発したあと、熊はゆっくりと向きを変えた。十歩歩いて、ふたたび小屋を振り返った。あたかも追手を気にしているかのような振り返り方だ。小屋をひと睨みしたあと、引き返す足をわずかに速めた。

熊が去って四半刻を過ぎたところで、正之助が力を抜いた。新太郎が腰から砕け落ちた。互いの顔が見えない闇のなかで、三人が吐息をついた。

九

宿に戻るや否《いな》や、新太郎と尚平は支度に取りかかった。振分行李《ごうり》から真新しい下帯と、替えの町内半纏を取り出した。脱ぎ捨てた刺子、半纏、汚れた下帯は小さく畳み、行李に詰めた。

履物は遠駆け用に誂えておいた、厚味のある雪駄だ。鼻緒《はなお》のほかに長めの革紐《かわひも》が付いている。ふくらはぎまで紐を回し、脚絆《きゃはん》のように縛り上げた。ひたいの汗止めに、八幡宮の手拭いをぐるぐる絞《しぼ》りにした。

厨子は正之助が棒に縛り付けた。細い蔓できつく縛られた厨子は、棒を揺さぶってもびくとも動かない。

厨子のなかには落ち葉がたっぷり詰められている。はつたけはすすきの茎で梁から吊るされており、まつたけは落ち葉が抱いていた。

新太郎たちの振分荷物も、正之助が棒に縛り付けた。やはりびくとも動かない。さらに水を詰めた太めの竹筒も吊り下げた。

支度を終えても夜は明けておらず、空には満月がある。馴染みのない夜道を駆けるには、月星の明かりはなによりの助けだ。

尚平が前棒、新太郎が後棒である。棒の真ん中に厨子が、その前後に振分荷物が縛られていた。竹筒は新太郎の側に二本、前棒には干飯《ほしいい》三合の入った布袋がさげられた。

「念のため、この木札を持って行け」

正之助から受け取った下妻藩手形札を、新太郎は下帯に括り付けた。

「藩の木札をふんどしに縛ったのは、あんたぐらいだ」

正之助が久々の笑いを浮かべた。

「よろしく頼んだぞ」

「がってんでえ」

返事とともにふたりは宿を飛び出した。

しばらくは山道の下りだ。尚平は慣れているが、新太郎はこの旅が初めてだ。しかしわずか数度の山歩きで、すっかり調子を身につけている。ゆっくりした走りだが、腰はしっかりと定まっていた。

平地に下りると走りが速くなった。新治村を突っ切る田んぼの一本道だ。所どころに、まだぬかるみが残っている。月明かりで照り返る水溜まりを、尚平は巧《たく》みに避《よ》けた。いなかの夜明け前は物音がない。にわとりの鳴き声もまだだ。聞こえるのはふたりの息遣いだけだった。

土浦城下に入っても、ふたりは足を止めない。走る左手に霞《かすみ》ヶ浦《うら》が見え始めた。空の下端がわずかに明るくなっている。道が見やすくなったことで、走りがさらに速くなった。

土浦から二里で荒川宿《あらかわじゅく》である。ここですっかり夜が明けた。尚平が棒を振り、相肩に休むかとたずねた。新太郎はこのまま走ると応えた。ふたりはさらに二里進み、牛久《うしく》宿で足を止めた。

「お天道《てんと》さまがあの高さだ、かれこれ五ツ半（午前九時）の見当でねえか」

漁師の家で育った尚平は、新太郎同様に陽の高さでおよその刻が読める。ふたりは竹筒の水を飲みながら、正之助に借りた道中細見を開いた。

「取手の渡し場まで四里となってるぜ」

「四里なら、多めに見ても一刻はかからねえべ」

「かかるわけがねえ。ここまできた走りの調子が崩れなきゃあ、半刻そこそこで行けるだろうよ」

「利根川の渡しで足が休まるだ。舟に乗ってる間に干飯食って、矢切まで走り通すか?」

新太郎が細見に記された里程を足した。あびこから矢切の渡しまで六里だ。

「あびこから松戸までは、道がでこぼこしてなかったかよ?」

「そうだ、それを忘れてただ。おめの言う通り、幾つも山谷を越えた覚えがある」

「いまが五ツ半で、取手に着くのを四ツ半(午前十一時)だとしようぜ。都合よく舟に乗れば、あびこを昼には出られるだろう」

「その読みなら行けるべさ」

「あびこから矢切まで、六里を走り通したとして一刻半(三時間)はかかる」

「着くのが八ツ半(午後三時)だ」

ふたりが黙り込んだ。矢切が八ツ半では遅過ぎるのだ。先にはまだ金町の関所もあるし、中川の渡し舟も残っている。どれほど足を速めても、深川猿江に着くのは夜更けになってしまう。

「いつもの年なら、飛脚は十五日の暮れ六ツ（午後六時）までには届けておった。それを大きく過ぎても届かんと、騒動になりかねん」

　山を出るとき、正之助に手を合わされた。熊を睨みで追い払った男に手を合わされた新太郎は、安心しなせえと請け負った。

「おめえもおれも、熊に食われてたかも知れねえや。ここはもう一回、死んだ気で走るっきゃねえぜ」

　尚平がしっかりとうなずいた。厨子を開いて、きのこが傷んでいないことを確かめた。竹筒が一本、からになっている。農家で水を詰めさせてもらったふたりは、気合を入れて棒を担いだ。

　陽がじわじわと昇っている。空をひと睨みしてから、尚平が足を踏み出した。

十

取手には目算よりも早く着いた。が、雨続きで川の流れが速く、昨日は半日舟止めとなっていた。その煽《あお》りで、船着場にはひとが溢れ返っていた。

「てめえよりおれが先だろうが」

舟の周りでは怒鳴り声が飛び交っている。揉め事に巻き込まれて足止めされるのを案じた新太郎は、文句も言わず列に並んだ。

川の流れは収まっておらず、舟の行き来に往生している。あびこに渡れたときには、すでに九ツ半（午後一時）を回っていた。

しかも舟はすし詰めで、身動きができなかった。厨子を真ん中に抱えたふたりは、干飯を食うことも、水を飲むこともできなかった。

「ここで食っとかねえと、あとが持たねえ」

焦る気を抑えて、舟を下りた先で手早く腹ごしらえをした。三合の干飯を水で流し込んだあとは、ひたすら駆けた。

あびこから小金《こがね》を経て松戸に至る道は、平らなところがほとんどない。方々にぬかるみも残っている。前棒の尚平は厨子を気遣いながら、ぬかるみを避けた。

後棒で従う気疲れに急ぎ干飯を口にしたことが重なり、脇腹に鋭い痛みが生じた。谷を登る途中で、新太郎が動けなくなった。

「こんなときに面目《めんぼく》ねえ」

「ばかいうでねえ、おれも痛くなってたところだ。慌ててもしゃあねえべ」

ふたりは道端の草むらに寝転がった。汗が身体中から噴《ふ》き出し、半纏がへばりついた。

ふたりが半纏を脱いだ。

「ええ旅になっちまったぜ」

「だがよう新太郎、熊をおっかえしたのはおもしろかったでねえか」

「この野郎……いなくなったあとで、腰を抜かしたのはだれでえ」

「おめだ」

「ちげえねえや」

ふたりが笑い転げた。思いっきり笑ったことで、脇腹の痛みが退《ひ》いた。半纏を着ると気分が引き締まった。

「矢切まで三里だ、とことんかっ飛ぶぜ」

わずかな休みが、新太郎と尚平とをよみがえらせた。矢切までの三里の道を、ふたりは足をゆるめることなく走り抜いた。

矢切の渡し場もひとで溢れていた。江戸川の流れは速く、水が茶色に濁っている。その有様《ありさま》を見て、新太郎が大きな溜め息をついた。

「とことんツキがねえ」

新太郎が足元の小石を蹴飛《けと》ばした。思いのほか石が飛び、船頭小屋にぶつかった。

「だれだ、あぶねえじゃねえか」

控えの船頭が飛び出してきた。

「勘弁してくんねえ。悪気でやったわけじゃねえんだ」

新太郎が素直に謝った。船頭の顔つきが変わった。

「おめえさんたち……おれを助《す》けてくれただろう？」

「あんときの船頭さんかよ。すっかり元気そうじゃねえか」

「ありがとよ。どうでえ、茶のいっぺえも飲んでくれよ」

「せっかくだが、そうもしてられねえ」

「茶も飲めねえぐれえ急ぐのかよ」

船頭がふたりのそばに寄ってきた。

「舟に乗れるまでには、まだ四半刻はかかるぜ。ただ待ってねえで、茶を飲みなよ」

四半刻と聞いて、新太郎が顔を曇らせた。

「どうしたよ兄弟、わけがありそうだな」

船頭が新太郎の顔をのぞきこんだ。泣き言《ごと》を言ったり、ひとにものを頼むのが大の苦手《にがて》な新太郎だ。しかしいまは先を急いでいる。ことのあらましを手短に話した。

「そこで待っててくんねえ」

小屋に駆け戻った船頭が、幾らも間を置かずに戻ってきた。身なりが変わっていた。

「陸《おか》を走ったんじゃあ、とっても間に合わねえ。江戸川を真っすぐ下りゃあ行徳《ぎょうとく》の浜だ」

船頭が尚平と向き合った。

「おめえさん、櫓が操れるだろうが」

「大してうまくはねえがやれるだ」

「渡しほどでかくはねえが、おれの舟がある。行徳からは新川《しんかわ》にへえれるんだ。猿江っていやあ、小名木川《おなぎがわ》でいいんだろうが」

新太郎がしっかりとうなずいた。

「中川の船番所で、小名木川がくっついてんだ。代わり番こに漕いでいきゃあ、なんとか暮れ六ツには着けるだろうよ」

ふたりの顔に朱がさした。

「ただよう、今日は大潮で、こないだとおなじ下げ潮だ。ちっこい舟だからてこずるぜ」

「済まねえ、恩にきるぜ」

すぐさま舟に駆け寄った。船頭が言ったとおり、舟は薄板造りのべか舟だ。それでも櫓がついており、三人が乗っても沈む気遣いはなさそうだった。

「はなはおれが漕ぐからよう」

船頭が尚平に話しかけた。

「おめえさんは舳先に座って、しっかり潮目を見張っててくれ」

川は十日のときよりも、さらに水かさが増していた。濁った水が、音を立てて流れている。河口に向かう舟は、櫓を使うまでもなく勢いよく流れた。

川のなかほどに幅五間ほどの潮目があった。大きな渡し舟なら潮目に乗って下ることもできる。しかし底《そこ》の平らなべか舟では、うっかり潮に乗り損ねると、あっけなく引っくり返る。舳先に座った尚平は、腕を突き出して進み方を指図した。

増水した川は潮に乗らなくても流れが速い。船頭は櫓を操って巧みに舟の向きを変えた。市川《いちかわ》を過ぎると川幅が急に狭くなった。流れがぐんと速くなった。

「もっと右だ……もっと右だって」

尚平がめずらしく怒鳴り声を出した。

矢切を出て四半刻ほどで、行徳の浜が左手に見えてきた。正面には江戸湾が広がっている。西空に傾いた陽が、あかね色の帯を湾に投げていた。

新川に入ると舟が増えた。江戸湾での漁を終えた漁船や、深川にものを運ぶ荷物船が群れになって川を上っている。

帆を一杯に張った漁船が、あっという間にべか舟のわきを通り過ぎた。漁船が作り出した横波が、べか舟を捕らえた。激しい横揺れが起きて、厨子が転がり落ちそうになった。

新太郎が飛びついて止めたが、勢いが強過ぎて舟が大きく傾いた。

新太郎と尚平は舟板にしがみついた。櫓を使っていた船頭が川に投げ出された。

「勘弁してくれよ……またおれが落とされちまったぜ……」

ずぶ濡れで舟に這いあがった船頭に、新太郎が両手を合わせて謝った。

陽が急ぎ足で沈んでおり、川面が冷えてきた。棒に縛り付けた行李を外した新太郎は、折り畳んだ刺子を取り出した。

「もうすぐ船番所だが、べか舟が止められることはねえ。番所を過ぎれば、猿江まではわけねえよ」

船頭の言った言葉に、新太郎と尚平が大きな息を漏らした。

十一

船頭の読みははずれて、舟が番所で呼び止められた。わけはふたつある。

べか舟に乗りながら、だれも漁師に見えなかったのがひとつ。もうひとつは厨子に描かれた井上鷹の羽紋を見咎《みとが》められたことだ。

舟は番所桟橋《さんばし》に縛り付けられた。新太郎たち三人は番所の土間に引き立てられた。新太郎と尚平は往来手形を差し出したが、吟味方役人のひとりは見ることもしなかった。

「この厨子にはなにが入っておるか。申し開くことがあるなら有《あ》り体《てい》に申せ」

吟味には役人ふたりが立ち会った。こめかみに血筋を浮かせた男が口火を切った。

「猿江の井上てえ殿様に届ける、まつたけがへえってるんでさあ」

夜明け前から走り続けたことで、気も身体もくたくただった。偉そうな物言いが癇《かん》に障《さわ》った新太郎は、ぞんざいに答えた。

「まつたけだと？」

「そうです、ま・つ・た・け」

「貴様、番所をなぶっておるのか」

「そんな気はこれっぱかりもありやせんが、暮れ六ツまでに届けねえと、厄介事が持ち上がりやすぜ。なにしろ殿様のおふくろさんに供えるまつたけでやすから」

「殿様とは、どこの大名だ」

「常州下妻藩でさあ。今日のまだ夜が明けねえうちに、筑波山から運んできやした」

「いい加減なことを言うでない」

「小滝氏《こたきうじ》、あとはわしが訊《き》く」

同席のもうひとりが、居丈高《いたけだか》な役人の口を抑えた。

「小滝氏はほかの吟味を当たりなされ」

穏やかな口調だが、きっぱりした指図だ。小滝は同役に会釈《えしゃく》を残して席を立った。

「その方にきつい言い方をしたかも知れぬが、これも役目柄のことだ」

「では行っても構わねえんですかい？」

「そうはいかぬ。大名の名を聞いたからには子細《しさい》が知りたい」

「ですがお役人さん、はやく届けねえとほんとうに厄介なことになりやすぜ」

「暮れ六ツと言ったな」

「その通りでさ」

「厨子を開いてなかを見せなさい」

尚平が厨子を差し出した。とびらは新太郎が開けた。梁に吊るしたはつたけも、枯葉に抱かれたまつたけも無傷で収まっている。吟味の土間に、きのこの香りが広がった。

「今朝採ったものか」

「へえ……まだ月が出てやした」

「それでおまえは筑波山からここまで、一日で駆けてきたというのか」

「おれと相肩のふたりで、でやす」

尚平がぺこりとあたまを下げた。

「桟橋に繋ぎとめてある舟の子細は？」

矢切の船頭が、もぞもぞと膝を動かした。答えるのは新太郎が引き取った。

「陸《おか》を走ったんじゃあ六ッに間に合わねえてんで、矢切から送ってくれたんでさ」

「矢切からあの舟でか？」

新太郎たち三人があたまを下げた。

「陽の落ちた江戸川を戻るのは難儀だ」

役人が新太郎に目を向けた。

「その方の宿の周りに船着場はあるか？」

「そんなもなあ、幾らだってありやす。うちの木兵衛店にも、しょぼい桟橋があるぐれえですから」

「ならば猿江で厨子を届けたあとは、深川に泊めてやれ」

「ちょいと待ってくだせえ」

黙っていた船頭が初めて口を開いた。

「このまま矢切にけえらねえと、おれがどうかしたんじゃねえかとしんぺえしやす」

「その方の名は？」

「矢切の幸蔵《こうぞう》てえやす」

「分かった。このあと江戸川に見廻り船が出る。矢切に立ち寄り、その方の次第を伝えさせるゆえ、案ずるには及ばん。それでよいか？」

「そりゃあもう……ありがてえことで」

「ならば行ってよい。川が暗いゆえ、気を抜かずに行けよ」

三人がしっかりと辞儀をした。

「この先、川で詮議《せんぎ》を受けることがあれば、わしの名を出してよい。わしは中川船番所吟味方与力、斎藤一郎《さいとういちろう》だ」

もう一度三人が、膝にくっつくほどにあたまを下げた。


べか舟が櫓をきしませて小名木川を走っている。大島村《おおじま》を過ぎると、河岸の眺めが見慣れたものに変わってきた。

「すまねえが、どこかそのあたりで舟を寄せてもらえやせんか」

幸蔵が怪訝《けげん》な顔になった。

「やっぱり、詰めのところは尚平と走って届けてえんだ。ここから猿江までなら、ひとっ走りで行けるてえもんだ。幸蔵さんとはこの先の横川《よこかわ》とぶつかる、扇橋《おうぎばし》の根元で落ち合おうじゃねえか」

新太郎の気持ちを汲み取った幸蔵は、川の右手、上大島町《かみおおしまちょう》の桟橋に舟を横付けした。

ここから井上下屋敷までは河岸沿いの道で七町（約七百六十メートル）だ。

河岸に上がった新太郎と尚平は、半纏の帯を締め直した。

「そいじゃあ行くぜ」

「おうともさ」

すでに月が見えた。筑波で見たのと同じ満月である。河岸沿いには、大店《おおだな》の別宅が並んで建っている。武家屋敷と異なり、塀ではなく生垣《いけがき》だ。垣根の熊笹が夜風で揺れた。

カサカサッ、カサカサッ……。

後棒を押す新太郎には、ありの足音に聞こえた。

今戸《いまど》のお軽《かる》

一

天明七年（一七八七）十月十六日の深川は、雲ひとつない晴天で明けた。この時季、黒江町の裏長屋木兵衛店《だな》には、六ツ半（午前七時）から昼前まで陽が差し込む。

永代寺が五ツ（午前八時）の鐘を打ち終えると、洗い物の山を抱えた女房連中が井戸端《いどばた》に集まった。ここ数日、天気が思わしくなかったが、今朝は久々の上天気である。

「おはよう、朝から精が出るねえ」

家主の木兵衛が声をかけた。女たちは愛想を返すでもなく洗濯の手も止めない。長屋の井戸は二棟目と三棟目に挟まれている。木兵衛はカラの咳払《せきばら》いを残してから、三棟目の真ん中に立った。

軒下には、樫棒が抜かれた四つ手駕籠が立てかけられている。木兵衛は断わりも言わずに腰高障子戸《こしだかしょうじ》を開けた。

「ほらみろ、やっぱりきたぜ」

「なんだい、やっぱりとは。朝から随分な言いぐさじゃないか」

木兵衛が新太郎を睨みつけた。

「昨日の今日だから、今月は休ませてくれるかも知れねえと……尚平がおめでてえことを言ったもんだからさ」

「だからどうだと言うんだ」

「おれはそんなわけはねえ、鐘が鳴り終わったらくると言ってたとこだ」

新太郎も尚平も身支度は終わっていた。

「そこまで分かってるんなら、うちで待ってるから手早く駕籠を出しておくれ」

木兵衛は戸も閉めずに戻って行った。

毎月十五日には、文銭《もんぜに》の詰まった箱と木兵衛とを、深川から入谷まで運ぶのが定《き》めだ。

ところが今月は、おなじ長屋に住む正之助の頼みで筑波山からまつたけを運んだ。

その仕事を終えたのが昨日の夜遅くだった。まつたけ運びは木兵衛の口利《き》きである。昨夜四ツ（午後十時）前、木兵衛にまつたけ運びは無事に終わったことを伝えた。

「身体はなんともないだろうねえ？」

ねぎらいめいた言葉を聞いて、新太郎と尚平とが顔を見合わせた。

「あれで木兵衛さんも、いいとこあるだ」

「ばか言うんじゃねえ、おれたちが入谷まで行けるかを確かめたのよ。タヌキじじいが、おれたちの身体を気遣うわけがねえだろう」

尚平と幸蔵とが苦笑いを交わした。幸蔵は矢切《やぎり》の船頭で、新太郎たちを上大島町の桟橋まで運んでくれたのだ。夜にかかったことで、昨夜は幸蔵を長屋に泊めた。

夜明けとともに起き出した幸蔵は、三人分の朝飯を調《ととの》えた。六日の間留守だった宿には、買い置きがなにもなかった。具なしの味噌汁だけがおかずである。

しかし幸蔵が炊《た》き上げた飯は、ふっくらと飯粒が立っていた。焦《こ》げ飯を塩で握った握り飯からは、香ばしさが放たれている。寝起きにもかかわらず、新太郎と尚平はきれいに飯を平らげた。

幸蔵は六ツ半に帰って行った。朝の弱いふたりが支度を終えて木兵衛を待っていられたのには、こんな次第があったのだ。

深川を出た駕籠は両国橋《りょうごくばし》を渡り、浅草寺《せんそうじ》を通り抜けて入谷まで歩き通しだ。客を乗せて歩く駕籠は、人目をひくことおびただしい。掛け声も出さず息杖《いきづえ》も使わない駕籠を見ると、おとなまでがひそひそ声を交わして指を差す。

新太郎が後棒《あとぼう》である。みっともなくて強く押すと尚平も応《こた》えて足を速める。そして駕籠が揺れる。すかさず木兵衛が、駕籠から乗り出して文句を言った。

今日は月に一度の厄日だ。入谷に着くと昼はとっくに回っていた。朝飯はそれなりに食ってはいたが、木兵衛をおろしたあとの新太郎は、腹が減って動けなくなった。

「ここは鬼子母神のそばだ」

尚平に言われて、新太郎が慌《あわ》てて立ち上がった。

「坂本村《さかもと》に入れば、きっと飯屋があるだ。そこまで気張って行くべ」

駕籠が駆け出した。

今年の小正月に、入谷の鳶《とび》とおのれの髷《まげ》を賭けて雑司が谷まで客を運んだことがあった。

賭けは勝負なしでケリがついた。それ以来、鳶のかしらとも仲良く付き合っている。が、歩き通してくたびれた格好を見せたくない。

坂本村はほとんどが畑地で、越中《えっちゅう》富山《とやま》前田《まえだ》藩の下屋敷が建っているだけの静かな場所である。畑には大根の葉が重なり合っていた。

ほとんど人通りのない畑道の辻に、飯屋が一軒見えた。軒先には長さ三尺（約九十センチ）ほどの赤い提灯《ちょうちん》がさがっている。

前棒《まえぼう》の尚平が足を止めた。

「煮豆に糠漬《ぬかづ》けと味噌汁で、ひとり三十文だけどいいですか？」

出された湯呑みには、水がいっぱいに入っている。新太郎と尚平が、口をそろえてうめえと漏らした。

「井戸が自慢なんです。もう一杯注《つ》ぎましょうか」

「ありがてえ」

ふたりとも、立て続けに三杯を飲み干した。店にはほかに客がいなかった。水を出し終えた女が飯の支度を始めた。

五坪ほどの賄《まかな》い場で立ち働く女からは、町に暮らした香りが漂《ただよ》い出ている。新太郎が目を凝《こ》らして女を見ていた。

「おまちどおさまでした」

村の飯屋には不釣合いな焼き物のどんぶりに、炊き上がりのような飯が山盛りである。

味噌汁の具は豆腐と油揚げだが、あぜ道で摘《つ》んだセリが刻まれている。

「山椒《さんしょう》を少し散らしていただくと、香りが立っておいしいですから」

器《うつわ》に盛られた粉山椒は深い緑色だ。江戸の町中でも見たことがない上物である。

「こいつあ豪勢だよ」

山椒を散らした味噌汁を口にして、新太郎が大声で誉《ほ》めた。

煮豆は大粒の金時豆《きんとき》である。ていねいに煮た豆にはしわがない。甘味をおごったらしく、金時豆が艶々《つやつや》としていた。

「豆も滅法《めっぽう》いけるぜ」

「ありがとうございます。その糠漬けも評判がいいんですよ」

茄子《なす》と大根が小皿に盛り合わされていた。茄子の群青《ぐんじょう》色と大根の白が互いに引き立て合っている。大根をひときれ口にした尚平が、潮焼けした顔でうなずいた。

女が台所に引っ込むと、ふたりは忙しく箸《はし》を使った。

店の外には、深まり行く秋の陽が降り注いでいる。男ふたりが飯を食う音だけが聞こえる、静かな村の昼下がりだった。

飯を平らげた新太郎が湯呑みに手を伸ばしたとき、店にこどもが飛び込んできた。

「おゆきおばちゃん」

差し迫ったこどもの声で、台所から女が飛び出してきた。

「あぜ道で女のひとがわめいてる」

こどもが田んぼを指差した。

「おとなのひとはだれかいないの？」

「近寄ると石をぶつけるんだよ」

新太郎と尚平が立ち上がっていた。

二

あぜ道で騒いでいたのは娘だった。

きれいに結われた髪には、銀の平打かんざしが二本差さっていた。一本は都鳥《みやこどり》、もうひとつには丸のなかに青海波《せいがいは》の紋が、それぞれ透かし彫りされている。娘が動くと、かんざしがキラキラと照り返った。

着ているあわせも帯も、素足で履いている塗り下駄《げた》も、いずれも上物である。しかしぬかるみの残ったあぜ道に座り込んでいたらしく、着物の裾や尻のあたりに泥のかたまりが付いていた。

野良仕事の手を止めた年寄り五人が遠巻きにしている。新太郎が娘に近寄った。

「どうしたてえんだ、こんなところで」

言い終わらないうちに、根っこからむしった大葉子《おおばこ》を娘が投げつけてきた。

「なんてことをしやがんでえ」

新太郎が娘の右手を摑んだ。

「やめてよ。あたしが芳三郎《よしさぶろう》の娘だって分かってるの」

吐く息が酒臭く、色白の首には血筋が透けて見える。新太郎を見る瞳は黒く潤《うる》んではいるものの、定まってはいなかった。

「芳三郎てえのはだれでえ」

「あなた、いなかもの？」

娘が細いあごを突き出した。

「おめえ、だれに言ってるんでえ」

「やめろ新太郎、相手は酔っ払いのこどもでねえか」

目を尖らせた新太郎を尚平が止めた。こども呼ばわりされた娘が、尚平に細い腕を突き出した。

「ばかにしないでよ……」

言葉の途中で身体が崩れた。尚平の太い腕に抱え込まれた娘は、気を失ったかのようにぐったりしている。

「うちで横にしてあげましょう」

飯屋の女が尚平の後ろから声をかけた。あぜ道から飯屋までのおよそ一町（約百十メートル）を、尚平が抱えて運んだ。

「でえじょうぶだ、息はしっかりしてらあ」

畳に寝かされた娘の息は、酒臭いだけで乱れはなかった。

「ねえさんはこのあたりの生まれですかい？」

「そうではありませんが、なにか……」

「この娘《こ》は、芳三郎を知らないのとわめいたんだ。だれでも知ってるてえ口ぶりだったもんでね」

女が、なにかに思い当たったような目になった。

「どうしやした？」

「もしかしたら、今戸《いまど》の芳三郎親分のことかも知れません」

女がかんざしの紋を見た。

「山谷堀《さんやぼり》に架《か》かる今戸橋を知ってますか？」

「走ったことはねえ町だが見当はつきやす」

「その橋のたもとに、恵比須《えびす》の芳三郎という名の親分が住んでます。半纏《はんてん》の紋が青海波だった覚えがありますから、そちらの娘さんではないでしょうか」

「そうですかい」

新太郎が女を見た。白粉《おしろい》も塗ってないが、村人とは思えない色白の顔だ。紅《べに》もひいていない唇は艶のある赤味で、眉は細くて黒い。新太郎は女に見とれていた。

「そこまで運ぶだ、新太郎」

「そうだなあ……」

気乗りのしていない返事が返った。女は尚平の言ったことにうなずいている。

「分かった、今戸に行くぜ」

言ってから新太郎が女に目を戻した。

「おれは深川の新太郎で、こっちは相肩《あいかた》の尚平てえやす」

「おゆきです」

女が軽くあたまを下げた。

「きちんと今戸に送りやすから」

新太郎がさらしに挟んだ巾着《きんちゃく》から、一匁《もんめ》の小粒をひとつ取り出した。銭に直せばおよそ八十三文である。

「ただいまお釣りを」

「うまい飯と水をたっぷりいただきやした。釣りはいりやせん」

「ありがとうございます」

おゆきは素直に受け取った。

駕籠に娘を寄りかからせた新太郎は、垂れを下げて娘を人目から隠した。駕籠からこぼれ落ちないように、おゆきに借りた扱《しご》き帯で竹の骨に結わえてある。

「近々、帯をけえしにきやすから」

「お待ちしています」

おゆきに見送られて駕籠が出た。

娘を気遣ったふたりは、駆け足を加減した。今戸に行くには浅草寺のわきを真っすぐ東に走るのが早道だ。しかしその道は参拝客でいつも混み合っている。

尚平は回り道になるのを承知で、材木町《ざいもくちょう》の辻を北に折れた。ここから日本堤《にほんづつみ》までは、畑を突っ切る一本道だ。ふたりはゆるやかな調子で駆け抜けた。

土手の手前で肩を替えた。乗せているのは娘がひとり、ふたりには空《から》駕籠も同然だ。深い秋のやわらかな陽を顔に浴びて、堤を西方寺《さいほうじ》まで気持ちよく駆けた。

寺の門前で堤を下りると今戸町だ。山谷堀沿いに二町も走れば今戸橋に出る。静かだった町が、堀に出ると様子を変えた。

油断のない目であたりを見回す半纏姿の男たちが、横丁の路地を固めている。どの男も、見なれない駕籠を睨《ね》めつけた。

橋のたもとに男衆が群がっていた。半纏の紋は青海波ひといろだ。橋の手前で駕籠をおろすと、新太郎が男衆に近寄った。

「ちょいとものを訊《き》きてえんだが」

「いまは取り込み中だ、よそで訊きねえ」

「ことによると娘さんのことかい？」

聞きつけた男たちが、血相を変えて新太郎を取り囲んだ。

「なんだってそれを知ってるんでえ」

口々に怒鳴る若い者を掻《か》き分けて、白髪頭の男が新太郎に近寄った。

「代貸《だいがし》の源七《げんしち》だが、おめえさんは？」

しゃがれ声だが穏やかな口調である。新太郎の肩ほどの背丈だった。

「深川黒江町の新太郎だ。そちらさんは、芳三郎さんてえひとの代貸さんかい？」

「そうだ」

「おたくの娘さんが坂本村のあぜ道で酔っ払ってたよ。放っとくわけにもいかねえから、駕籠で運んできたぜ」

言い終わる前に若い衆が駕籠に駆け寄り、垂れを上げた。

「代貸、お嬢さんでやす」

源七は新太郎から目を離さない。が、目付きがわずかに穏やかになった。

「わけが知りてえんだ。付き合ってもらえるかい？」

「わけなんざねえよ。いまも言ったが、村のあぜ道で騒いでたのを運んできただけだ。おたくの娘にまちげえねえんなら、先を急ぐんだ、ここまでにしてくれ」

尚平が新太郎に並んでいた。

源七はふたりを見詰めていた。やがて目をはずすとあたまを下げた。

「見ての通り、取り込みのさなかだ。礼はあらためてさせてもらいてえ」

「入谷からのけえり駕籠だ。礼はいらねえが、扱き帯は借り物だから持ってくぜ」

駕籠に戻った新太郎は、娘を結わえていた帯を樫棒に結び付けた。

駕籠が走り始めると、若い衆がそろってあたまを下げた。

三

新太郎、尚平の朝は五ツから始まる。

木兵衛店の住人の多くは通いの職人である。連中は季節を問わず六ツ（午前六時）には起き、飯を済ませて宿を出るのが六ツ半前だ。

仲町《なかちょう》の商家も小商《こあきな》いの店も、六ツには店を開けて通りの掃除を始める。江戸の町はどこも早起きだった。

新太郎が房楊枝《ふさようじ》で口をすすぐ五ツの井戸端には、天気さえよければカミさん連中が群れていた。

「新さん、火種はいつものところだから」

声をかけたのは仕立屋の女房だ。左隣りの仕立屋は、長屋で数少ない居職《いじょく》である。かまどの火種はここの女房が分けてくれた。

朝飯の支度は尚平だ。昼と夜は外で済ませるが、朝は宿で炊事する。どんぶり一杯の炊き立て飯に生卵、それと味噌汁に焼き海苔《のり》がお決まりである。味噌汁の具はしじみかアサリだ。これは夕方の担ぎ売りが、流しの器に水を張って置いて行く。

新太郎たちの宿は心張《しんば》りがされていない。棒手振《ぼてふり》や仲町の商人《あきんど》たちは、勝手に入って物を納めて帰った。

朝飯を終えると尚平が洗い物を始める。洗うのは半纏にさらしと下帯。ときには木綿《もめん》のひとえも加わる。

長屋の井戸水は塩気があり、きれいにすすがないと塩が残る。房州勝浦生まれの尚平は、塩水混じりの洗い物は御手《おて》の物だ。手早く洗う手つきを、カミさん連中がいつも感心して見ていた。

尚平が干した洗い物も、仕立屋の女房が取り込んでくれた。新太郎も尚平も酒好きだが、長屋で騒ぐことはしない。それゆえ男所帯で足りない手は、カミさんたちが貸してくれた。

新太郎は部屋の掃除と、駕籠の手入れを受け持った。所帯道具がほとんどない八畳間は、掃除といってもたかが知れている。が、ふたりともきれい好きだ。

両替屋の総領息子に生まれた新太郎は、小さいころから身の回りの片付けを厳しくしつけられた。臥煙《がえん》組にいたときも、部屋に落ちている紙くずなどは新太郎が始末したものだ。

板の間は毎日雑巾《ぞうきん》がけをし、食べ終わった器を洗うのも新太郎だ。見栄《みえ》っ張りではあるが、雑巾とほうきは臆することなく手にした。

駕籠も大事に扱った。樫の梶棒《かじぼう》は、真冬でも水拭《みずぶ》きとカラ拭きを欠かさない。垂れと竹の骨も毎日手入れした。

六尺の大男ふたりが暮らす八畳間は、木兵衛店のなかでも指折りのきれいさである。宿を汚さずに使い、店賃《たなちん》を遅らせたことがないふたりに、木兵衛も陰ではにんまりしていた。

四ツ（午前十時）の鐘でふたりは宿を出る。富岡八幡宮に賽銭《さいせん》をしたあとの、大鳥居わきの客待ちがその日の始まりだ。

十月十九日の朝は、黒紋付《くろもんつき》の羽織を着た男が口開けの客だった。

「吾妻橋《あづまばし》を渡った先の、花川戸河岸《はなかわどがし》までやってくれないか」

辻駕籠には似合わない身なりの客だった。背丈は五尺三寸（約百六十一センチ）ほどだが、目方は二十貫（約七十五キロ）はありそうだ。羽織もあわせも黒羽二重《くろはぶたえ》の拵《こしら》えで、献上帯《けんじょうおび》も真新しい。

手入れの行き届いた髪から、鬢《びん》付けの香りが漂っている。目付きは鋭そうにも見えるが、いまは穏やかな光だ。

「おれたちでいいんですかい？」

大店《おおだな》のあるじとも思えそうな客に言われて、新太郎が辻駕籠でいいかと確かめた。

「もちろんだが頼みがある」

「なんでやしょう」

「休まず、思いっきり飛ばしてくれ」

新太郎が客をあらためて見直した。

「駆けるのはいいが、揺れやすぜ」

「もとより承知だ」

客は酒手《さかて》も決めずに乗り込んだ。

口開けに縁起をかつぐ尚平が、相肩に笑いかけた。深川富岡から花川戸までなら上客である。身なりもわるくない。なにより、早駆けしてくれという注文がふたりを喜ばせた。

吾妻橋への道なら、互いに分かり切っている。樫棒に肩を入れた尚平が、勢い良く息杖を突き立てた。新太郎がぐいっと押して駕籠が走り始めた。

舁《か》き手と客の息が合わされば、駕籠は幾らでも早駆けできる。この朝の客は、乗り方が見事だった。

揺れに合わせて身体を動かし、舁き手の足を邪魔しない。曲がり角に差し掛かると、腰をずらせて調子を合わせた。平らな道ではどっしりと座り、上り道は前に、下り坂では後ろに身体の軸を移す。

三人の息がぴたりと合った駕籠は、四半刻《とき》（三十分）をわずかに上回ったぐらいで花川戸に着いた。

「たいした走りだ、感心したよ」

「お客さんもてえしたもんだ。久々に気持ちよく担がせてもれえやした」

息を整える新太郎の声が弾《はず》んでいる。客は羽織のたもとから紙入れを取り出し、一両を新太郎に握らせた。

「幾らなんでも多過ぎやすぜ」

「先日の礼も含めてだ、納めてくれ」

「礼とはなんのことで？」

「名乗るのが遅れたが、今戸の芳三郎だ。娘がえらく世話になった」

芳三郎があたまを下げた。

「そうですかい……それじゃあ芳三郎さんはおれたちの駕籠に乗るために、わざわざ深川まで足を運んだてえんですかい」

「それだけじゃあない。あんたらの駕籠に乗ってみたいわけがあったんだ」

「わけてえのは？」

「このすぐ先の料理屋に座敷を用意させてある。手間をかけてすまないが、一刻（二時間）ほど付き合ってくれないか」

言ってるそばに、組の若い者が駆け寄ってきた。

「お早いお着きでやした」

「こちらのふたりが早駆けされたんだ」

芳三郎に目配せされて、若い衆が新太郎たちのそばに寄った。

「ご苦労さまでした。どうぞこちらへ」

顔を見合わせた新太郎と尚平は、空駕籠を担いであとに付いた。

四

芳三郎は料理屋だと言ったが、連れて行かれたのは門構えのある料亭、菊水楼《きくすいろう》だった。

周りは黒板塀で囲われており、玄関までは石畳が続いている。玄関前は広く、大名の乗物も横付けできそうだ。

築山《つきやま》の老松《おいまつ》も生垣も、職人が毎日手入れをしているらしく、枝も葉もそろっていた。

客が駕籠舁きだと、下足番も仲居も知っていた。敷台にはすすぎがすでに用意されている。わらじを下足番に持たれたときには、新太郎がばつのわるそうな目を見せた。

昼には相当に間がある。こんな時分から菊水楼が使える、芳三郎の器量がうかがえた。

仲居に案内された座敷は、正面に泉水《せんすい》が眺められる二十畳間である。芳三郎は床の間の座を空《あ》けて待っていた。

「一両の酒手といい、この料亭といい、おれたちには過ぎた扱いですぜ」

「そう言わずに座ってくれ。あんたらに座ってもらえないと話が進めにくい」

実《じつ》を尽くした口調で床の間を勧められたふたりは、居心地わるそうに座った。

「すでに知った顔だろうが、うちの仕切りをまかせてある源七だ」

代貸があらためてあたまを下げた。新太郎と尚平がおなじ仕種《しぐさ》をしたところに酒がきた。ビードロ（ガラス）の酒器である。初めて見た尚平が目を丸くした。

猪口《ちょこ》もビードロだった。芳三郎がふたりに注いだ。

「これはうめえ」

冷し酒である。富岡から一気に駆けたふたりには、なによりの酒だ。続けて鯉の洗魚《あらい》を出して、仲居がさがった。

秋の終わりに冷し酒と洗魚。ほてった身体が欲しがるものを見定めた、芳三郎の気遣いである。ふたりは遠慮せずに箸をつけた。

「深川のひとには馴染みがないだろうが、わたしは江戸の北側を預かっている渡世人だ。これをご縁に、五分の付き合いをさせてくれ」

「駕籠舁き相手に、親分が口にされる台詞《せりふ》とも思えやせん」

ひとに媚《こ》びない新太郎が、めずらしくていねいな口調だ。芳三郎は真顔を崩さなかった。

「源七の目利きには、わたしも一目おいているんだが……えらくあんたらが気に入ったらしくてね。会ってもいないわたしまで、なんだか気になった」

芳三郎はビードロの猪口を、キセルに持ち替えていた。

「昨日とおとといの二日で、あんたらのことを聞かせてもらった」

「調べたてえことですかい？」

「勝手をして済まなかったが、尖らずに聞いてくれ」

新太郎も猪口を置き、芳三郎と向き合った。

「入谷からの帰り駕籠だったと源七から聞いて、坂本村で娘を拾ってもらえたことにも合点が行った。うまい具合に、入谷の辰蔵はあんたらのことをよく知ってたよ」

「そりゃあそうでしょうよ」

辰蔵は新太郎たちが髷を賭けた相手だ。

「あいつは随分とあんたらを誉めたそうだ。辰蔵がひとを誉めるのはないことだ」

「それはありがてえが、どうして親分はおれたちのことを探られたんで？」

「いま話すが、もう少し言わせてくれ」

話の腰を折られても、芳三郎は穏やかな調子を変えない。気づいた新太郎が口を閉じた。

「あんたがもとは臥煙で、相肩の尚平さんがいっとき本所の相撲部屋にいたことまでしか分からなかったが、二日の仕事としてはわるくないはずだ」

本所のことを知っているのは、新太郎を含めてわずかしかいない。尚平の身体が芳三郎に向いた。

「あんたらに拾ってもらえた娘は、来年早々祝言《しゅうげん》を挙げる段取りだったんだが、昨日の夜遅く相手に断わりを言った。それについて、あんたらに聞き入れてもらいたい頼みがある」

「ちょっと待ってくだせえ」

新太郎が手を突き出してさえぎった。

「尚平が本所にいたことまで二日で聞き出したてえだけで、親分の大きさは分かりやした。分かっただけに、そんな親分がおれたちに頼み事をされるてえのが分からねえんだ」

「なにが分からないんだろう……」

「親分とは今日初めて会ったばかりだ。こっちも親分のことを知らねえが、そちらさんだって、おれたちの正味《しょうみ》はろくに分かってねえはずだ」

「それで？」

「親分なら、どんなことでも、ひとにあたまを下げずにやれるでしょうが」

「できるだろう」

「だったらなにも、おれたちにあたまを下げるこたあねえでしょう。でえいち、頼みを聞いたあとで断わるなんざしたくねえんでさ」

「言うことはそれで仕舞いか？」

気を昂《たか》ぶらせた新太郎が拍子抜けするほどに、落ち着いた問いかけだ。新太郎は憮然《ぶぜん》として口を閉じた。

「聞いたあとで断わっても一向に構わない。とにかく話だけでもさせてくれ」

新太郎もうなずくしかなかった。

「断わった縁談の相手は蔵前《くらまえ》の札差《ふださし》だ」

札差の名は堺屋伊兵衛《さかいやいへえ》、森田町《もりたちょう》の組がしらを務める大店である。伊兵衛は十年来の賭場《とば》の上客で、年に二千両を超えるカネを遣い続けてきた。

伊兵衛には来年で二十歳になるひとり息子がいる。方々の商家から縁談が持ち込まれたが、多くが堺屋との縁組みをあてにした話であり、伊兵衛は一顧《いっこ》だにせず断わってきた。

ところが芳三郎の娘さよりとの縁談は、伊兵衛から持ちかけた。

「おたくとなら身代《しんだい》も釣り合うし、なにより商いで互いに助け合えそうだ」

札差は武家相手の金貸しである。途方もないカネを蓄《たくわ》えてはいるが、借金を強要する武家との揉《も》め事も多い。

堺屋には、江戸の北を束《たば》ねる芳三郎との縁組みは願ったりである。

芳三郎も、堺屋伊兵衛にはわるい気を抱いていなかった。

どれほど負けが込んでも、三日のうちにはカネを届けてくる。なにより賭場での振舞いがわるくないのだ。

札差には小判を投げつけたり、酔って壺振りにからんだりする手合いが多い。堺屋は勝っても負けても、賭場に祝儀を忘れなかった。

さよりに話す前に、芳三郎は堺屋の息子に会った。甘く育てられたことが端々《はしばし》に見えたものの、娘が暮らしで苦労することはないだろうと判じた。

見合いはうまく運び、結納《ゆいのう》も済んだ。ところが祝言まであと三月《みつき》と迫った十月に入ったところで、さよりの様子が違ってきた。

「ごはんを食べに入っても、なにひとつ決められないのよ。そのくせあたしが頼んだものには好き嫌いを言って箸もつけないわ。あんなに煮え切らない男は絶対にいや」

何度か一緒に外出《そとで》をしたことで、さよりは嫌気《いやけ》がさしたようだ。

「いまさら勝手は許さん」

芳三郎がどれほど叱っても変わらない。源七に言い付けて、娘にはほかに好いた男がいないかまで探らせた。が、そんな気配はまるでなかった。

十月十六日の朝早くから、芝大門《しばだいもん》で賭場元締め衆の寄合が持たれた。芳三郎が出かけた隙を見計らって、さよりが宿を抜け出した。間のわるいことに、源七も芳三郎を送って留守にしていた。

出かけた先は入谷の鬼子母神である。さよりはここで縁切り祈願をしたのだ。寺を出たあと、入谷の酒屋で五合の酒を買ったさよりは、今戸への帰り道で呑み干した。新太郎たちが拾ったのは、さよりが酔って動けなくなっていたときだ。

親にあてつけるための振舞いだった。

「親ばかを丸だしにするようだが、娘がそこまでいやがる縁談なら断わろうと思ったよ」

「それで親分は相手の宿に行ったてえわけだ」

「わたしは昨日、二度堺屋に足を運んだ。断わることを決めたのは、あんたらのことを聞いてからだ」

「それはまたどういうわけなんで？」

「相手の賭けを受け入れた」

新太郎と尚平が、座ったまま腰を引いた。

五

芳三郎が破談を頼みに出向いたのは、十月十八日の四ツ（午前十時）だった。

十月は公儀家臣年俸の半分、大切米《おおぎりまい》が払い出される月だ。百万俵に届く米が行き交う御《お》蔵界隈《くらかいわい》は、どこも忙しさに殺気立っている。

堺屋の店先では、借金を返さぬまま追い貸しを求める蔵宿師《くらやどし》連中が、わざと大声で手代を怒鳴りつけていた。

蔵宿師とは、武家に雇われた借金強要の掛合い人である。

芳三郎は手下も連れず、ひとりで店をおとずれた。顔を見つけた番頭は、蔵宿師を押し退《の》けてすぐさま奥へと案内した。

長い廊下で隔《へだ》てられた座敷は、店先の騒ぎも届かない。泉水の水音が聞こえるほどに静かな部屋に、あるじは幾らも待たせずに顔を出した。

「どうされた、こんな早くから」

真夜中が忙しい渡世人は、朝の遅いのが通り相場だ。往来にはひとが溢《あふ》れていても、四ツ過ぎに顔を出した芳三郎を堺屋は訝《いぶか》しく思ったようだ。

「済まないが、縁談を流してもらいたい」

前置きも言わず、真っすぐに切り出した。数百の御家人を相手にする伊兵衛は、顔色も動かさずに受け止めた。

「なにか気に障《さわ》ったことでもあるのかね」

「それはない。娘の我がままだ」

「あんたの娘の我がままの尻を、うちに拭かせようという気か」

伊兵衛がキセルを使い始めた。芳三郎も太い雁首《がんくび》のものを取り出した。互いに吐き出した煙が、ふたりの真ん中でもつれ合った。

「親のあたしから見ても、息子は頼りない。蔵宿師連中相手の切った張ったが、あれに務まるわけがない」

「そうだろうな」

「詫《わ》びにきた男がよく言うもんだ」

煙を強く吐き出した伊兵衛が、芳三郎を見据えた。

「あんたの血をひく娘さんなら、息子のつっかい棒になると思ったんだが……やはりうちのじゃ物足りないか」

「それは分からないが、さよりは宿から抜け出す騒ぎを引き起こした」

「家出をしたのか?」

「大事にはならなかったが、そこまで思い詰めた娘を見るのはつらい」

「抜け抜けと、よくも言ってくれるよ」

伊兵衛が口元を歪《ゆが》めた。

「話を流しても、あんたとの付き合い方を変える気は、こちらにはない。勘弁してくれ」

キセルを置いた芳三郎が、あたまを下げた。伊兵衛はキセルを手にしたまま、腕組みをして目を閉じた。

開いたときには、蔵宿師を尻込みさせるひかりが両目にあった。

「釣り合わぬは不縁のもとだ、祝言を挙げる手前でよかったよ」

言ったあとで、目をさらにきつくした。

「ただしこのままでは、肚《はら》に妙なしこりが残りそうだ。大きな賭けをして、互いにすっきり流すということでどうだ」

「どんな賭けだ」

「あたしは祝言の入費に、四千両はかかると踏んでいた」

「大きく出たもんだな」

「あたしの商いには見栄もいる。二千両の賭けをふたつで納めようじゃないか」

「どうして賭けにこだわるんだ」

「あたしは仲間に、あんたの娘との祝言はとうに話した。破談となれば、わけはどうであれ面子《メンツ》が立たない」

「そうだろうな」

「息子の婚礼に遣うつもりだった四千両を、賭けに回すと言い触らすつもりだ。これだけ大きなカネの賭けは、株組合頭取の大口屋《おおぐちや》でもやらない。この賭けで渡世人と手打ちをしたと言えば、仲間内であたしの顔が立つ」

「面子代が四千両か……」

芳三郎が考え込んだ。伊兵衛は黙って見詰めているが、賭けを受けられるかどうかと値踏みしているようだ。

「それでなにを賭けるんだ」

「訊くということは、受けるのか」

「四千両の賭けだ、中身による」

「あたしが決めていいんだな？」

「もとよりその気だ」

伊兵衛は芳三郎を残したまま中座した。戻ってきたのは四半刻も過ぎてからだった。

「あんたは恵比須の芳三郎というぐらいだ、舟には強いだろう」

魚釣りが何より好きな芳三郎は、海上安全の神を二つ名《ふたな》としていた。

「弱くはないだろうよ」

「賭けのひとつは大川《おおかわ》の駆けっこで行こう」

「舟はあたしで、あんたは駕籠だ」

「どういうことか分からないが」

「舟であんたと競っても勝負にならない。永代橋から吾妻橋まで、猪牙舟《ちょき》を走らせる。あんたは、川沿いの陸《おか》を駕籠で走らせてくれ」

伊兵衛が自分で描いた絵図を広げた。

「舟は大川を真っすぐに走るが、速さでは陸《おか》を駆ける玄人《くろうと》の駕籠舁きに、敵《かな》うわけがない」

川船の速さを知り尽くしている芳三郎が、小さくうなずいた。

「駕籠には、あたしが用意した客を乗せて走ってもらう。それなら釣り合うだろう」

「重たい客を用意するわけか」

伊兵衛の口元がわずかにゆるんだが、芳三郎の問いには答えなかった。

「駕籠も駕籠舁きも、あんたが好きに選べばいい」

「それでふたつ目はなんだ」

「蔵前といえば相撲だよ。お互いに目を利かせて、強いのを見つけようじゃないか」

「堺屋には、受けるかどうかの返事をしないで帰ってきた。そのあとで、あんたらの話を聞いて、わたしは賭けを受けた」

芳三郎は賭けひとつが二千両であることを、ふたりには言わなかった。

「親分はおれたちに、大川端《ばた》を走らせようてえんですかい？」

「相撲も取ってもらいたい」

「だから話を聞きたくねえと、はなにそう言ったんだ。わけは聞きやしたが、駕籠舁きにしても相撲取りにしても、親分の周りには幾らでもいるでしょうが」

「いなくもない」

「だったら見ず知らずのおれたちに、親分の面子と銭を賭けるのは合点がいかねえ」

「もっともな言い分だな」

芳三郎が手水《ちょうず》に立った。気の収まらない新太郎が、頬を膨らませたままだ。源七がふたりと向き合った。

「親分は口にしなかったが、賭けはひとつ二千両だ」

「なんだと？」

新太郎と一緒に、ものに驚かない尚平までが息を呑んだ。

「おめえさんが言ったとおり、駕籠舁きも相撲取りも、あごをしゃくるだけで群れになって飛んでくるさ。だがよう新太郎さん、親分はあんたらに賭けたんだぜ」

「そんなことを押しつけねえでくれ」

「おれの言い方がわるかったが、とにかく聞いてくれ」

尚平に促されて、新太郎がうなずいた。

「親分はゆんべ、あんたらの駕籠に乗ったあとで最後の肚を決めると言ったよ。めがね違いだと分かったときにゃあ、賭けのことはあんたらに頼まず、礼だけ言うんだと聞かされてた」

源七がふたりににじり寄った。

「話したときは全部をあんたらにまかせるから、余計な口を挟むなとも言われた。親分が決めたことに口を挟む気なんざ、もとよりねえ。だがよう、四千両は組の銭を根こそぎ掻《か》き集めて、やっとどうにかなるてえカネだ」

「勘弁してくれよ……」

新太郎が低いつぶやきを漏らした。

「たった一回乗っただけで、そのカネをあんたらにまかせると決められたんだ。迷惑だろうが、親分は本気だ」

「本気だてえのは、そっちの都合だろうが」

「その通りだ。とっても言えた義理じゃねえが……命を貸してくんねえな」

芳三郎はまだ戻ってこない。いつもなら渋る新太郎を動かす尚平だが、いまは新太郎以上に深く考え込んでいる。

「おめえだってやだろうがよ」

新太郎が相肩に問いかけた。

「稽古《けいこ》相手がいるだ」

「おめえ……やる気で、考《かん》げえ込んでるてえのかよ」

「駕籠はやるべ。相撲取るなら、十日は稽古してえだ」

源七の顔がわずかに明るくなっていた。

六

十月二十七日の六ツ（午前六時）前。まだ町木戸も開いていないのに、佐賀町河岸には数百人のひとが群れ集まっていた。

明け六ツの鐘で、駕籠と猪牙舟の駆け比べが始まるのだ。堺屋伊兵衛は、瓦版《かわらばん》屋にもこの朝の賭けを話していた。評判を聞きつけた物見高い野次馬が、佐賀町河岸を埋めた。

源七と、堺屋の一番番頭九之助《くのすけ》が出発の立会人だ。桟橋につながれた猪牙舟は、伊兵衛が借り上げた新造船である。櫓《ろ》は船足を速めるために、三尺長いものが別誂《あつら》えされていた。

船端《ふなばた》には堺屋の定紋《じょうもん》が描かれている。身支度を終えた船頭が、すでに櫓を摑んでいた。棹《さお》は使わず、はなから櫓で走るようだ。朝もや越しに見える船頭の二の腕は、こどもの太《ふと》股《もも》ほどもありそうだった。

駕籠には客が乗っていた。黒紋付の羽織を着た男は、座っていても大きさが分かる。大《おお》銀杏《いちょう》の髷が、相撲取りだと触れていた。

渋々賭けに乗った新太郎だが、引き受けたあとは駕籠を念入りに手入れした。

「客は飛び切りでけえ相撲取りだろうぜ」

尚平と話し合った末、駕籠の骨と座とを造り替えた。漬物石を積み重ねて、三十貫（約百十三キロ）でも持ち堪《こた》えられることを確かめた。

思案した通り、伊兵衛が寄越した客は大きかった。が、新太郎も尚平も平気な顔で座らせた。

永代寺から、六ツを告げる捨て鐘が流れてきた。捨て鐘三つのあとに本鐘が鳴る。

船頭が櫓をぐいっと握り締めた。

前棒の尚平が先に肩を入れて、新太郎が続いた。二つ目の捨て鐘で、駕籠が持ち上がった。竹の骨がぎしぎしと音を立てたが、抜ける気遣いはなさそうだ。

三つ目を聞いたふたりが、速い足踏みを始めた。船頭が手のひらに、ぺっと唾を吐きかけた。

ゴオオン……。

本鐘と同時に、駕籠と猪牙舟が動き出した。

舟は前に進まず、大川を真横に走った。なかほどに出たところで、舳先《へさき》を吾妻橋に向けた。船頭が潮目を捉《とら》えたのだ。

堺屋は大潮の朝を選んでいた。いまは上げ潮で、永代橋から吾妻橋に向けて強い潮がある。流れを摑んだ猪牙舟は、櫓のひと漕《こ》ぎでぐいぐい走り始めた。

客の目方が胸算用をはるかに超えているのを、新太郎は走り始めの数歩で知った。樫棒が肩に食い込み、思うように足が出ない。前棒も難儀をしているのが、息遣いで分かった。

佐賀町河岸を出ると、下之橋《しものはし》、上之橋《かみのはし》、万年橋《まんねんばし》と、橋が三つ続く。どれも真ん中が盛り上がっており、上り下りを繰り返した。

走り始めで調子が出ておらず、しかもばかげて重たい客が乗っている。万年橋を渡ったところで、新太郎の息が乱れた。

猪牙舟が斜め前に見えている。新大橋にも着かないうちに、すでに駕籠が遅れていた。

「ばっかやろう。もたもた走るんじゃねえ」

新大橋のたもとで、赤鉢巻き、赤ふんどしの男が新太郎に並びかけてきた。千住大木戸駕籠を担ぐ寅だ。

千住の大木戸駕籠は走り自慢で荒っぽい。大木戸から町中まで二里（約八キロ）はくだらないが、その間を息杖も使わず、肩も替えずに走るのだ。

往来で大木戸駕籠と出くわした辻駕籠は、どれもがわきに逃げた。ところが今年の正月、浅草寺から初詣《はつもう》で帰りの客を拾った新太郎たちは、道を譲らなかった。

辻駕籠に前を塞《ふさ》がれて怒り狂った寅は、真後ろにつけて新太郎を追い立てた。二町ほど駆けてから、新太郎は寅を前に出した。

「大木戸の野郎と勝負してえんだが」

客は日本橋《にほんばし》魚河岸の仲買人だった。

「初春の縁起かつぎにはお誂えだ。やっつけたら、一両はずもうじゃないか」

威勢のついた新太郎たちは、浜町《はまちょう》河岸まで寅を追い立てた。客の宿まで一町のところで、わきから一気に抜き去り一両を手にした。

根に持っていた寅は小正月の護国寺で、走りながら喧嘩を仕掛けてきた。立会人が機転を利かして難を逃れたが、いままた、賭けを背負った大事なときに寅があらわれた。

「足がそろってるじゃねえか、なんてえ走り方をしやがんでえ」

新太郎のわきで寅が怒鳴った。大川端の道が下り坂になっている。足元を気遣う新太郎は、怒鳴り返すこともできなかった。

寅は前に出て、尚平に並びかけた。前棒にわるさを仕掛けるなら容赦《ようしゃ》はしねえ……新太郎は息が乱れているなかで気を張った。

ところが寅はまるで違う振舞いに出た。

尚平の真横に立ち、息遣いを前棒に合わせながら足を交互に大きく上げている。尚平にしっかり目を合わせた寅は、わずかに足の振り上げ方を速めた。尚平の調子があがった。

新太郎はびっくりした。寅は邪魔をするのではなく、駕籠の調子を取っている。新太郎も前棒に合わせて足を速めた。

寅がふたたび新太郎に並びかけた。

「駕籠舁きの面子にかけても、猪牙舟なんぞに負けるんじゃねえ」

新太郎は息杖を振って応えた。寅の調子の取り方は見事だった。猪牙舟の速さを見定めながら、駕籠をうまく引っ張って行く。

両国橋たもとの上り坂で、駕籠の走りが落ちた。

「足が落ちてるぜ。ほらよう、ひい、ふう、みい、よう……」

道が平らに戻ると、前に出て尚平を引っ張る。寅に助けられて石原橋《いしはらばし》のあたりでは、猪牙舟との間に半町（約五十メートル）近い開きができていた。

目の前に長さ七十六間（約百四十メートル）の吾妻橋が見えている。寅の声が一段と高くなった。

橋の手前から長い上り坂が始まる。足が落ちて舟との開きが縮まってきた。

「あとひと息だ、調子を落とすんじゃねえ」

尚平の前を走る寅が、思いっきり足の振りを大きくした。尚平が続こうとするが、客の重さで足がうまく運べない。

舟が迫ってきた。渡り切るまで、あと十間の下りだ。尚平が懸命に引っ張り、新太郎が力の限りに押した。

橋のたもとで、芳三郎が手を大きく振っている。わきのさよりも声を出していた。

たもとまであと五間。猪牙舟の舳先が橋に届きそうだ。あと二間、寅はすでに橋を渡り切っている。そのとき……。

客が身体を上下に激しく動かした。ベキッといやな音を立てて、駕籠の座が抜けた。客が橋板に落ちた。新太郎が前のめりになって客の上に倒れ込んだ。

橋のたもとで堺屋の半纏を着た手代連中が、やんやの喝采《かっさい》をあげている。猪牙舟が先に着いたのだ。

寅が血相を変えて駆けてきた。

「なんてえざまだ、恥さらし野郎」

新太郎のわきに唾を吐き捨てた。

七

相撲は十一月最初の丑《うし》の日と決まった。

この日は寒中丑紅《かんちゅううしべに》の日である。女はこの日、唇に紅をひいて艶を見せつけ、おとこは鰻《うなぎ》で精をつけて応えた。

いわば江戸中が浮き浮きとする一日である。この年は十一月十日が寒中丑紅だった。

「駕籠を壊したやつが相撲の相手だ。口惜《くや》しさは土俵で晴らしてくれ」

二千両のことは、芳三郎も源七もまったく口にしない。新太郎と尚平が燃え立った。

「命懸けで相撲を取るだ。親分の力で稽古相手を見つけてくだせ」

頼まれた芳三郎は、なぜ相撲部屋から抜け出したかを尚平に話させた。

尚平の在所《ざいしょ》は房州勝浦で、いまでも兄ふたりは浜で漁師を続けている。三人兄弟の末っ子ながら体付きが一番大きい尚平は、十歳のころから相撲天狗《てんぐ》と呼ばれていた。

秋祭りの呼び物は相撲大会である。毎年、網元は江戸から巡業を招いた。力士が取り組みを見せる手前で、浜の相撲自慢が土俵に上がった。

十五の秋から八年続けて、尚平は浜相撲で優勝した。二十三歳の秋祭りでは網元の息子と結びで立ち合った。当時の尚平は六尺で二十一貫（約八十キロ）、息子は尚平より一寸大きく、目方も二貫は重かった。

ふたりとも組むよりは突き押しを得意とした。立合いで注文をつけた息子は左に変わった。相手の動きを見切っていた尚平は、息子に身体ごとぶつかった。

逃げた息子には腰が残っておらず、土俵下まで突き飛ばされた。砂かぶりに座っていた網元は、息子を避け切れない。親父のひたいに、息子の後頭部がしたたかにぶつかった。

網元はなんとか持ちこたえたが、息子は土俵下から戸板で運び出される騒ぎになった。

本所吉野川《よしのがわ》部屋の親方は一部始終を見ていた。立合いで変わられても慌てず押し相撲を取り切った尚平を、親方は大いに褒《ほ》め称《たた》えた。

も江戸に着いたのは、十月の冬場所のときで、同じ部屋の力士たちの仲間入りをしたのである。

「力士になりたいなら、いつでもきなさい」

尚平は喜んだが網元は怒り狂った。

土俵から無様《ぶざま》に突き飛ばされ、実の父親にぶつかって気を失った息子は浜の笑い者にな
った。ところが尚平には、江戸の相撲部屋から声がかかったのだ。

逆恨《さかうら》みした網元は、隣りの浜から呼び寄せたごろつきに尚平を襲わせた。が、四人とも
砂利の浜に投げつけられて、網元はさらに恥をかいた。

「おれたちなら、なんでもねって。おめは江戸で相撲取るだ」

長兄に言われた尚平は、襲われた翌朝早く浜を出た。翌日の夕刻に江戸に着き、真っす
ぐ本所をたずねて吉野川部屋に入門した。

ここで尚平は天狗の鼻をへし折られた。

自分より五寸も背の低い力士に歯が立たないのだ。諸手《もろて》突きがうまく当たれば勝てた。
が、ひとたび回しを取られると、あっけなく転がされた。

「もとから鍛え直せ」

親方から三ヵ月稽古をつけられて、五番に三番は勝てるまでに相撲が分かってきた。江
戸相撲は年二回の本場所である。

「十月の冬場所で初土俵を踏んでみろ」

武者震いしたが、それは叶《かな》わなかった。

「おれの給金をかすめやがっただろうが」

吉野川部屋の部屋がしらが、尚平を目明しに引き渡した。尚平の明荷《あけに》の隅に、部屋がしらの巾着《きんちゃく》とカネが入っていた。網元から二十両を摑まされたのと、尚平の強さに怯《おび》えを抱いたことが重なっての、部屋がしらのでっち上げだった。

親方の取り成しで縄は免《まぬが》れたが、部屋にはいられなくなった。力士への道を断たせただけでは収まらない網元は、やくざ者を江戸に飛ばして尚平を襲わせた。

そのとき新太郎と富岡八幡宮で出会った。

「よく分かった。網元の名をおせえてくれ」

話を聞き終えた芳三郎は、顔も話し方も渡世人そのものだった。

房州を仕切る兄弟分に話を通した芳三郎は、源七たちを勝浦に差し向けて網元を黙らせた。

「いまでも息子は相撲好きかい？」

網元が力なくうなずいた。

「あんたの息子を稽古相手に出してくれりゃあ、いままでのわるさは水に流すぜ」

江戸のやくざに凄《すご》まれた網元は、息子が無事に帰ることを何度も念押しした。源七たちは馬と舟とを乗り継ぎ、一日で勝浦から戻ってきた。

十一月三日の夜、尚平と新太郎が今戸に呼ばれた。芳三郎のわきに座っている男を見て、尚平の目の色が変わった。

「丑之助《うしのすけ》か？」

「そうだ。おめはちっとも変わってねえだな」

男は網元の息子、丑之助だった。

「あんたの厄介事も稽古相手も、ふたついっぺんに片付いた。幾らも日がないが、明日から丑之助相手に始めてくれ」

突っ立ったままの尚平のわきで、新太郎がうなずいた。

「丑の日に取る相撲の稽古相手が、丑之助というのもなにかの縁だ」

尚平と丑之助の目が、からみ合って離れない。新太郎が尚平の肩を突っついた。

「これも巡り合わせとしか言いようがないが、娘を拾ってもらった坂本村の長円寺《ちょうえんじ》に本寸法《ほんすんぽう》の土俵があった。寺とは話をつけたから、明日から坂本村に移ってくれ」

思いも寄らないところで丑之助と出会った尚平は、まだ相手から目を離せないでいた。

八

長円寺の住持《じゅうじ》は代々が相撲好きで、村からは何人も力士が出ていた。この寺を芳三郎に教えたのは入谷の鳶がしら、辰蔵である。

寺の土俵はしっかり手入れがされていた。高さ一尺八寸（約五十五センチ）の台形で、土は荒川上流でとれる粘土だ。土と小石が詰め込まれた俵を埋めた土俵は、本場所同様の拵《こしら》えである。

本所の元力士が土俵を使うと聞いて、住持はふたつ返事で引き受けた。新太郎たちの寝泊まりには、本堂わきの広間をあけてくれた。

辰蔵の手配りを確かめた足で、芳三郎は堺屋に出向いた。

「場所は坂本村の寺だ」

相撲は、場所も芳三郎が決めることになっていた。

「不足はないが、朝五ツ（午前八時）に立ち合わせてもらおう」

「えらく早いな」

「こっちの相撲取りは、ケリを着けたあとは本場所があるんだ」

伊兵衛の口ぶりは、勝負は見えていると言っているようだった。

「この賭けに野次馬は無用だ」

芳三郎が低い声で釘をさした。

「あたしも望むところだ。玄人の相撲取りは、賭けをひとには見られたくはないだろうよ」

玄人に力を込めて伊兵衛が応じた。

江戸相撲は十月、十一月の二ヵ月が冬の本場所である。堺屋は蔵前芳国《よしくに》部屋の前頭二枚目、伊吹山《いぶきやま》を芳三郎にぶつけてきた。

堺屋は芳国部屋をひいきにしており、親方は堺屋の言うことの多くを聞き入れた。しかし本場所中に部屋の力士を賭け相撲に出すのは、さすがに渋った。

「入谷のいなか寺でこっそり取る相撲だ、無理を承知で引き受けてもらいたい」

大川走りに勝った伊兵衛は鼻息が荒い。

「朝五ッに立ち合わせる。急ぎ戻れば四ッには本所だ。これなら本場所の取り組みにも、差し障りがないだろう」

親方も断わり切れず、九日夕方から伊吹山を坂本村に差し向けることを引き受けた。

新太郎、尚平、丑之助の三人は十一月四日の朝から寺に入った。住持は農家の男衆と寺男に言いつけて、土俵をしっかり固めていた。

「いい造りだ、文句はねえ」

土俵の土を久々に素足で感じ取った尚平は、すでに顔つきが違っていた。

麻《あさ》の回しは深川から持ち込んでいた。八寸の前垂れには、勝浦の鯛が縫取りされている。締込みは丑之助が手を貸した。

丑之助も自前の回しを締めた。麻をこげ茶色に染めたもので、前垂れには暴れ牛が金糸で縫取りされている。

初日は朝から昼まで、ふたりは四股《しこ》と鉄砲で身体を馴らした。住持は土俵のわきに、太い鉄砲柱までこしらえていた。

「飯の支度ができてるぜ」

新太郎は、一膳飯屋のおゆきと話をつけていた。寺の精進《しょうじん》料理では、尚平が持たないと案じてのことである。

稽古にかかる費《つい》えは、芳三郎から十両ものカネを預かっていた。

「いきなりだったものだから、大したものが出来てなくてごめんなさい」

詫びたおゆきだが、生卵とダシ汁とを混ぜ合わせたとろろに、アジの干物と野菜の炊き合わせを調えていた。

回しに半纏をひっかけた尚平は、とろろをたっぷりかけたものに刻みノリを散らして、どんぶり二杯の飯を平らげた。

「夜には精のつくものを出しますから」

「買出しならおれも手伝うぜ。寺に残ってても、おれに出来ることはねえんだ」

昼飯を済ませた新太郎は、おゆきと連れ立って材料の買出しに出た。

尚平と丑之助はひと休みしたあとで、ぶつかり稽古を始めた。

「伊吹山の得意技は、四つに組んだあとの鯖《さば》折りだ。あんたより上背があるから、あごを肩にあてて力ずくで引くだろう。組みつかれねえ稽古をやってくれ」

昨晩、芳三郎の宿で聞かされたことである。尚平は低く立ち合い、丑之助の身体を起こそうとした。丑之助も負けずに低く出る。

立ち合うたびにあたまがぶつかり、土俵にゴツンという鈍い音が響いた。互いに目一杯のぶつかりである。土俵から遠ざかっていた尚平は、十番取ったところで息があがった。

「なんだ、おめは。こんなことでへこたれたら、前頭に勝てっこねえど。おめみてな素人に賭ける、芳三郎さんの気が知れね」

座り込んだ尚平を、丑之助が蹴飛ばした。尚平が負けると、自分もただでは済まないと丑之助は思い込んでいる。

それに加えて、浜で投げ飛ばされて気を失った恨みが残っていた。無理やり勝浦から連れ出された怒りもある。丑之助は容赦なく尚平を土俵に引っ張り上げた。

十一月は七ツ（午後四時）を過ぎると陽が沈み始める。野良仕事の切り上げも早い。見物にきた百姓たちは、命懸けのぶつかり稽古に息を呑んだ。

晩飯は鍋になった。蔵前まで出向いた新太郎とおゆきは、料亭に卸《おろ》す魚屋から粗《あら》をしこたま仕入れてきた。稽古を続けるふたりが浜の育ちゆえ、たっぷり魚を食べさせようとの心遣いである。

「魚はおれが毎日仕入れる。明日は村の連中が、鴨《かも》を潰《つぶ》してくれるとよ」

いつもならうなずき返す尚平だが、この夜はものも言わずに箸を使った。昼間はどんぶり二杯を食べたのに、いまは一杯目の飯がまだ残っている。

「尚平さん、おじやにでもしましょうか」

「いや、いらね」

声に張りがない。丑之助が舌打ちをした。尚平を見つめるおゆきの目が曇っていた。

九

取り組みを翌朝に控えた九日の夕暮れ前に、伊吹山が村に来た。百姓と掛け合い、伊吹山の宿を押さえた堺屋の手代も一緒に残った。

同じころ、芳三郎は源七とふたりで寺にいた。まだ陽は沈んでいないが、土俵の周りには篝火《かがりび》が焚かれていた。

立ち合う尚平と丑之助の身体から湯気が立っている。芳三郎はひとことも喋らず、稽古に見入った。続けて五番取った尚平は、一番も落とさずに丑之助を突き出した。最後の一番では、丑之助が土俵下に転がり落ちた。尚平が手を差し伸べると、丑之助はこだわりなく手を握った。

「いい稽古だった。そこまででどうだ」

芳三郎が初めて口を開いた。荒い息のふたりが、土俵の真ん中で辞儀を交わした。

「少し早いが、飯に出ようじゃないか」

ふたりが汗を拭い、半纏をひっかけた。新太郎を加え、五人そろっておゆきの店に入ると、伊吹山たちがすでに座っていた。いつの間に来たのか、伊兵衛の顔もあった。

「村の飯屋はここしかないそうだ。わるいが、先にやらせてもらうよ」

おゆきが戸惑い顔で支度を進めている。手伝いの婆さんが、へっついの前に座り込んでいた。新太郎が台所に入った。

「おゆきさん、飯は足りるのかい？」

「そちらの分は、いま炊いていますから」

新太郎が土間に出てくると、堺屋の手代が笑いかけた。

「いまの口のききようは、お安くありませんなあ」

むっとした新太郎が手代に向かった。その前に伊吹山が立ち塞がった。新太郎よりもあたま半分背が高い。相手を見下ろす伊吹山の顔に、あざけりが浮かんでいた。

「新太郎、相手にするでねえ」

尚平が引き止めた。新太郎が素直に従った。尚平は伊吹山を見ていたが目は静かだ。尚平を睨みつけた伊吹山が、鼻を鳴らして座った。

「出直そう」

芳三郎は四人を引き連れて飯屋を出た。支度に追われるおゆきは台所から出なかった。

伊兵衛はうなぎの蒲焼《かばやき》を、二十串も手土産《みやげ》に持ってきていた。おゆきは焙《あぶ》り直したうなぎと、煮豆に糠漬けを盆に載《の》せた。

「霊験あらたかな御守りを持ってきたよ」

出来あがった飯を運び始めたとき、伊兵衛が伊吹山の前に半紙の包みを出した。

「御守りがなくても勝ちは見えているが、念には念だ。開けてごらんよ」

伊吹山が包みを開いた。おゆきは知らぬ顔で三人に飯を出し始めた。横目で包みを見たおゆきには、包まれていたものがひと目で分かった。へびの抜け殻である。

村のあぜ道には青大将が幾らでもいる。冬ごもりが近い今は夏ほど見かけないが、それでも這っているのを毎日どこかで目にした。

へびの抜け殻は、村のどこにでも転がっている。が、伊吹山は分からない様子だった。

「なんですか、これは」

つまんだまま伊兵衛に問いかけた。

「粘り強い勝負の神様、へびの抜け殻だよ」

「えっ……」

伊吹山が慌てて手を離した。

そのあまりの驚きようを見て、おゆきはどんぶりを置いて台所に戻った。目の色がはっきりと違っていた。

新太郎たちは半刻《とき》（一時間）ほど過ぎたところで戻ってきた。

「おなかがすいたでしょう。ほんとうにごめんなさいね」

村にきた芳三郎が、初めておゆきの顔を見た。口元がぐっと引き締まった。源七も同じだ。

が、すぐさま表情を戻すと、源七に目配せして抑えた。おゆきも知らぬ顔を続けたことで、新太郎たちは気づかなかった。

「しっかり食べてくださいね」

おゆきは尚平にだけ、煮えた鴨と焼き豆腐を取り分けた。毎日買出しに出ているのに、放っておかれた新太郎が頬を膨らませたとき、土間に一匹の青大将が入り込んできた。

「へびだっ!!」

最初に見つけた新太郎が飛び上がった。足元をゆっくり這っている。器を置いた尚平が、慣れた手つきでへびを摑んだ。

「どうしただ、新太郎」

尚平が笑っていた。この日初めて見せた笑いだった。

「勘弁してくれよ、尚平。摑んでねえで、放り投げろって……」

怯える新太郎を、だれもがおもしろそうに見ている。

尚平を見るおゆきの目に、濃い安堵の色が浮かんでいた。

十

芳国親方に頼み込まれた行司《ぎょうじ》が、夜明けとともに長円寺に着いた。伊吹山も尚平もすでに支度は終わっていた。

「勝負は一番限り。同体は取り直しですが、軍配に物言いはつけさせません」

立会人の伊兵衛と芳三郎が、目でうなずき合った。

土俵の周りは草むらである。野次馬は無用と言った芳三郎だが、村の連中が土俵を取り囲んでいることに文句はつけなかった。

北の正面には芳三郎と源七が座り、向こう正面に伊兵衛と手代が陣取った。野良着の百姓が鍬《くわ》を手にしたまま、土俵周りのあちこちに座っている。てんでに布袋を提《さ》げたこどもたちは、四面すべてに散って座っていた。

おゆきは伊兵衛たちの後ろに座り、芳三郎と向かい合う形になった。

「東が伊吹山、西が尚平ということでよろしいですな」

伊吹山が東であることに芳三郎は異を唱えず、東西はすんなりと決まった。

「力水《ちからみず》の役はどなたでしょう」

新太郎は役を丑之助に譲った。六日の間、稽古相手を務めてくれたことへの礼だ。伊吹山には手代が付いた。

行司に呼び出されて、伊吹山が先に土俵に上がった。茄子紺《なすこん》の回しを締めている。西の溜まりに座った丑之助が伊吹山を睨みつけた。

付き人を連れずにきた伊吹山の締込みは、丑之助が手伝った。

「素人にしては手つきがいいぜ」

伊吹山は礼も言わず、丑之助を小ばかにした。丑之助は力一杯に締め込んだ。

「ばかやろう、強過ぎるぜ。ちょっと誉めるとこれだから素人はいやだ」

回しは力士の命だ。草相撲とはいえ、丑之助はいまでも土俵に上がっている。嫌味を言われても、締込みの手は抜けなかった。

「にいしいい……しょうへええい……」

土俵に上がった尚平に新太郎は見とれた。

麻の回しを締めた尚平は、いつもの静かな目ではない。身体の芯から湧き出てくる気が、すべて両目に集まっているように見えた。

伊吹山よりはひと回り小さいが、六尺の身体は寸分《すんぶん》も見劣りがしない。伊吹山の睨みを、尚平は土俵の真ん中で弾き返した。

「しょうへい、がんばってね」

「尚平、しっかりやれようぅぅ」

六日も村で過ごした尚平に、百姓もこどもも大声で肩入れした。伊兵衛が鼻白んだ顔を見せた。

仕切りを繰り返すうちに、互いの呼吸が合ってきた。九度目の仕切りで行司が軍配を返した。

利き腕を肘から曲げた尚平が、身体ごと伊吹山の上半身を突き上げた。渾身《こんしん》の搗《か》ち上げを食らった伊吹山の出足が止まった。

「それだ、尚平」

丑之助が檄《げき》を飛ばした。新太郎が両手をバシッと打ち合わせた。

尚平は諸手突きで伊吹山を押した。腰が高くなった伊吹山は、こらえきれずに押されるだけだ。尚平は力を抜かず、さらに押した。

「よしっ、そのまま突き出せ」

芳三郎から短い言葉が漏れた。向こう正面の伊兵衛が顔を歪めた。その後ろで、おゆきが手を叩いた。

押されるだけだった伊吹山が、俵で踏ん張った。激しく突きを繰り返しても、伊吹山は上体を反らして踏みとどまっている。本場所で前頭二枚目につけた力士ならではの粘り腰だった。

勝ち急いだ尚平が、目一杯に右手で突いた。伊吹山が身体をずらした。突いた尚平のわきが甘くなった。その刹那《せつな》、伊吹山が回しを摑んだ。

麻が擦《こす》れ合い、ギュギュッと音を立てた。両の肱《かいな》で引きつけた伊吹山は、尚平の肩にあごを乗せた。

一気に形が入れ替わった。尚平の顔が歪み、腰が挫《くじ》けそうに曲がった。顔に朱がさした伊兵衛が、こぶしを突き上げた。大店のあるじであることを忘れたような振舞いだった。

伊吹山の肩が盛り上がっている。腕には幾本もの血筋が浮かび上がった。尚平の腰がふたつに折れそうになった。

ところが……。

いきなり伊吹山から力が抜けた。回しから手が離れそうだ。尚平は機を見逃さず、相手の胸板が壊れるほどの突きを出した。伊吹山が土俵下に吹っ飛んだ。

土俵を数匹の青大将が這っている。行司は勝名乗りもせず、俵の外に逃げた。

四隅に座ったこどもたちが、布袋を振って喜んでいる。どの袋も紐がほどかれていた。

十月にさよりが騒いでいたあぜ道で、五人が酒を酌み交わしている。草むらにはおゆきに借りた緋毛氈《ひもうせん》が敷かれており、芳三郎が尚平の湯呑みに何度も酒を注いでいた。

肴《さかな》はおゆきが手早く調えた。煮物が並んだ真ん中に、鯛の塩焼きが出ていた。

「この鯛も新太郎さんの見立てかい？」

源七に問われた新太郎が目元をゆるめた。尚平の勝ちを信じ切っていた新太郎は、日本橋魚河岸で目の下一尺五寸の真鯛を仕入れていた。

箸をつけた源七が、鯛の塩加減を誉めた。

「おゆきさんの腕は、札めくりだけじゃあねえようですぜ」

芳三郎が軽くうなずいた。

「親分も代貸も、おゆきさんを知ってるんですかい？」

問いかけた新太郎の声に、怪訝《けげん》そうな響きが含まれている。芳三郎が新太郎を見た。

「あのひとのお軽《かる》は、だれにも真似ができないだろう」

「なんです、お軽てえのは？」

「あんた、おいちょかぶはやらないのか」

「臥煙屋敷にいた時分にゃあ、何度か手慰《てなぐさ》みでやりやしたが……花札にかかわりでもあるんですかい？」

答える代わりに、芳三郎は膝元の小皿に下地《したじ》（醤油）を満たした。

「なにが映って見えるかね」

「なにがめえるって、下地でしょうが」

「よく見なさい。下地になにか映って見えるだろうが」

ゆらゆらと揺れる下地が、空に浮かぶ雲を映している。

「言われてみりゃあ、雲がめえるぜ」

「それがお軽だ」

「へっ……？」

「おゆきさんは札をまくとき、手元の下地に札を映した。相手の手の内が分かっていれば、勝負で負けることはない」

新太郎が黙り込んだ。

「おゆきさんのお軽には手ひどく痛め付けられたが、こんどは助《す》けてもらったようだ」

尚平が最初にうなずいた。続いて源七と丑之助が得心顔になった。新太郎にはわけが分からないようだ。

「なんでえ、尚平……おめえ、親分の言ったことが分かったてえのかよ」

口を尖らせる新太郎のわきに、青大将が這ってきた。

開《あ》かずの壺

一

先に目覚めた新太郎が、六尺（約百八十センチ）の身体を震わせて白い息を吐いた。十一月も下旬だというのに、掻巻《かいまき》を脱ぐと下帯ひとつだ。冷え込みの厳しい朝、震えは無理もなかった。

駕籠舁きの相肩尚平は寝息を立てている。まだ六ツ半（午前七時）過ぎで、新太郎の目覚めが早過ぎた。

冬の朝日が土間の腰高障子《こしだかしょうじ》を外から照らしている。大きなあくびのあと木綿《もめん》に袖を通して、新太郎がおもてに出た。

低い朝のひかりが雪隠《せっちん》の壁に当たっている。陽を浴びて板の染みが浮かび上がっていた。

「あら、新さん……ずいぶん早いじゃないか。せっかくの晴れ間を曇らせないでおくれよ」

井戸から洗い水を汲み上げる左官《さかん》の女房おかねが目を丸くした。新太郎と尚平が起き出すのはいつもなら五ツ（午前八時）、今朝は半刻（一時間）も早かった。

「あんまりねえことだが、寒くて目が覚めちまった」

「あらそう……今日は朝っぱらから、ないこと続きだよ」

「なにかあったのかい？」

新太郎に問われたおかねが、釣瓶《つるべ》の手を離して寄ってきた。

「木兵衛さんところに、お武家が押しかけてきたんだよ」

「こんな長屋にかよ」

おかねが大きくうなずいた。

「六ツ（午前六時）の鐘が、まだ鳴り終わらないうちにだよ」

職人の朝は早く、六ツには大方の家が朝の支度を始める。おかねは家主木兵衛の斜め向かいに住んでおり、一部始終を見聞きできた。

「順吉《じゅんきち》さんってひとが、四年前までここの六畳間に暮らしていたんだけど」

「高橋《たかばし》の御家人に奉公したてえひとかい？」

「なんだ新さん、知ってたの」

「孤児《みなしご》だったのを木兵衛さんが面倒みて、武家奉公がかなったてえんだろう……やんなるぐれえ聞かされてるぜ」

「どうやら順吉さんは、奉公先で大きなしくじりをやったらしいんだよ」

朝方の次第を話したくてうずうずしていたらしく、新太郎が問いもしないのにおかねが一気に話し始めた。

六ツ早々に長屋に押しかけてきた武家は、順吉が奉公している高橋の御家人飯塚《いいづか》秀右衛《え》門《もん》の家来、松本靖《まつもとやす》ノ助《すけ》だった。飯塚は七代続く御家人で禄高《ろくだか》は百俵二人扶持《ぶち》、江戸中にごろごろいる下級御家人である。

微禄でも御家人としての体裁《ていさい》は欠かせず、家来ふたりに加えて、下男下女を都合三人雇い入れていた。順吉はその奉公人のひとりで、九月の出替《でが》わりでも引き止められたほど飯塚に気に入られていた。

ところが一昨日の夕方から行方知れずとなった。昨日の日暮れまで飯塚家では順吉を待ったが、一向に戻る気配がない。家来の松本は昨夜六ツ半（午後七時）に、順吉を周旋《しゅうせん》した口入《くちい》れ屋に捻《ね》じ込んだ。

順吉を周旋したのは門前仲町の井筒屋《いづつや》である。武家奉公人は口入れ屋が請人《うけにん》を引き受けるのが定めだが、孤児の順吉は家主の木兵衛が後見に立っていた。

「あの木兵衛さんが後見を買って出るほど、順吉てえひとを気に入ってたてえわけか」

「木兵衛さんにはこどもがいないからねえ。順吉さんが平野町《ひらのちょう》の植木屋に小僧で入ったときにも、木兵衛さんが親代わりだったよ」

おかねの話は新太郎には意外だった。毎月半ばに入谷まで木兵衛を駕籠で運んでいるが、相場の半額しかもらえない。

長屋の祝儀不祝儀の付き合いも渋いものだ。そんな木兵衛が、後見人に立っていたというのが驚きだった。

いままで順吉の自慢話はうんざりするほど聞かされていた。しかし口入れ屋への後見人を買っていたとか、丁稚《でっち》奉公の親代わりになっていた話などは、一度も出なかった。

後見人に立つということは、順吉が不始末をしでかしたときには、相応の責めを負うことになる。

あの因業《いんごう》な家主が……。

その思いに気を取られて、新太郎は喋《しゃべ》り続けるおかねの話を聞き流していた。

「ちょいと新さん、聞いてるのかい」

「あっ……すまねえ。ぼんやりしてた。それで順吉さんのしくじりてえのは？」

「あたしも途切れ途切れにしか聞いてないんだけどさあ、盆栽《ぼんさい》がどうとか言ってたよ」

「なんでえ、盆栽てえのは……」

新太郎が頓狂《とんきょう》な声をあげたところに木兵衛が顔を出した。薄い髪の手入れが終わっており、ひげもきれいに剃《そ》られている。が、眉間《みけん》にしわを寄せた渋面はいつも通りだった。

「新太郎、駕籠を出してくれ」

「なんだよ、いきなり……今月の入谷行きはとっくに済んだはずだぜ」

「入谷じゃない、高橋までだ」

おかねと新太郎が顔を見合わせた。ここから高橋までなら、木兵衛の足でも四半刻（三十分）とかからない。つましい家主が駕籠を使う道のりとも思えなかったからだ。

「なんだ、その顔は。あたしが駕籠に乗ると天気がわるくなるのか」

「そんなわけじゃねえんだが……尚平はまだ寝てるしさあ」

「だったら起こせばいいだろう。先様には五ツ半（午前九時）に行くと言っておいた。遅れて詫《わ》びを言うのは業腹《ごうはら》だから、五ツには出かけるぞ」

言うだけ言って戻りかけた木兵衛が、雪隠わきで振り返った。

「揺れるのはごめんだ、歩きでやっとくれ」

新太郎の吐き出した溜め息が、口のまわりで白くなった。

二

五ツの鐘で、新太郎たちは家主の宿に駕籠をつけた。木兵衛は羽織に袴《はかま》の拵《こしら》えで、座布団を手にしてあらわれた。女房が手焙《てあぶ》りを抱えて一緒に出てきた。

「木兵衛さん、まさか……」

「まさかがどうした」

「駕籠に手焙りを乗せる気ですかい」

「この寒さだ、あたりまえだろう」

木兵衛の手焙りは、大き目の漬物石ほどの重さがある。

新太郎がはばかりのない舌打ちをした。

「勘弁してくんねえな、木兵衛さん。そんなものを乗せられたんじゃあ、駆けるに駆けられねえよ」

「だれが駆けろと頼んだよ。歩きで行くにはお誂《あつら》えだろうが」

「とことん食えねえじじいだぜ」

「なにか言ったか」

さらに毒突こうとした新太郎を、先棒の尚平があきらめ顔で止めた。座布団に座った木兵衛は手焙りを膝前に置き、自分で駕籠の垂れをおろした。ふたりが長柄《ながえ》に肩を入れた。

「くれぐれも気をつけてちょうだいね」

女房には返事もせずに、新太郎が駕籠を押した。

木兵衛店から高橋までは、仲町の辻に出て深川寺町《てらまち》を通り抜ければ一本道で行ける。しかし新太郎は富岡八幡宮わきの細道伝いに亀久橋《かめひさばし》へと回った。大きな遠回りだが、歩きの駕籠で大路《おおじ》を行きたくはなかった。

先月二十七日の猪牙舟《ちょき》との駆け比べに負けて以来、深川では大きな顔ができなくなっている。このうえ歩きの駕籠を見られでもしたらと思うだけで、新太郎はいたたまれなかった。ゆえに人通りの少ない裏道を選んだ。

仙台堀《せんだいぼり》を渡り木場を過ぎると、平野町の寺町である。五ツ過ぎの低い陽は本堂と高い白壁にさえぎられて、地べたには届かない。

ひとが歩いていない道には霜柱が残っていた。歩きの駕籠が踏み潰すと、サクッ、サクッと軽い音が立つ。気持ちの収まらない新太郎は、おもいっきり霜柱を踏みつけて歩いた。

海辺橋《うみべばし》たもとを右に折れると、関宿藩《せきやど》主久世大和守《くぜやまとのかみ》下屋敷の高い壁が、通りの左手に連なり始めた。通りは広いが、屋敷の白壁に塞《ふさ》がれて空が狭くなった。

高橋での行き先が飯塚家であることは木兵衛から聞かされていた。御家人屋敷の深川南六間堀町《ろっけんぼりちょう》まで残りおよそ十町（約一キロ）、約定《やくじょう》の刻限には楽に到着できる。長柄の押し加減で先棒に合図を伝え、ふたりは息を合わせて肩を替えた。

高橋で小名木川を越えると、通りの両側に連なる商家で町が賑やかになった。店先を掃除する小僧たちが、歩く駕籠を指差している。新太郎がきまりわるげに空を見た。

飯塚屋敷は常盤町《ときわちょう》一丁目の角を左に入り、堀に突き当たった角にあった。高さ一丈（約三メートル）の屋根つき塀に囲まれた、堂々とした家構えだ。

「ほんとうにここでいいんですかい？」

駕籠をおろした新太郎が家主に問いかけた。とても百俵取りの御家人が住めるような屋敷には見えなかったからだ。

屋敷の周囲を、六間堀の川水を引き込んだ幅三尺の用水堀が囲んでいる。しかも表門のわきには本瓦葺《ほんかわらぶ》きの小屋が建てられており、水路を引き入れる川戸《かわと》が造作《ぞうさく》されていた。

洗い場や火消し水に用いる川戸は、川沿いの大名屋敷ならどこにでもあるが、微禄御家人の屋敷には不釣合いだ。

「間違いないわけないだろう。表札にも飯塚としてあるじゃないか」

袴の裾を引き伸ばしながら木兵衛が答えた。しかし、新太郎と同じ疑心を抱いているような顔つきだった。

「話の運び方次第だが、どれだけときがかかるかは分からない」

「待ってろてえんですかい？」

うなずいた木兵衛は、新太郎が初めて見る張り詰め顔になっていた。

「一刻（二時間）過ぎてもあたしが出てこなかったら、屋敷に入ってきてくれ」

「どういうことだよ、それは」

問う新太郎の声が変わっていた。

「木兵衛さんになにか起きるてえのかよ」

「こんな立派な屋敷だとは思ってもみなかったから、ちょいとそう言っただけだ。手荒なことをされるわけでもないだろうよ」

自分に言い聞かせるような口調を残して、木兵衛は用水堀を渡った。屋敷の門は閉じられているが、わきの通用門の上には鈴がついている。木兵衛が紐を引いて鈴を鳴らすと、幾らも間を置かずに戸が開いた。

「深川木兵衛店の家主をしております、木兵衛と申します」

名乗りを聞いた下男は、あごをしゃくって木兵衛をなかに呼び入れた。奉公人とも思えない横柄《おうへい》な振舞いを見て、新太郎が舌打ちをした。下男は新太郎には目もくれず、木兵衛が入ると戸を閉じた。

「木兵衛さん、でえじょうぶかなあ」

「いくら御家人でも、わけもねえのにひとは斬れね」

「そうだよなあ……」

「家主が呼び出されたのは、長屋のみんなが知ってるだ。しんぺえねって」

尚平が笑い顔をこしらえた。

「口あけると木兵衛さんの文句ぶつおめが、しんぺえするってか。いいとこあるな」

「ばか言うねえ。あんな食えねえじじいの、しんぺえなんざするわけねえだろうがよ」

照れ隠しなのか、新太郎が足元の小石を蹴飛ばした。

「だがよう尚平、この屋敷はとっても百俵ぽっちの武家が住めるもんじゃねえぜ」

「そうだな。ざっと見て五百坪はあるだ」

「おれはおもての通りで、ここんちのことを聞いてくる。おめえは駕籠番をしてくれ」

息杖《いきづえ》を駕籠に立てかけると、新太郎は表通りまで戻った。高橋のたもとに日除《よ》けを垂らした乾物屋があった。さきほど駕籠を指差した小僧ふたりが、日除けの前で立ち番をしている。新太郎は小僧に笑いかけた。

「ちょいとものを訊きてえんだが……」

新太郎は十枚の文銭《もんぜに》を、ふたりの小僧に五文ずつ渡した。周りや店のなかを見回してから、ふたりは前掛けの袋に銭を仕舞い込んだ。

「訊きたいことってなんですか」

年嵩《としかさ》の小僧が小声を出した。新太郎の胸ほどの背丈だ。新太郎が腰をかがめた。

「六間堀に面した、飯塚てえ御家人さんの屋敷を知ってるかい?」

小僧がふたりとも小さくうなずいた。年下に見えるほうのこどもが新太郎に寄った。

「月に何度もお届けに行きますから」

「それじゃあ屋敷にもへえるんだよな」

またもやふたりがうなずいた。新太郎がさらに十枚の文銭を取り出し、ふたりの小さな手に握らせた。

「おめえっちの見たことだけでいいからよう、おれに聞かせてくんねえ」

「おじさん、十手《じって》持ちのひと?」

まだ五枚の銭を握ったままで、こどもが問い返した。

「おれがそんなやつにめえるかよ」

「じゃあ、違うんだよね」

「あたぼうよ。おれは仲町の駕籠舁きさ。もうさっき、おめえたちがおれを見てたじゃねえか」

「あっ……歩きの駕籠だ」

こどもの目から不安そうな色が消えた。新太郎が苦笑いを見せると、ふたりが銭を素早く仕舞った。

小僧たちから知りたいことを聞き終えた新太郎は、飯塚屋敷の周りをぐるりと見回ってから駕籠に戻った。

すでに木兵衛が駕籠に座っていた。

「なんでえ、もう終わったのかよ」

新太郎が拍子抜けした声を出した。

「ひとを待たせといて、なんだ、その言いぐさは……とっとと深川に戻るんだ。帰ったらおまえたちに用がある」

「よく言うぜ、ひとの気も知らねえで」

口を尖らせた新太郎には取り合わず、木兵衛は火の消えた手焙りをキセルで掻き回した。

「やってらんねえ。尚平、行くぜ」

新太郎の乱暴な物言いを聞いた尚平が、長柄を持ち上げながら笑っていた。

三

冬場は四ツ半（午前十一時）を過ぎると、質屋の土蔵にさえぎられて木兵衛店には陽が差さなくなる。高橋から帰った木兵衛は、寒々とした六畳間で新太郎、尚平と向き合った。

女房が湯気の立つ番茶と羊羹《ようかん》を出した。身体が元手のふたりは、酒もやるが甘い物には目がない。

木枯らしの道を歩き通したことで、新太郎の肌は冷え切っていた。熱々の茶と分厚く切られた羊羹は、猫の前に魚の粗《あら》を差し出すようなものだ。新太郎が喉を鳴らして羊羹を摘《つま》んだ。

「おまえたちで人探しをしてくれ」

口のそばまで運んでいたひと切れを、新太郎が皿に戻した。

「なんだ、食べればいいだろうが」

「うっかり食うと、あとが危ねえや。そうだよな、尚平」

すでに呑み込んでいた尚平は、ばつのわるそうな顔で新太郎を見た。

「余計な気を回さず、素直に食べろ」

木兵衛がキセルで煙草盆をボコンと叩いてから、飯塚屋敷での顚末《てんまつ》を話し始めた。

「順吉が女中と走りをやったらしい」

武家奉公人がよその家に勝手に移ったり、逃げ出したりすることを走りという。

「へええ……やるじゃねえか」

言ってから新太郎が羊羹を口にした。駕籠舁きながら、ものの食べ方がきれいだ。両手を使う湯吞みの持ち方にも、新太郎の育ちの良さがあらわれていた。

「そんな浮かれた話じゃない。十日のうちに見つけ出さないと、あたしは百両という大金をむしられるんだ」

「あの御家人にかよ？」

木兵衛が渋い顔でうなずいた。

二日前の十一月二十五日の昼前、飯塚秀右衛門は庭で盆栽の手入れをしていた。無役《むやく》の御家人は出仕《しゅっし》するわけでもなく、陽の高い間は屋敷で控えているのが決まりである。

飯塚は盆栽作りで日を過ごした。

「江戸中に食うにも事欠く武家が溢れけえってるてえのに、盆栽遊びで御上《おかみ》からおまんま食わしてもらってるのかよ」

「明透《あけすけ》に言えばそういうことだ」

木兵衛の口調は吐き捨てるようだった。

霊巌島《れいがんじま》の根付《ねつけ》職人好之助《よしのすけ》のひとり娘、しおりが飯塚家に女中奉公にあがっていた。二十五日の秀右衛門は、しおりに盆栽手入れの手伝いをさせた。

七鉢の五葉《ごよう》の松に陽を浴びさせようとして、秀右衛門は鉢を動かし始めた。ところが棚が狭く、うまく向きが変えられない。秀右衛門はなかのひと鉢をしおりに持たせた。

水をくれたばかりの鉢が持ちにくかったのか、しおりが手を滑らせて鉢を落とした。間のわるいことに、落とした真下に庭石があった。

「飯塚さんが言うには、しおりという娘が落とした鉢は、代々伝わる百五十年ものの盆栽だったそうだ」

「百五十年だとう?」

新太郎の声が裏返った。

「おまえは知らないだろうが、盆栽にはめずらしいことじゃない。あたしだって五十年ものの松を持ってる」

「さっき木兵衛さんが言った百両てえのは、ことによると、その……百五十年ものの盆栽代てえことかい」

「そうだ」

「でもよう、鉢を落っことしたのは娘だろうによ」

「飯塚さんはしおりの里にもひとをやったらしいが、そこにはいなかったそうだ。連れて走ったのは順吉だ」

「だからといって、木兵衛さんが償《つぐな》いをするてえのは合点がいかねえ」

新太郎のわきで尚平もうなずいた。木兵衛が新しい一服をキセルに詰めた。

「あたしは順吉の後見人だ。たかが松の盆栽に百両とは相手も吹っかけたもんだが、なにがしかのものは払うしかない」

「どうにもしっくりこねえ」

新太郎が木兵衛に詰め寄った。

「でえいち御上に仕えるお武家が、いきなりゼニで片を付けるてえのが分からねえ」

「どうしてだ」

「それじゃあまるっきり、渡世人の遣《や》り口《くち》じゃねえか。お武家てえのは、そんなに卑《いや》しいことはしねえだろうにさ……」

言っている途中で、あっと声を詰まらせた。

「なんだ、どうしたよ新太郎」

「高橋の小僧が言ったことの謎が解けた」

「なんのことだ。あたしに分かるように話してくれ」

「木兵衛さんが屋敷にへえってるとき、おれは表通りで飯塚屋敷のことを訊いて歩いた」

「それで？」

「乾物屋の小僧が言うには、三日ごとに一番海苔《のり》を十帖《じょう》（百枚）とかつお節を三本も納めてるてえんだ」

「それがどうした。なにもわけしり顔で言うことじゃないだろうが」

木兵衛がまたキセルで盆を打った。新太郎がふんっと鼻を鳴らした。

「木兵衛さんも家主のわりにゃあ、存外ものがめえねえな」

「なんだと」

「かんげえてみなよ。屋敷はでけえが、たかが百俵取りの御家人じゃねえか。てえして奉公人もいねえだろうに、三日ごとに海苔を十帖にかつお節を三本だぜ。蕎麦《そば》屋でもあるめえに、だれが食うんでえ」

木兵衛が黙り込んだ。新太郎がさらに家主に近寄った。

「木兵衛さんがへえった屋敷に、離れみてえな棟《むね》はなかったかい？」

「よく見たわけじゃないが、あの家構えで離れはないだろう」

「ほんとうにそうですかい？」

「あたしは何十年と家主をやってるんだ。家のことならひと目見れば分かる」

これには新太郎も得心した。

「だったら木兵衛さん、塀のそばあたりに中間《ちゅうげん》部屋のようなものがあったんじゃねえか」

木兵衛が目を閉じた。飯塚屋敷の様子をなぞり返しているようだった。しばらく考えたあとで、膝を打って目を開けた。

「思い出したよ……川戸の先に小さな小屋があった。おまえが離れと言うからないと言ったが、小屋がひとつ、母屋《おもや》から離れて造られてたよ」

「広さはどれぐらいでしたかい」

「屋根の大きさからいって、ざっと二十畳ほどだろう」

「そんだけありゃあ御《おん》の字《じ》さ」

「なにが御の字だよ、新太郎」

「貧乏御家人にしちゃあ、てえした屋敷だと思ったが、これで間違いねえ。あすこなら大川から六間堀にへえると、屋敷の近くまで猪牙舟で行ける」

「おまえひとりで得心してないで、ちゃんとあたしにも分からせろ」

新太郎が座り直した。胸が張っている。

「あの飯塚てえ御家人は、屋敷で博打《ばくち》を開帳してるぜ」

新太郎が言い切った。木兵衛と尚平とが呆気《あっけ》に取られたような顔になった。

「海苔とかつお節は、客に出す握り飯に使ってるのよ。小僧の言った数がほんとうなら、あすこの賭場《とば》は客の入りがいいぜ」

胸を反らした新太郎が湯呑みを口にした。ひとしずくの茶も残っていなかった。

四

木兵衛、尚平のふたりはしおりの宿に様子を聞きに行くことになった。仲町の辻で別れた新太郎は、今戸に向けて足を速めた。

町木戸の番小屋からは、焼き芋《いも》の煙が勢いよく立ち上っている。ざるを手にして焼き上がりを待つ客は、だれもが厚い綿入れを身にまとっていた。町はすっかり冬模様だ。

霊巌島の好之助からしおりと順吉のことが聞き出せたら、尚平が今戸に伝えにくる段取りである。新太郎は両国橋のたもとから駆け始めた。

左手の大川がゆるやかに東に折れて行く。対岸には御米蔵《おこめぐら》の桟橋が広がっていた。十月の大切米《おおぎりまい》もとうに終わったいまは、八番まである船着場に一杯の船もいない。河岸《かし》を行き交う仲仕《なかせ》は、寒さ除けの刺子半纏《さしこばんてん》を着ていた。

前方左手に吾妻橋が見えてきた。猪牙舟に負けた朝の口惜しさを思い出した新太郎は、一気に橋を駆け抜けた。

渡り切ると、土手伝いにおよそ八町の一本道だ。両国橋から走り続けた新太郎だったが、今戸に着いても息はあがっておらず、汗も手拭いでひと拭きすれば収まった。

界隈《かいわい》を仕切る恵比須の芳三郎の宿は、黒板塀で囲まれた二階家である。分厚い樫造りの門扉《もんぴ》は開いていたが、門柱の両わきには張り番の若い衆が立っていた。

「あっ……新太郎あにい……」

駆け比べと、尚平が立ち合った相撲勝負の賭けで、芳三郎一家には顔が売れている。若い衆は新太郎と尚平をあにいと呼んでいた。

「親分はいなさるかい」

「おいでですが、ご用で?」

「すまねえが都合をうかがってくんねえ」

二千両の賭けに負けたときでも、芳三郎はひとことの嫌味も言わなかった。以来、ひとにおもねることのない新太郎が、芳三郎にはていねいな口をきいている。

「あにい、門のなかでお待ちくだせえ」

新太郎を招き入れた若い衆が玄関を駆け上がった。芳三郎の宿は玄関左手に、手入れの行き届いた庭が広がっている。どの松の幹にも、むしろが巻かれて冬支度が終わってい た。植え込みの皐月《さつき》は枝葉が切りそろえられており、薄陽が剣葉の緑を照らし出してい た。

月初めに呼ばれたことがあったが、玄関わきから庭を繁々と見たのは初めてである。新太郎は、両替商の父親が職人に庭の手入れをさせるのを見て育った。

ここの庭には見た目の派手さはないが、植木や築山《つきやま》の造りは本寸法である。庭を見て、あらためて芳三郎の人柄を感じた。

見回しているうちに、月初めとは玄関まわりの感じが違うことに思い当たった。庭の手前に掘建《ほった》ての納戸《なんど》が並んで建っていた。ひとつの戸が開かれたままで、藁《わら》が戸口まで溢れている。

「がさ（正月飾り）の素《もと》なんでさあ」

戻ってきた若い衆が、新太郎の背から話しかけてきた。

「近所の注連縄《しめなわ》を造るだけでも、らくにひと月はかかりやすんでね」

「親分は身内で縄をなわれるのかよ」

「町場《まちば》の家に飾るがさ造りはよそに回しやすが、注連縄はうちらがやりやす」

「そいつは大仕事だな」

「縄をなうめえには、あっしら井戸水で水垢離《みずごり》しやすから」

感心する新太郎を、若い衆が芳三郎の居間まで案内した。部屋に招き入れられたときには、漆《うるし》塗りの箱膳《はこぜん》が調《ととの》えられていた。

新太郎は座布団をわきにどけてあいさつをした。

「ずいぶん堅苦しいじゃないか」

「じつは、折り入っての頼み事でうかがいやしたもんですから」

「だからといって、座布団をはずすことはない。あんたと尚平さんとは五分の付き合いだ」

新太郎が座布団をあてると、すかさず椀《わん》が出てきた。

「今日はがさ造りの初日だ。家中で雑煮《ぞうに》を祝うところだったが、あんたが食ってくれれば縁起がつく。まずは雑煮をやってくれ」

江戸の北側を仕切る男から縁起がつくと誉められて、新太郎は素直に喜んだ。椀には紅白の丸餅《まるもち》が入っている。かつお節と昆布《こんぶ》のだしがきいた雑煮を、勧められるままに三杯も平らげた。

食べ終わり、茶が出たところで話に入った。まだ暗いうちに武家が長屋に押しかけてきたところから始めて、飯塚屋敷が賭場ではないかとの見当を伝えて話し終えた。

「海苔とかつお節から目星をつけたのは、中々のものだ」

「親分はどう判じられやすんで」

「あんたの見当で図星だろう」

芳三郎のわきで、代貸の源七も小さくうなずいた。

「大川の向こう側はわたしのしまじゃないが、動きは分かっている。わたしも源七も聞いたことがないということは、よほど深く潜《もぐ》ってやっているんだろうよ。どうだ、源七」

「うちの賭場で客に出す握り飯と海苔巻が、ひと晩で海苔十帖てえとこでやす。それで行くと、飯塚の賭場はそこそこの盛りようでやしょう。もっとも、うちらは一番海苔を使うような贅沢《ぜいたく》はしやせんがね」

「あんたの頼みは引き受けた」

芳三郎が気負いもなく言い切った。

「家主のために、損得なしであたまを下げにきたのが気に入った。二日もあれば、およそのことが分かるだろう」

新太郎が深々とあたまを下げた。

「それで尚平さんはいつ来るんだ」

「霊巌島で様子が分かり次第てえことになってやす」

芳三郎の顔色を見て源七が手を叩いた。すかさず若い者が顔を出した。

「おっつけ尚平さんが顔を出すそうだ。すぐに案内しろと張り番に言っておきな」

若い者が引っ込むと、入れ替わりに燗酒《かんざけ》が運ばれてきた。源七が新太郎に酌をした。

「家主さんが言ったとおり、盆栽ひと鉢に百両とは御家人も吹っかけたもんだ」

「親分も盆栽をなさるんでやしょう？」

「なぜそう思うんだ」

「さっき玄関わきから庭を見させてもれえやしたが、松も皐月もきれいに手がへえってやしたもんで」

「あんた、庭が分かるのか」

「そんなわけじゃありやせんが、親父が庭木にうるさかったもんでやすから」

芳三郎が盃を膳に戻して新太郎を見直した。

「あんたの物腰から、ただの駕籠舁きや臥煙《がえん》くずれではないと思っていたが、そういう育ちだったのか」

「てえしたもんじゃありやせん。けちな両替屋をやってるだけでさ」

芳三郎は、そのうえ新太郎の身の上を訊くことはしなかった。代わりに源七に言いつけて、庭からひと鉢の盆栽を運ばせた。

幅一尺五寸（約四十五センチ）、奥行き八寸（約二十四センチ）の唐渡《からわた》りの鉢に、皐月の盆栽が植えられていた。

「わたしの自慢の皐月だ。これで樹の高さは一尺七寸（約五十センチ）ある」

新太郎は盆栽には素人だ。それでも皐月の堂々とした形の良さは感じ取れた。

「盆栽の良《よ》し悪《あ》しは、わたしは根張《ねば》りから見る。小さな鉢のなかで、しっかり根を張っているのが分かるだろう」

「言われてみりゃあ、てえした根と幹の太さでやすが、どれぐらいありやすんで」

「幹周りが一尺ある」

「道理で太いわけだ」

「手に入れてからは二十年そこそこだが、ここまで育つには五十年はかかっている」

「五十年……」

「あんたの家主さんも年代ものを持ってると言ったそうだが、盆栽は奥が深い。御上のところには、家光《いえみつ》様から代々伝わる五葉の松があるそうだ。うわさがほんとうなら、ざっと百六十年という代物《しろもの》だ」

「へええ……それじゃあ、飯塚てえ御家人が言った百五十年てえのも、あながちホラとも言えねえわけで」

「見ないことにはなんとも言えないが、それぐらいの松があっても不思議はない」

芳三郎が冷えた盃を干した。

「ただし百両はでたらめだ。高値を言うのは勝手だが、たまに市に出てくる百年ものでも、二十両では買い手がつかないだろう」

新太郎が得心してうなずいたとき、若い者が駆けてきた。

「尚平さんがこられやした」

聞きなれた足音が近づいてきた。

五

新太郎と尚平が、吾妻橋たもとの土手に寝転んでいた。まだ八ツ半（午後三時）で、陽が斜めから差している。

しかし冬場の土手を歩くひとは、胸元を合わせて早足だ。木綿のあわせ一枚に素足のふたりにかかわりを持ちたくないらしく、だれもが目を逸《そ》らせて通り過ぎた。

「それにしても飯塚てえのはひでえ野郎だ」

新太郎が手に触れた野草をむしりとった。

「芳三郎さんに引き受けてもれえて、気が楽になっただ」

「そうだなあ……」

空には都鳥《みやこどり》が舞っていた。身体を起こした新太郎が、鳥の動きを追っている。が、あたまのなかでは、尚平が聞き込んできた話をなぞり返していた。


木兵衛が飯塚屋敷で聞かされた話と、好之助が娘と順吉から言われたこととは、大きく食い違っていた。

「何度も飯塚様に言い寄られたんです。それを断わり続けたものですから」

おとといの夕方順吉と逃げてきたしおりは、父親に泣きながらことの次第を話した。

しおりが飯塚屋敷に奉公を始めたのは、去年の九月である。飯塚との行き来は、二年前の春に好之助が珊瑚《さんご》の根付を引き受けたことから始まった。

仕上がりが気に入った秀右衛門は、何人もの大店《おおだな》のあるじを引き合わせた。口利《くちき》き料をせがむでもない秀右衛門に、好之助は恩義を感じた。

店先で新しい客を引き合わせる秀右衛門に、しおりは何度も茶を出した。

「そなたの娘御《むすめご》は中々によろしい。嫁入り前の行儀見習いに、うちに奉公をさせてはどうだ」

秀右衛門がそれを切り出したのは去年の夏、蔵前の札差《ふださし》を引き合わせたあとである。しおりは十六歳で、縁談が気にかかる歳に差しかかっていた。武家奉公で行儀作法を身につけた娘は、見合いで大いに得をする。

大身《たいしん》ではなく百俵取りの御家人なら、さほどに堅苦しいこともないだろう。なにより霊巌島と高橋は大川でつながっている……そう思案した好之助は、二年の約定でしおりを奉公に出した。

いざ奉公を始めてみると、飯塚は霊巌島で見せていた顔とは大きく違っていた。口入れ屋から周旋された奉公人は、下男下女それぞれひとりずつで、これは初日に引き合わされた。しかし翌日には、得体の知れない男を十人も屋敷内で目にした。

「五ツ（午後八時）の鐘のあとは、部屋を出ることならんぞ」

家来の松本は、有無をいわせぬ調子でしおりに言い渡した。しおりはうなずいたものの、得心がいかなかった。その顔色を見て、松本が脅しを口にした。

「ひとたび奉公を始めれば、おまえも飯塚家の家来も同然だ。主家に仇《あだ》なすことをひとことでも口外したときには、おまえの里も無事では済まんと心得ろ」

なぜそんな脅し言葉を言われるのか、わけを教えてくれたのが順吉だった。

「夜になると、門のわきで博打が始まるんだ。しおりさんは部屋にこもって、かかわらないほうがいいよ」

驚きで、しおりは言葉が出なかった。今年の正月藪入《やぶい》りで霊巌島に戻ったときにも、しおりはひとことも口にしなかった。

「おめえが奉公にあがってまだ四月《よつき》だが、すっかり武家言葉が身についたじゃねえか」

心底から喜ぶ父親を見て、しおりはさらに口元に力を込めた。そうしなければ、母親にはポロリと漏らしそうな気がしたからだ。

秀右衛門がしおりに言い寄り始めたのは、今年の夏を過ぎたあたりからだ。

「殿がおまえに、湯殿の世話をするようにと申されておる」

伝えにきたのは松本である。松本はどんぐり眼《まなこ》をいやらしく歪め、唇を嘗《な》めるようにして言い付けを伝えた。

まだ十七歳ではあっても、湯殿の世話がなにを意味するかは、しおりにも分かっていた。

「お断わりいたします」

「奉公人があるじの言い付けを断われると思っているのか」

「断われないというのでしたら、この場で御暇《おいとま》をいただきます」

松本は、里が無事では済まぬぞと散々に脅しを口にした。

「それならわたくしも、お奉行所へ博打場のことを訴え出ます」

しおりは退かなかった。

初めて秀右衛門の言い付けを聞かされた日に、しおりは順吉にことの次第を話した。

「嫁入り前のしおりさんに、なんてことを言うんだ。おれが松本さんと談判しようか」

「だめよそれは。順吉さんに害が及ぶもの」

「おれは孤児《みなしご》だから平気だぜ」

「でも、やめて。いざとなったら、あたしも負けやしないから」

しおりも順吉とは、年相応の娘ことばで話をした。

「ここの旦那は、おせんさんにも手をつけてるんだ」

おせんとは口入れ屋から周旋された下女である。いつも襟元をはだけ気味にしているおせんとは、しおりは隔《へだ》たりを保っていた。

「もっともおせんさんは、自分から旦那に売り込んでるけどさ」

「どうして順吉さんは、ここに奉公を続けているの？」

「給金がいいんだよ。それに植木の手入れをおれの好きにさせてくれるからさ」

順吉は九月の出替わりでも、飯塚じきじきに引き止められていた。

「あと一年奉公すれば、おれの蓄《たくわ》えが二十両になるんだ。それだけあれば、裏店なら植木屋が始められる」

黒目を輝かせて話す順吉を、しおりは好ましく思った。孤児だというが陰りがなく、なんでもきっぱり言い切る話し方も気持ちがよかった。

「もしものときには、順吉さんに助けを頼むかもしれないけど」

「あてにしてくれていいけど、しおりさんこそ、どうして奉公を続けるんだよ」

しおりは父親が秀右衛門に恩義の気持ちを抱いていることを話した。

「二年の途中であたしが勝手をしたら、飯塚様はきっと里に仕返しをするでしょう」

「そうかも知れない」

「それに妙なことでも言い触らされたりしたら、縁談に障《さわ》るでしょうし、そうなったらおっかさんが悲しむに決まっているもの」

「そうかなあ……」

順吉が返事を濁した。

「もしもひどいことになりそうだったら、そのときは思い切って屋敷から逃げ出したほうがいいぜ。あとのことはどうにでもなるから」

「そうね……そのときはそのときね」

答えが定まらないまま、順吉との話が終わった。しかししおりは順吉が味方だと分かって、大きく安堵した。

その後も秀右衛門がじかに言い寄ることは一度もなかった。しかしあるじの意を受けた松本は、幾度となく部屋の戸を叩きにきた。

「このうえそのようなことを言われるなら、わたくしにも覚悟がございます。そのようにお伝えください」

きっぱり断わったのが盆栽騒動の前日だった。その翌日、盆栽の手入れを手伝うようにと松本が告げにきた。

昼前のことで、格別に怪しむことでもないとは思ったが、盆栽の手伝いを言い付けられたのは初めてだった。しおりは順吉に伝えた。

「おれが植木をいじりながら、しおりさんの様子を見てるから」

順吉は約束通り、しおりのわきで手入れを始めた。が、盆栽の棚の前に立つ秀右衛門に追い払われた。それでも順吉は老松の枝に乗って、ふたりの様子を見ていた。

盆栽をしおりが取り落としたというのは偽りである。百五十年ものの松というのも嘘だ。秀右衛門はしおりに手渡すふりをして、おのれの手で庭石目がけて落とした。

鉢が割れる鈍い音を耳にして、順吉は松から飛び降りた。

「この呆気者《うつけもの》が」

秀右衛門が怒鳴り声をあげた。しおりはなぜ叱られたかわけが分からず、呆気に取られて相手を見ていた。

「これは飯塚家先祖代々伝わる五葉の松だぞ。この不始末の責めをどうする気だ」

「ですがそれは殿様がご自分で……」

「なにを言うか。このうえ言い逃れは許さんぞ」

秀右衛門がしおりに摑みかかろうとした。しおりが身を避けたが、秀右衛門が迫り寄った。抱きすくめられそうになったとき、順吉が駆けつけた。

「なんだ、その方は」

順吉は返事の代わりに、こぶしで秀右衛門の脇腹を殴りつけた。秀右衛門が身体をふたつに折って座り込んだ。

「しおりさん、逃げよう」

屋敷を抜け出したふたりは高橋を渡り、海辺大工町《うみべだいくちよう》の臨川寺《りんせんじ》に逃げ込んだ。お仕着せ姿のしおりが町中を駆けるのは、余りに目立つからだ。

臨川寺は順吉が植木屋に奉公していたとき、何度も手入れに出向いた寺である。わけを聞いた住職は、寺の小僧を近所の檀家《だんか》に走らせて、しおりの着替えを調えてくれた。

「ほとぼりがさめるまでは寺にいなさい」

幸いにも臨川寺は、女人を拒む宗旨《しゅうし》ではなかった。陽が落ちたあと、しおりと順吉は好之助をおとずれて騒動のすべてを話した。

いまでも順吉としおりは臨川寺に潜《ひそ》んでいる。


「知恵を絞って、飯塚には目に物を見せてやりてえぜ」

「でえじょうぶだ新太郎。きっとうまく運ぶだよ」

川面《かわも》に舞い降りた都鳥が、小魚をくわえて白いつばさを羽ばたかせた。

六

新太郎と尚平がふたたび芳三郎の宿をおとずれたのは、十一月二十九日の八ツ（午後二時）だった。二日前に定めた刻限通りである。

この朝はいつも通り、富岡八幡宮鳥居下での着け待ちから始まった。四ツ（午前十時）早々、柳橋《やなぎばし》の常磐津《ときわず》稽古場に通う辰巳《たつみ》芸者が口開けの客だった。

拍子のよいことに、おろした場所から浅草聖天町《しょうでんちょう》までの客が拾えた。聖天町と今戸とは隣町である。

今日は芳三郎から首尾を聞く大事な日だ。今戸まで調子よく走れた縁起を喜んだふたりは、聖天様の境内《けいだい》で早過ぎた刻《とき》を潰した。

芳三郎の居間に招き入れられると、話に入る前に熱々の蕎麦が出た。なかに丸餅が二つ入っている。

「この前の残りだが、あんたらの腹ごしらえにはちょうどだろう」

熱いつゆ蕎麦だが、腰がしっかり残っている。だしの取り方も見事で、つゆをすするとかつお節の旨味《うまみ》が広がった。

「この前の雑煮とは、料理のひとが替わってやしませんかい」

「分かったとは大した舌だが、あんたはどっちがいいんだ」

「文句なしにこっちでさあ。おめえは？」

尚平も蕎麦のだしがいいと口をそろえた。

「それを聞いたら、おゆきさんもさぞかし喜ぶだろう」

「おゆきさんて……坂本村の……」

新太郎の箸《はし》が止まった。尚平は赤黒い顔をわずかに動かしただけで、つゆをすすった。

「あんたの頼みを引き受けるには、おゆきさんの手が入り用だ。わけを話したところ、ふたつ返事できてくれた。まずは蕎麦を片付けてくれ」

ふたりが食べ終わるころを見計らって、おゆきがあらわれた。紺絣《こんがすり》に前掛けで、髪は丸髷《まるまげ》の質素な身なりだ。それでも紅《べに》をひいた口元には、町家の女には出せない艶があった。

おゆきに笑いかけられて新太郎は座り直したが、尚平はあぐらのまま、軽くあたまを下げた。

「飯塚屋敷の賭場は、昨日今日のことじゃない。短くてもここ五年は続いている」

「そんだけなげえ間、よくもばれねえできたもんだ」

「あんたの言うとおりだな。深川から本所までは、平野町の達磨《だるま》の猪之吉《いのきち》のしまだ。達磨には与介《よすけ》という腕のいい代貸がついているが、まったく気づいていなかった」

二日前に新太郎から話を聞き終えたあと、芳三郎は源七を猪之吉のもとに走らせた。戻ってきた源七は、猪之吉も与介もまるで知らなかったと伝えた。

その夜、芳三郎はみずから札差の堺屋伊兵衛をおとずれた。

堺屋との付き合いは古く、先月からこの月初めにかけて、四千両の賭けをした間柄である。賭けは互いに痛み分けで終わっていた。

芳三郎は、飯塚屋敷の客は小商人《こあきんど》ではないと踏んでいた。連中が遊ぶ一分、二分の小さな賭場なら、町場に幾らでもある。それに口の軽い客を相手にしていれば、なんらかのうわさが猪之吉の耳に届いたはずだったからだ。

堺屋はわずかひと晩で答えを返してきた。芳三郎の睨んだ通り、何人もの札差が飯塚の賭場に出入りしていた。

「飯塚様の札《ふだ》（禄米《ろくまい》）を扱っているのは、一番組の小玉屋《こだまや》だ。ここが火元になって気心の知れた札差を引き入れたらしいが、ざっと聞いただけでも十人は下らないようだ」

堺屋が明かした札差は、博打好きで名の通った大店ばかりだった。それに加えて、日本橋本町《ほんちょう》や尾張町《おわりちょう》の老舗《しにせ》あるじも客だった。

飯塚は馴染《なじ》み客が引き合わせた場合に限って、新しい客の出入りを許した。しかも新顔にかかわるすべての責めを、引き合わせた客に負わせた。この縛りで、賭場の存在がおもてに漏れることを防いでいた。

博打はサイコロの丁半《ちょうはん》だけ。飯塚の賭場が際立ってほかと変わっているのは、賭場が胴元とはならず、客同士で親役の取り合いをさせていることだ。

ひとつの勝負が百両からの大きな博打である。飯塚は賭場が胴を取らないことで、いかさまなしだと安心させた。壺振りは飯塚が用意した五人のなかから、客が好きに選べる。

ツキが落ちてくると、親役の客はすぐさま壺振りを替えた。

賭場のテラ銭は勝ちの八分。ひとつの勝負で、飯塚には少なくとも八両が入った。その代わり賭場の安神《あんしん》と、客の送り迎えは飯塚が請け負った。

堀を隔てた飯塚屋敷の向かい側は御籾蔵《おもみぐら》、斜め向かいは紀州《きしゅう》家拝領屋敷だ。この地に七代続いて暮らす飯塚家には、百俵の御家人ということもあり、公儀の目も甘かった。それが証拠に、冬場の火の用心見廻りを飯塚家に下命していた。

「どうやってあんたは、札差の固い口を開かせたんだ」

芳三郎の問いかけに、堺屋は笑っただけで答えなかった。

「あんたに借りができたな」

「あんたはあたしの顔を立てて、四千両の賭けに応じてくれた。これで貸し借りなしだ」

この夜の料亭の払いまで堺屋が持った。

「達磨は面子《メンツ》にかけても、飯塚の賭場を潰すと言っている。あんたの頼みを引き受けたことで、達磨は賭場荒らしを仕置きできるわけだ。この先のことに、あんたの負い目はない」

面子を口にしたとき、芳三郎の目が細くなった。その凄味《すごみ》が新太郎の背筋を伸ばした。

「賭場さえ潰せば、家主さんも順吉さんたちも、難儀が消えるだろう」

「そうしてもらえりゃあ、大助かりでさあ」

新太郎と尚平があぐらのまま、あたまを下げた。おゆきがふたりに微笑《ほほえ》みかけた。

「ことを進めるについて、新太郎さん、あんたにひとつ頼みがある」

「おれにできることですかい」

「あんたにしかできないことだ。厄介だろうが引き受けてくれ」

頼みの中身を聞かないまま、新太郎がうなずいた。

「飯塚の賭場には、わたしと達磨とで五千両を持ち込む」

金高《きんだか》を聞いて新太郎が息を止めた。

「それぐらいは持ち込まないと、引き合わせ役を買ってくれた札差の面子が立たない。すでに五千両は用意してあるが、飯塚の賭場は本両替の為替《かわせ》手形しか扱わないそうだ」

一夜の賭けで何千両ものカネが動く賭場だが、飯塚はツケの博打は一切受けなかった。さりとて客が重たい千両箱を持ち込むわけがない。

そこで編み出されたのが、本両替が自己宛に振り出す為替手形のやり取りだ。客はだれもが、本両替との取引きを持つ大尽《だいじん》である。一枚百両の手形を何枚もふところに忍ばせて遊びに来た。

「わたしも達磨もカネはあるが、本両替と付き合う稼業じゃない。堺屋に頼めば造作《ぞうさ》もなしに手形が買えるが……」

「分かりやした」

話の途中で新太郎が引き取った。

「親父に言って、本両替から手に入れてもらいやす」

「杉浦屋に顔を出すのは気が進まないだろうが、引き受けてくれ」

「杉浦屋って、親分はおれのことを……」

「あんたを突き当たりまで信じたかったもんでね。気に障ったら許してくれ」

新太郎が臥煙屋敷に入った年に、父親の杉浦屋吉右衛門《きちえもん》は息子を勘当《かんどう》した。口先だけのことではなく、町役人に届け出た本勘当である。以来、新太郎は杉浦屋と縁切りとなった。

新太郎が両替屋と口にしただけで、芳三郎は実家が杉浦屋であることまで調べていた。当然、本勘当も聞き及んでいるだろう。

実家への頼み事が、新太郎にはいかに大変であるか……充分にわきまえていると、芳三郎の口調が物語っていた。

「おれが口にしたことを親分が買ってくれたんだ、気に障るわけがありやせん」

飯塚の賭場には、十二月朔日《ついたち》に行く段取りだった。話を終えて庭に出ると駕籠に千両箱が五つ、重さ二十二貫（約八十三キロ）もの小判が細紐で結わえ付けられていた。

芳三郎は五千両を預けるというのに、手下も付けず、ふたりにまかせた。

「こんな金持ちの客を運ぶのは、あとにも先にもこれっきりだろうぜ」

新太郎が駕籠を押した。尚平は左足から踏み出した。吾妻橋を渡るころには、ふたりとも積荷がなにであるかを忘れて、いつもの調子で駆けていた。

七

十二月朔日は氷雨《ひさめ》降りの夜となった。五ツの鐘に合わせて、四方から常盤町一丁目の辻に人影が集まった。

高橋を渡ってきたのは新太郎と尚平である。提灯《ちょうちん》を手にしていない黒紋付のふたりは、闇夜にすっかり溶け込んでいた。

新太郎は実家の杉浦屋で、黒紋付二着を手に入れた。十年前に母親が誂《あつら》えさせた、黒《くろ》羽二重《はぶたえ》の上物だ。新太郎と裄丈《ゆきたけ》の似た尚平は、誂えたかのようにおなじものを着こなしていた。

本所のほうからは、芳三郎とおゆきが歩いてきた。おゆきは朱色の蛇の目をさして、桑《くわ》染《ぞめ》の道行《みちゆき》を羽織っている。深い闇ですら、おゆきの色香は呑み込めていなかった。

芳三郎は黒紙張りの番傘《ばんがさ》に黒紋付だが、真綿の襟巻きがはっきりと見て取れた。

「寒い夜に手間をかけた」

近寄る芳三郎たちに、新太郎と尚平があたまを下げた。

「尚平さん、紋付がよくお似合いだこと」

闇の中で尚平が潮焼け顔を赤らめた。

「達磨のはまだか……」

「ここにいるぜ」

芳三郎の声に、しゃがれ声が重なった。真っ暗な商家の軒下《のきした》から、やはり黒紋付の大男が姿をあらわした。すぼめた傘を右手に握った男は背丈が六尺、目方は二十四貫（約九十キロ）もありそうな巨漢だ。あたまは剃刀《かみそり》の手入れが行き届いた禿頭《とくとう》だった。

「寒空での顔つなぎも妙だが、達磨の、こちらのふたりが新太郎さんと尚平さんで、このひとがおゆきさんだ」

背丈のそろった大男三人が、互いに軽い会釈を交わした。

「先にこれをけえしておきやす。大坂屋《おおさかや》の為替が五十枚です」

「手間をかけた」

「木兵衛さんから、くれぐれも礼を伝えて欲しいと言付《ことづ》かってきやした」

うなずいた芳三郎は、受け取った手形の数をあらためて袱紗《ふくさ》に仕舞い込んだ。そのとき屋根付きの駕籠が二挺《ちょう》、辻に着けられた。

先に出てきたのが堺屋伊兵衛だ。二挺目の駕籠の提灯が、あとに続く男が着た派手な柄《がら》の羽織を浮かび上がらせた。

「あんたまで来たのか」

芳三郎らしくもない声音《こわね》だった。

「顔見世は賑やかなほうがいいだろう」

堺屋は平気な顔で、新旅籠町《しんはたごちょう》上野屋《こうずけや》の跡取《あとと》り息子、喜平次《きへいじ》をみなに引き合わせた。喜平次は五尺四寸の小太りな男だ。しわがなく、青白くてのっぺりした顔は、いかにも札差大店の跡取りに見えた。

「堺屋さんの頼みですからお連れしますが、くれぐれも行儀よくしてくださいよ。あなたがしくじったら、あたしがここに来られなくなりますから」

世間で揉《も》まれていない喜平次は、物怖《ものお》じもせずに言い放った。堺屋は今夜の次第をなにも聞かせていないようだ。

「よろしく」

猪之吉にあたまを下げられて、喜平次が身を反り返らせた。

駕籠舁きから提灯を受け取った喜平次が先に立ち、堺屋、おゆきに新太郎と尚平があとに続いた。芳三郎と猪之吉が、後ろに並んでついてきた。

「見ねえ、恵比須の……張り番が火を使ってやがる」

飯塚屋敷の裏門わきに、黒い刺子を着た男が身を潜めていた。が、猪之吉が言ったとおり寒さしのぎの炭火の赤味が漏れていた。

「こんな素人を野放しにしていたとは、おれも焼きが回ったかね」

「それも今夜限りだ」

ふたりが交わす小声は、先を歩く喜平次には届いていなかった。話はすでに通じていたらしく、だれも咎《とが》められずに賭場に入った。

部屋の真ん中に、真新しいさらしをかぶせた、畳二枚大の盆が据えられていた。氷雨降りのせいか、先客はひとりもいない。七人は、喜平次を中に挟んで横並びに座った。

すぐさま茶が運ばれてきた。有田《ありた》焼の湯呑みから湯気が立っており、煎茶《せんちゃ》の香りが漂い出ていた。茶が出されると、銀杏髷《いちょうまげ》の男が顔を出した。

「上野屋さんからお聞きでやしょうが、まずは駒札《こまふだ》を買ってもらいやしょうか」

男は新顔客を値踏みするように見回した。芳三郎が男を手招きした。

「これだけ札を用意してくれ」

袱紗から百両手形の束《たば》を取り出した。その厚味に男の目が張り付いた。

「大坂屋の手形ならいいだろうな」

「構いやせんが、何枚ありますんで」

「五十枚だ。この場で数えてくれ」

慣れた手つきで数え終わると、男は手形を手にして引っ込んだ。金高に驚いたのか、喜平次はおのれが買うのを忘れていた。

だれもが黙ったままでいると、男が駒札を手にして戻ってきた。着流し姿で左手に脇差《わきざし》を手にした武家風体《ふうてい》の男が一緒だった。

「飯塚秀右衛門だ」

秀右衛門は髪も唇も薄い小柄な男で、目がせわしなく動き回った。

「初回から大層な力《りき》みようだが、ここの仕来《しきた》りは存じておろうな」

「上野屋さんから聞いているつもりだが、なにか不都合でも」

御家人を相手にしても、芳三郎の物言いに変わりはない。秀右衛門が眉をひそめた。

「ならば訊くが、五千両もの札を購《あがな》ってだれと為合《しあ》うつもりかの。今夜はほかに客もおらぬし、上野屋ではそこまで大きな勝負は受け切れまいが」

「札を買い過ぎると文句を言う賭場もめずらしいぜ」

秀右衛門が脇差を握る手に力を込めて、猪之吉を見た。

「だったら飯塚さん、いっそおたくが胴を取りなせえ」

「なんだ、その方の口のききようは。いかに賭場でも作法をわきまえろ」

秀右衛門が猪之吉を睨みつけた。猪之吉が返事の代わりに鼻を鳴らした。

「上野屋、その方が連れてきた客の素性《すじょう》はなんだ。あたかも、渡世人のごとき口をきくではないか」

秀右衛門の矛先《ほこさき》が上野屋に向けられた。思いも寄らなかった成り行きに、喜平次は口がきけなくなっていた。

「ここは武家屋敷だ。わしの見立てた通りであるなら、この場で仕置きするぞ」

秀右衛門の怒声を聞きつけて、賭場の男たちが盆の周りに集まった。

「やってみろ」

猪之吉の声が一段低い調子に変わっていた。

「あんたが言ったとおり、ここは武家屋敷だ。どたばた騒いでも、おもてに漏れる気遣いはねえ。成敗《せいばい》するなら受けて立つぜ」

猪之吉に煽《あお》られて若いひとりが盆に飛び乗り、両手で掴みかかろうとした。猪之吉は座ったまま、男の鳩尾《みぞおち》にこぶしを叩き込んだ。男が盆に崩れ落ちた。

「落ち着きねえ。おめえらをどうこうする気はねえ」

猪之吉がゆっくりと立ち上がった。芳三郎は座ったままで、場を猪之吉に預けていた。

盆を挟んで睨み合うなかで、胸までさらしを巻いた左端の男に猪之吉の目が向けられた。

「猿《ましら》の玄三《げんぞう》だな」

猪之吉の顔に赤味がさした。玄三がびくっと身体を引きつらせた。

「与介に叩き出されたときには十両の壺も振れなかったてめえが、百両勝負を仕切るてえのか。ばかばかしくて肚《はら》も立たねえ」

猪之吉の怖さが骨身に染みているらしく、散々に言われても玄三に歯向かう気力はなさそうだ。猪之吉は秀右衛門に目を移した。

「深川から本所まではおれのしまだ。あいさつなしは、いつまでも通じねえぜ」

低い声で吐き捨てて猪之吉が座り込んだ。

「立ってねえで、あんたも座ったらどうだ」

秀右衛門は猪之吉とは初対面である。

達磨の猪之吉がどんな男なのか、秀右衛門は知らない。が、しゃがれ声には武家をも従わせる凄味があった。秀右衛門が座ったことで拍子抜けしたのか、渡世人たちも腰をおろした。

上野屋はわけが分からず、うろたえて立ち尽くしていた。

「今日まで稼いだテラ銭は見逃してやるが、それもいま限りだ」

「なにを言うか。わしは徳川《とくがわ》家直々の家臣だ、貴様ごとき渡世人に指図されてたまるか」

「だったら好きにしろ。ここに出入りする客を片っ端から締め上げる」

「そんなことができるわけがない」

「おれの隣りは江戸の北側を仕切るひとで、大川の東側はおれのしまだ。あんたが葵《あおい》の御紋を佃煮《つくだに》にするほど見せびらかしても、おれたちには勝てねえぜ」

秀右衛門はまだ肩を怒らしていた。しかしわきの男たちには、猪之吉と芳三郎の大きさが伝わったようだ。ついさきほど猪之吉の凄味で座ったときから、賭場の連中は秀右衛門を見切っていた。

「ひとつ思案があるんだ、飯塚さん」

猪之吉に代わって芳三郎が口を開いた。

「達磨のとも話したことだが、この場で五千両の勝負をしないか。勝負はあんたが抱えている壺振りにまかせる。丁半の一発勝負で、勝てば五千両があんたのものだ。そうだな、達磨の」

猪之吉が目を細めて秀右衛門に笑いかけた。

「五千両だけじゃねえ。あんたが賭場を続けても邪魔をしねえと請け合うぜ」

秀右衛門よりも、賭場の男たちの顔が張り詰めた。

「五千両もの金子《きんす》は持ち合わせておらん」

「そう出ると思ったが、あんたがせこく蓄えた銭が、そこそこあるのはお見通しだ」

賭けに及び腰の秀右衛門を見て、賭場の連中がしらけ顔になった。

「ここの屋敷は御上からの借り物かい？」

「無礼を言うな。先祖代々飯塚家のものだ」

「だったら飯塚さんよ、五千両の不足分は屋敷を家質《かじち》でどうだ」

秀右衛門の目が天井を見詰めたり、盆に落ちたりと、ひときわせわしなく動き始めた。

何度も呻《うめ》き声を漏らしたが、思案が定まらない。

「あんたも賭場がでえじなら、受けるしかねえでしょう」

駒札の運び役が秀右衛門に引導を渡した。秀右衛門の前に、芳三郎の手形の束が差し出された。それでもしばらくは、秀右衛門から返事が出なかった。

「分かった。勝負に応じよう」

やっと答えた声が震えていた。

「壺はうちの手の者でよいな」

「構わねえが、あんたのゼニを見せるのが先だ。ここに五千両を並べなよ」

「暫時《ざんじ》、控えておれ」

座を外した秀右衛門が戻るまでには、四半刻近くもかかった。手形と、背を綴《と》じた帳面のようなものを持ち込んできた。

「駿河屋《するがや》の手形で二千三百両ある。残りはわしの印形《いんぎょう》を押した、屋敷譲り渡しの沽券状《こけんじょう》（権利書）だ。これで不足はあるまい」

手形と沽券状を確かめてから、猪之吉がうなずいた。

「その方が負けたときには、うちの賭場には手出し無用だぞ」

「おれが口にしたんだ、なぞることはねえ」

「口約束はあてにならぬ。請書《うけしょ》を書け」

猪之吉が大きく息を吸い込み、秀右衛門に向かって吐き出した。

「うちらの稼業に書きものはいらねえ。口にしたことは、両替屋の手形より確かだぜ」

「しかし……」

言いかけた秀右衛門が口を閉じた。場の気配が猪之吉に加担していたからだ。

「法に適《かな》わぬ気もするが、その方の言い分を諒《よし》としよう」

もったいをつけて、秀右衛門が呑んだ。

「壺をこれへ」

秀右衛門に言われて、玄三が壺とサイコロを運んできた。

「勝負は一回限りだな」

「何度も言わせなさんな。とっとと玄三にでも振らせろ」

「待ってくれ、あっしにはとっても無理だ」

真っ青な顔で玄三が後退《あとずさ》りした。

「どうするよ、飯塚さん」

「だれでもいいぞ。壺を振れる者はここにきなさい」

秀右衛門の声がかすれていた。あるじに愛想を尽かしたのか、勝負の大きさに怖れをなしたのか、壺振りを買って出る者がいない。

「だったら仕方がねえ、うちで振るぜ」

「仕方あるまい」

秀右衛門の答えを聞いて、おゆきが盆の真ん中に進み出た。たもとから細紐を取り出すと、素早い手付きでたすきがけになった。

左手に壺を持ち、右の人差し指と中指とで二個のサイコロを挟んでいる。口元をきつく引き締めて、目尻を吊り上げた顔は夜叉《やしゃ》のようだ。賭場から物音が消えた。

胸元で両腕を交差させたあと、瞬《まばた》く間もおかずにサイコロが壺に投じられた。

カラカラカラ……。

乾いた音が消えないうちに、盆に壺が伏せられた。

大きな溜め息が賭場に充《み》ちた。

いかさまができないように、おゆきが壺から手を離した。

「あんたが先《せん》でいい。逆目がおれだ」

「考えさせてくれ」

「五千両のやり取りだ、好きなだけ目を読めばいい」

秀右衛門は壺を睨みつけた。みなが吐き出す息のせいか、蠟燭《ろうそく》の明かりが揺れた。

秀右衛門が目を閉じて腕組みをした。浅い息を繰り返している。氷雨の夜だというのに、考え込む秀右衛門のひたいに汗が浮いた。

おゆきにすべてを託した猪之吉と芳三郎は、静かな息だった。

新太郎は膝にのせた両手を、固いこぶしに握っていた。尚平の息遣いがあがっている。

堺屋は腕組みをして秀右衛門を見詰めた。

喜平次は何度も座り直した。そのたびに座布団が衣擦《きぬず》れの音を立てた。

目を開いた秀右衛門が、ふたたび壺を睨みつけた。見ているうちに息が荒くなった。

はあ、はあと息苦しそうだ。ひたいの汗が盆のさらしに落ちた。

秀右衛門がおゆきに助けを求めるような目を見せた。おゆきは取り合わない。盆に戻した秀右衛門の瞳は定まっていなかった。

「わしにはできぬ」

「なんだと？」

「ただいま限り、賭場は閉じると約束する。それでこの勝負を流してくれぬか」

秀右衛門が、がっくりと肩を落とした。

「なんてえざまだ。それでも武家かよ」

秀右衛門の手の者が騒ぎ声をあげた。

「武家だから、てめえの器量に思い至ったんだ。おめえらに、四の五の言える口はねえ」

猪之吉のしゃがれ声で、呆気《あっけ》なく鎮《しず》まった。

「あんたが賭場を閉じるなら、流してもいいぜ。どうだい、恵比須の」

「これだけの勝負だ、ただで流すわけにはいかないだろう」

芳三郎が盆を挟んで秀右衛門と向き合った。

「飯塚さんのところには、大層な盆栽があるそうじゃないか」

「どうしてそれを……」

「聞こえてきた話だ。わたしの好きに、ひと鉢もらおう」

「………」

「それで流せれば安いものだろう」

此の期《ご》に及んでも渋る秀右衛門を引き立てるようにして、喜平次を除く六人が庭に出た。まだ氷雨が降り続いている。提灯に雨が入ったらしく、じじじっと音が立った。

提灯の明かりをかざして、芳三郎はひと通りの盆栽を見回した。

「育て主どおりの駄物ばかりだ。こんなあるじでは、奉公人が走るのも分かる」

「まだそのような無礼を……」

いきり立つ秀右衛門の肩を猪之吉が押さえた。

「強がりは聞こえねえぜ。そんなことより、賭場をしっかり閉めろ」

氷雨が秀右衛門のひたいに落ちた。

「あともうひとつある」

「このうえ、なにがあると申すのか」

「決まってるじゃねえか、屋敷から走った奉公人のことだ」

提灯に照らし出された猪之吉の顔が、秀右衛門を睨みつけた。

「あいつらに指一本でもかかわりを持ったら、おれが相手をさせてもらう」

言い置いて歩き始めた猪之吉が、三歩先で振り返った。

「あんたが呼びつけた長屋の家主にも、いたずらするんじゃねえぜ」

六人が庭を離れると、明かりが失《う》せて庭に闇がかぶさってきた。

一夜明けると、江戸中がすっきりと晴れた。

新太郎と尚平は、杉浦屋の番頭を伴って日本橋大坂屋に空《から》の駕籠を着けた。

「だれか守《も》りをお付けになりませんか」

運ぶ金高を聞かされた番頭は、顔をこわばらせた。

「何度も言わせなさんな」

新太郎の口ぶりが、昨夜の猪之吉そっくりだ。尚平が噴き出した。

「そうまで言われるなら仕方ございません。通りで積むのは余りに物騒ですから、若旦那様は駕籠を裏口に回してください」

「がってんだ」

手形と引き替えられた千両箱五つが、大坂屋の勝手口で駕籠に積まれた。店の小僧と女中が目を丸くして見とれた。

積み終わって垂れをおろしたところに、杉浦屋の番頭が顔を出した。

「手間をかけたぜ。親父によろしく言っといてくれ」

「若旦那様は、いつまでこんな稼業を続けられるんですか」

「こんな稼業とは、ずいぶんじゃねえか」

「旦那様のお達者なうちに、なにとぞお帰りになってください」

新太郎は返事をせず、長柄に肩を入れた。

「ゆんべのことで、おれの肚の括《くく》り方はまだまだひよっ子だと思い知った。けえるとしても先の話だ」

新太郎が駕籠を押した。五千両の乗った駕籠が動き出した。人込みにまぎれて見えなくなるまで、番頭は案じ顔で駕籠を見ていた。

うらじろ

一

車座に座った黒江町肝煎《きもいり》連中の顔が、そろって暗かった。

町名主《まちなぬし》は、暇さえあれば小名木川まで出かけて釣り糸を垂れている清右衛門《せいえもん》だ。一年を通じて顔の白かったためしがなかった。

炭屋の玄六《げんろく》は、黒い顔が商《あきな》いの看板代わりだ。五尺二寸（約百五十八センチ）と小柄だが、一度に四俵の炭を担ぐ肩は、担ぎこぶで盛り上がっていた。

豆腐屋二代目の庄吉《しょうきち》は三十路《みそじ》まで二年を残しているが、生まれつきの地黒である。豆腐の白さが際立っていいと、しわのない色黒顔を自慢にしていた。

裏店家主の木兵衛は、差配業のかたわらで焼き芋売りと周旋《しゅうせん》屋を商っている。晴れても降っても、深川から大川端までの空《あ》き家と空き地を見て回るのが決め事だ。薄い髪には白いものが混じっていたが、顔は艶々と黒光りしている。

暦《こよみ》は師走《しわす》の十三日。七ツ（午後四時）を過ぎると、あっと言う間に陽が沈む。いまはもう七ツ半（午後五時）で、板敷きの寄合所が薄暗い。黒い顔の面々が、ひとしお暗く見えた。

参詣客《さんけい》で賑わう門前仲町から小さな堀を隔《へだ》てただけなのに、裏店ばかりの黒江町にはひとが寄りつかない。なんとか商いが保てているのは、墓参り客相手の線香屋と花屋ぐらいで、ほかの店はさびれる一方だ。

そのことが肝煎連中の顔を、より一層暗くしていた。

「なんだい庄吉、さっきからあくびばかりしてるじゃないか。一番年若いおまえがそんなだから、ここがさびれるんだ」

「あたしのあくびに、八つ当たりしてもしょうがないでしょう」

言葉の終わりに大あくびを重ねて、清右衛門に口答えをした。炭屋が庄吉に笑いかけたが、清右衛門に睨まれると笑いを引っ込めた。

「どうだい清《せい》さん、庄吉のあくびに当たってないで、きょうはこれぐらいにしとかないか」

「またそれだ。途中で飽きちまったあんたがいっつもそれを言うから、いつまでたっても思案が出てこないんだよ」

「偉そうに言いなさんな。あんただって、さっきから手元の釣り竿《ざお》ばかりいじってるじゃないか。大体、何だって寄合に竿なんか持ってくるんだ」

同い年の清右衛門と木兵衛が揉《も》め始めた。これが始まるとしばらくは収まらない。玄六と庄吉は取り合わずに、別の話をやりだした。

「駕籠舁《か》きの新太郎と飛脚《ひきやく》の勘助《かんすけ》さんとが、八幡様の裏で殴り合いを始めるところだったのを、玄六さんは知ってた？」

「いや、聞いてねえよ」

「何かと張り合うふたりが、ゆうべはどっちも引っ込みがつかなくなったらしくてさ。左官の留吉《とめきち》さんがなかに入らなかったら、怪我《けが》だけじゃ済まないところだったみたいだよ」

「ほんとうにしゃあねえやつらだぜ」

玄六が大きな舌打ちをした。のぞき見えた歯だけが妙に白い。

「なんだってそこまで行ったんだ」

玄六は庄吉よりも六つ年上だ。問いかける口調はぞんざいだった。

「どっちの足が速いかで揉めたらしい」

「そりゃあ駄目だ」

首を大きく上下に振りながら、玄六がひとりで得心した。

「ほかのことならともかく、駆けっこときちゃあ引っ込めねえだろうに。留さんも、よく止めにへえったもんだ」

「いや、止めたわけじゃないらしい」

「なかにへえったって言ったじゃねえか」

「入るには入ったんだけどさ、決着《けり》をつける見届人になるからって収めたそうだよ」

「なんだい庄吉、新太郎と勘助とがけりをつけるというのは」

言い争いに飽きた木兵衛が口を挟んできた。清右衛門も膝を庄吉に向けた。

「留吉さんが立会人になって、ふたりのどっちが速いかを見届けるそうです」

「また留が安請け合いなことを。どうやって見届けるんだ、そんなものを……遣《や》り方を間違えたら、騒ぎがもっと大きくなる」

「でもねえ木兵衛さん、留吉さんには思案があるみたいですよ」

「留にどんな思案があるというんだ、ばかばかしい。それよりなにより、差配のあたしを差し置いて、なんでおまえがうちの長屋のことに詳しいんだ」

木兵衛が庄吉に嚙みついた。

「そんな頭ごなしに言われるんなら、この話はやめます」

豆腐屋の二代目が膨《ふく》れっ面《つら》になった。甘く育てられているのか、叱られると我慢がきかない。

「そんな顔を見せてないで、留吉の思案というのを聞かせてくれ」

「話すのはかまいませんが、途中でごちゃごちゃ言わないでくださいね」

木兵衛は返事の代わりにキセルを振った。

「新太郎も勘助さんも、江戸の道は知り尽くしているというのが自慢です」

ふたりの店子の気性を分かっている木兵衛が、渋い顔のままうなずいた。

「だから留吉さんは、黒江町から高輪大木戸《たかなわおおきど》までの行き帰りを走らせて、先に黒江町に戻ってきたほうが勝ちだという勝負を持ちかけたんだそうです」

「ふたりは留の言うことを呑んだのか」

「細かなことをきちんと決めたうえなら、勝負してもいいと」

「なんだい、細かなことというのは」

木兵衛の口ぶりには愛想がない。しかし清右衛門、玄六を含めた三人ともが、話の先を知りたがっているように見えた。

「ひとつは大木戸までの道のりをどうするかで、もうひとつは大木戸に着いたかどうかを、だれが見定めるかだと新太郎が言ってるそうです」

「大木戸はあの人込みだ。新太郎の言うとおり、しっかりした立会人が見届けないと勝負は成り立たない」

成り行きに興が乗ったらしく、口を挟んだ清右衛門は竿から手を離していた。

「木兵衛さん、年越しの座興としてはおもしろそうじゃないか」

「それでなくても暮れの忙しいときに、新太郎たちのたわごとに付き合う暇はない」

にべもない物言いに、残る三人はむっとした顔で木兵衛から目を逸《そ》らした。

二

十二月十五日、真冬の四ツ半（午前十一時）に駕籠が神田川《かんだがわ》土手を歩いていた。

「このまま土手っぷちを行こうじゃねえか。どうでえ、尚平……」

「勝手なことを言うんじゃない」

寒さをきらってひとが歩いていない土手では、木兵衛の細い声でも充分に聞こえた。

「決めた通り、浅草橋から御蔵《おくら》通りの大路《おおじ》をやってくれ」

新太郎が溜め息をつき、腹立ちまぎれに息杖《いきづえ》を突き立てた。

「まったくやってらんねえぜ」

はっきりした声でぼやいたとき、土手の草が揺れて三人の男が駆け登ってきた。抜き身の匕首《あいくち》を手にした男が後棒に向かってきた。

「駕籠をおろしな」

刃物を突きつけられた新太郎は、真冬だというのに半纏《はんてん》の下はさらしの腹巻きだけだ。

深川から歩き通しで汗もかいておらず、さらしも下帯も真っ白だ。肌は汚れのない桃色で、月代《さかやき》は青々としている。

「なんだてめえ、ほんとうに駕籠舁きか」

四つ手駕籠には不釣合いな品のよさに戸惑ったのか、匕首男が問い質《ただ》した。

「深川の新太郎だ」

挑むように名を告げた。相手は新太郎の肩までしかない。

「勇ましいことをかんげえるんじゃねえぜ。前の兄さんもこっちに来ねえ」

尚平を呼びつけた男の匕首が、鎌首を持ち上げたまむしのように動いている。新太郎と尚平とが、男を見おろす形になった。

「うっとうしく突っ立ってねえで、しゃがまねえかよ」

背丈の差が業腹《ごうはら》らしく、男の口調が苛立《いらだ》っている。

「こいつらが妙な動きをしたら、構わねえからぶっ刺しちめえ。おい、幸三《こうぞう》……おめえも仙吉《せんきち》とつるんで見張ってろ」

仲間に駕籠舁きをまかせた男は、四つ手の垂れを乱暴に開いた。

「敷いてる銭箱《ぜにばこ》を寄越しな」

言われても木兵衛は動かない。男が匕首を突きつけた。

「あんたが毎月十五日に、銭箱を運んでるてえのはお見通しだ。けつをどけりゃあ、手間もかからねえし、怪我することもねえ」

粘っこい脅しを聞かされても、木兵衛はぴくりとも動かない。匕首の動きが剣呑《けんのん》になってきた。

「こいつらあ本気だ。怪我しちゃあつまらねえから、さっさとくれちまいなよ」

草むらにしゃがまされた新太郎が、木兵衛を促した。

「どうせ銭しかへえってねえんだ、斬られちまったらばかばかしいぜ」

銭だけだと聞いて匕首男が顔色を変えた。

「どけ、じじい」

男は木兵衛を引きずり出すと、尻に敷いていた銭箱を片っ端から開いた。八個のどれもが文銭《もんぜに》しか入っていないと分かると、匕首を握り直して木兵衛に詰め寄った。

「銀だの小判だのはどこなんでえ」

左手で胸倉を締め上げた。身をのけぞらせた木兵衛の胸元が乱れて、首からさげた胴巻の黒紐が見えた。

「手間かけやがるぜ」

男が紐を断ち切った。引っ張り出した胴巻が大きく膨れている。獲物を手にしてゆるんだ男の目元が、ひと摑みの中身を見て、またもや険しくなった。

「これも銭ばっかりじゃねえか」

いきなり平手打ちを食った木兵衛の腰が砕けて、仙吉に倒れかかった。見張り役に生じた隙を見て尚平が動いた。

素早く組み付くと相手の身体を引き付け、上手投げで叩きつけた。乾いた土手道に腰の入った投げを打たれて、仙吉が息を詰まらせた。

新太郎を見張っていた幸三は、身を躱《かわ》す間もなく尚平から顔にこぶしを叩き込まれた。さらにあごに思いっきりの膝蹴りをかまされて、新太郎の足元に崩れ落ちた。

尚平と新太郎がふたりを伸《の》しているわきで、木兵衛は振りまかれた銭を拾い始めた。匕首男が木兵衛を捕まえて首に左腕を回した。

「そこまでにしとかねえと、じじいをすっぱりやるぜ」

木兵衛の顔が苦しげに歪んでいるが、銭はしっかり握り締めている。

「やってらんねえ」

上気した新太郎が吐き捨てた。

「そうまで銭がでえじなら、斬られても絞《し》められてもしゃあねえぜ」

新太郎が匕首男に近寄った。

「どこで仕入れた話だか知らねえが、運ぶのは銭だけだ。まるごとかっさらっても、三両もねえ」

「…………」

「くそ寒い土手で、待ち伏せまでしてご苦労なこったが、小判なんざ一枚もねえんだ。もっとカネのあるとこに押し込む算段でもしたらどうでえ」

「わけしり顔でぺらぺら言うんじゃねえ」

木兵衛を乱暴に突き放した匕首男が、新太郎に詰め寄ってきた。

「押し込む先まで、てめえにおせえてもらうこたあねえ」

間合いを一気に詰めて、下から上に刃を躍《おど》らせた。新太郎は素早く飛び下がったが、さらし一枚分が匕首につかまった。分厚い胸板から血が滲み出した。

新太郎の血を見た尚平は、唸《うな》り声とともに突っかかった。新太郎を相手にしつつも、尚平の動きも捉《とら》えていた男は、難なく横に躱した。

尚平は六尺男とも思えない俊敏さで、右に逃げた男に張り手をかませた。匕首を握り直そうとしていた男は張り手を避けられず、草むらまで吹っ飛ばされた。

すぐさま男の帯を摑んだ尚平が、右からの投げで雑草の上に叩きつけた。

「そこまでにしろ」

まだ投げようとした尚平を、新太郎が怒鳴り声で止めた。

「そのうえおめえに投げられりゃあ、息の根がとまっちまうぜ」

「おめに仇《あだ》するやつは放っとけね」

新太郎の胸元から血が滲み出している。さらしも赤く汚れ始めていた。

「木兵衛さんの銭箱狙うような間抜けの息の根を止めても、自慢にゃあならねえ」

新太郎が草むらでのびている匕首男の襟《えり》元を摑んだ。

「神田川に叩き込んだら正気にけえるだろう。そこのふたりはおめえにまかせるぜ」

新太郎が軽々と男を担ぎ上げた。幸三と仙吉は尚平が引きずっている。並んで土手を下りると、先に新太郎が放り込んだ。尚平は新太郎よりも遠くまでふたりを投げた。

「深川で新太郎っていやあ、探す手間がいらねえぜ」

三人が向こう岸に泳ぎ渡るのを見届けて、ふたりは土手を登った。

「おい、見ねえ……呆《あき》れたもんだぜ」

駕籠のそばで、木兵衛が銭を拾い集めていた。新太郎たちを目にすると、せわしない手つきで手招きした。

「あたしが拾ってる間に、おまえたちは銭箱を駕籠に乗せてくれ」

「ほかに言うことはねえのかよ」

新太郎が口を尖らせると、拾う手をとめた木兵衛が睨みつけた。

「斬ろうが絞めようが好きにしろとは、よくも言えたもんだ。おまえは本気で、あたしが斬られりゃあいいと思ったんだろう」

言いながらも銭を拾い集めている。

「あたしが陰でかばってるから、でたらめな人別帳が何とか通ってる。ぽっくり逝《い》ったら、おまえたちが困るんじゃないか」

またこれだ……。

新太郎から深い溜め息が漏れた。木兵衛店の請人《うけにん》も、駕籠舁きを始める手配りも、すべて木兵衛の計らいだった。

それを恩義に感じたふたりは、決まった日に決まった道のりで、銭箱を入谷まで運んでいる。ほかの駕籠舁きにあざ笑われても、ひたすら我慢で歩き通した。

毎月運ぶ銭箱は、入谷に囲った女へのお手当だと長屋では取り沙汰《ざた》されている。妾《めかけ》を囲おうが、運ぶ銭が手当だろうが、ふたりは木兵衛をとやかく思いはしなかった。

しかし身を盾《たて》にしてならず者をやっつけても、礼も言わずに銭を拾う木兵衛にはうんざりした。

「新太郎、まだ箱が出っぱなしじゃないか」

新太郎は動かなかった。

「木兵衛さん、おれがやるだ」

尚平がひとりで銭箱を仕舞うのを見て、新太郎も渋々ながら片付けた。

「まあ……おかげで助かったよ。気持ちというわけでもないが」

木兵衛がカラの咳払いをした。

新太郎の胸元から滲み出る血をひと目見たが、すぐにその目を逸らせた。

「七百文の店賃を、今月は六百にまけておくよ」

言い終えた木兵衛が駕籠に座った。呆れ顔の新太郎が後棒に肩を入れた。

三

御蔵通りはひとで溢れていた。その人出を目当てに、汁粉《しるこ》売りなどの屋台が出ている。

「餅入りの汁粉が、たったの四文だよ」

だれかれ構わず売り声を投げる汁粉売りだが、新太郎たちには声もかけない。歩きの駕籠など商いの縁起に障《さわ》るらしく、親爺《おやじ》はそっぽを向いた。

「どきな、どきな」

怒鳴り声でひとが左右に割れた。

「いやなのが来やがった」

新太郎が言い終わらぬうちに、真っ赤な鉢巻きを締めた千住の大木戸駕籠が見えた。

「わきに寄ろうや。立て続けの揉め事は勘弁だぜ」

たったいま刃傷《にんじょう》沙汰に遭《あ》ったばかりだ。傷口からは、まだ血が滲み出している。尚平は商家の軒内へ梶《かじ》を向けた。

鼻息が感じ取れそうなほど近くを擦《す》り抜けた駕籠の後棒は、下帯も緋《ひ》色だった。

「やっぱり寅だ、どいててよかったぜ」

ところが駕籠が引き返してきた。

怒鳴りながら向かって来る相手に、尚平は息杖を突き立てて身構えた。大木戸駕籠の先棒は器用な動きを見せた。ぶつかる直前、梶棒をわずかに外側に振った。後ろが力一杯押している駕籠は大きく内に曲がり、後棒と新太郎との隔たりがなくなった。

「ぺっ」

小柄な寅が走りながら吐いた唾は、新太郎の顔ではなく赤く血に汚れたさらしに当たった。

息杖を放り捨てて尚平が走りかけた。

「やめろ、尚平」

「なんでだ」

「寅にはこないだの借りがあるじゃねえか」

「こないだって……あっ、あれか」

尚平が吐息を吐いて杖を拾った。

猪牙舟《ちょき》との駆け比べで、寅は走りの調子をとってくれた。勝負に負けて毒づかれたが、寅には助けてもらったと思っている。

新太郎は唾《す》のついたさらしをはずし、ぐるぐるっと梶棒に巻き付けた。

「おう、行くぜ」

尚平の肩が入ったところで、新太郎が威勢をくれた。後ろからの押し方で察した尚平は息杖をぽんっと突き、ほいっ、ほいっと駆け出した。銭箱に座った木兵衛の身体が後ろに反り返ったが、成り行きを呑み込んだらしく文句はつけなかった。

「それだけ走ればいいだろう。息があがってるじゃないか」

つらそうな木兵衛の声で駕籠が止まった。

御蔵通りから浅草九品寺《くほんじ》まで、一気に駆けていた。九品寺は田んぼの奥に立つ寺で、わきには三囲稲荷《みめぐりいなり》が並んでいる。

「そこのお稲荷さんにお参りして、験直《げんなお》しをしてくる。おまいたちは銭番をしててくれ」

めずらしく息のあがっている新太郎が、うなずきで返事をした。傷口から血が滲み出している。稲荷に向けて木兵衛が歩き出すと、尚平が心配顔で寄ってきた。

「まだ血が止まってねえだ」

あぜ道まで駆けていった尚平は、両手に野草をむしり取って戻ってきた。

「新太郎、草の上で横になれ」

横たわった新太郎のわきに座り込んだ尚平は、野草を口一杯に頬張った。嚙むたびに青い匂いが鼻をつく。新太郎が顔をしかめても、構わず嚙み続けた尚平は、唾と野草とを両手に吐き出した。

「きたねえことをしやがって」

「これが効《き》くだ」

「効くって……おめえまさか、それを」

「いいから黙ってろ。浜にいたときは、ずっとこれで治した」

嚙むと吐くとを繰り返し、尚平は摘んできた野草すべてを新太郎に塗り付けた。

「傷口が塞《ふさ》がるように撫でてろ」

神妙な顔つきで新太郎が傷口を撫でているところに、竹皮包みを提げた木兵衛が戻ってきた。

「百姓たちとお稲荷さんの周りを歩いたら、お供えの稲荷寿司をくれた。まだ随分残ってたから、おまいたちも回ってきたらどうだ」

傷口を撫でながら、新太郎が首を振った。

「一緒に歩いて、口のなかでもごもご言うだけで稲荷寿司がもらえるんだ。遠慮してないで行ってこい」

言われても新太郎も尚平も動こうとしない。

「なんだい、ふたりとも。行くのがきまりがわるいなら、あたしのを分けてやろう……遠慮する柄《がら》でもないだろうが」

「遠慮じゃねえって……そんなことより、はええとこ入谷に行きやしょう。陽がかげって寒くてしゃあねえ」

「それもそうだ。だがねえ新太郎、寒くたってここからは歩きだよ」

先の道のりを考えたふたりは、しかめっ面を見合わせた。

すぐ前に日本堤が見えている。入谷までは堤に出ないで、浅草寺裏手の花川戸を行くのが早道だ。ところが木兵衛は、吉原《よしわら》を遠目に見られる日本堤を歩かせた。

吉原は六日ほど前、大火に遭っていたが、すでに見世《みせ》は仮営業を始めていた。堤には吉原通いの客を乗せた、竹骨だけのつばさ駕籠が何挺《ちょう》も走っている。それも互いに抜き合いながらだ。見栄を競う客は、駕籠を一挺抜くたびに祝儀をはずんだ。

そんな連中が行き交う堤を歩く駕籠は、このうえなく間抜けに見える。

「昼間っからどうしても堤を行くてえなら、今日は駆けさせてもらいてえ」

「そんなこと言ったって、また傷口が開いたらどうするんだ」

「心配いらねえ。尚平がしっかり血止めをしてくれた」

神田川土手の騒動に負い目を感じていたらしく、渋い顔で木兵衛が折れた。

「行くぜ、尚平」

木兵衛と十五貫（約五十六キロ）の銭箱を乗せて、勢いよく走り出した。堤に出た新太郎たちは、片っ端から吉原駕籠を抜き去った。

土手の途中で脇腹が痛くなった。尚平に合図して止まろうかとも思ったが、抜き去られた客の口惜しそうな顔が、新太郎を勢い付かせた。吉原を過ぎ、堤を左に折れて三之輪《みのわ》村の畑道に入ったころには脇腹の痛みも治まった。

さらに走りが速くなった。

垂れを開けたままの木兵衛に、木枯らしがまともに吹き付けている。入谷に着いたときには、凍《こご》えて駕籠から出られなかった。膝に載《の》せた竹皮包みがほどけて、稲荷寿司がこぼれ落ちそうだ。

「腰が立たない……」

背中を丸めた木兵衛の声が掠《かす》れている。

「路地の突き当たりの二階家に行って、ひとを寄越してくれ」

いつもなら、駕籠を止めたこの場所に、下男風の無口な男が待っていた。ところが今日はいない。途中で色々あったものの、御蔵通りから駆けてきたことで、いつもよりも早く着いたのだ。

教えられた家は格子戸付きの二階家だった。声を投げ込むと奥から女が玄関まで出てきた。

「あら……木兵衛さんを運んでくれる駕籠屋さんでしょう。もう着いたんですか」

どう見ても十五、六の娘だ。紺地の絣《かすり》に薄紫の前掛け、紅の細帯姿である。短い絣の裾からは、足首の締まった素足がのぞいていた。

くっきりとして細い眉。小作りの顔はわずかに日焼けしてみえるが、それが唇の赤味を引き立てている。

新太郎は言葉を忘れて見とれた。半纏に下帯だけの男に見詰められて、はにかんだ娘は急ぎ足で奥に戻った。

入れ代わりにいつもの男が出てきた。新太郎を見る目がきつい。さっさと格子戸の外に出ると、ものも言わず駕籠に向かった。

ぼんやり顔の新太郎があとを追った。

四

「あのくそじじい……」

空《から》の駕籠を担いだ新太郎が、三度もおなじあくたれ口をきいた。客を拾う気が失せており、声をかけられないように駕籠の垂れをおろしていた。

「はら減ってねえか」

「減った。喉《のど》も渇いてるだ」

「じじいの近所で気分がわるいが、そこの横丁の店にへえろうぜ」

木兵衛をおろしたあと、坂本村のおゆきのところで飯を食うのを楽しみにしていた。しかし囲い女が十五、六の娘だったことで、半里を駆ける気力が萎《な》えた。

入った店は、七坪の土間に菜漬けの樽を引っくり返して置いた煮売《にう》り屋である。職人がふたり、どんぶり飯を食べていた。

「茶飯《ちゃめし》と糠漬けに味噌汁で四十文だけど」

出された番茶は出がらしでぬるかったが、喉の渇いた尚平は平気な顔で飲み干した。

作り置きしてあったらしく、間をおかずに飯が運ばれてきた。皿を見て、新太郎が舌打ちをした。

糠漬けの大根は水気が抜けてしわしわだし、味噌汁からは煮詰まった匂いが立っている。茶飯は盛りがわるく、しかもどんぶりの方々が欠けていた。

「しゃあねえや。文句言わずに食おうぜ」

気分の治まらない新太郎から愚痴が出た。客の少ない店の流し場まで届き、眉間にしわを寄せた親爺がのれんから顔をのぞかせた。

「新太郎、声がでけえだ」

土間に立った女房にもきつい目で見られて、尚平が新太郎を諌《いさ》めた。

「分かってらあ」

仏頂面《ぶっちょうづら》の新太郎が茶飯に箸《はし》をつけた。冷めたぱさぱさの飯だが、そのうえの文句は言わなかった。その代わり糠漬けを噛み終えると、木兵衛への腹立ちを吐き出した。

「いまごろ木兵衛のじじいは、女と一緒に稲荷寿司を食ってやがんだろうよ。あんな年端《としは》もいかねえ娘を囲いやがって……とんでもねえくそじじいだ」

娘を見ていない尚平は、ぶつくさこぼす新太郎を気にせず、味噌汁を口にした。相肩が取り合わないので、新太郎も口を閉じて茶飯を平らげた。

箸を置いたとき店の親爺が出てきた。背丈五尺五寸（約百六十七センチ）ほどだが、陽焼け顔は尚平よりも黒かった。

「あんたが言ってるのは、裏の路地を入ったところに住んでる木兵衛さんのことかい？」

「住んでるのは深川の裏店だ。月に一度、おれっちの駕籠で運んでくる」

初めて入った店の親爺に横柄《おうへい》な物言いをされて、新太郎の顔がこわばっていた。

「だがよう……たしかにじいさんは、路地の奥に家を持ってるかも知れねえな」

新太郎の答え方も横着だ。親爺が両手をこぶしにした。

「勘定はいらねえから出てってくれ」

「なんだよ、藪《やぶ》から棒に出てけてえのは」

尚平の目配せを退けて、新太郎が声を尖らせた。

「ここの町内じゃあ、木兵衛さんをわるく言うやつとは付き合わねえんだ」

座ったままの新太郎に親爺が詰め寄った。

「穏やかに言って分からねえんなら、おもてで相手をするぜ」

樽を鳴らして新太郎が立ち上がった。すでに食べ終わっていた職人ふたりが、親爺の後ろに立った。

「なんでえ、てめえらまで……おれは飯を食ってただけじゃねえか」

喧嘩は好きだが、半日で三度のごたごたは多過ぎた。新太郎が声の調子をさげた。

「だったらよう、深川の兄さん」

親爺も幾らか口調を和《やわ》らげた。

「うちもうっかり、場違いな客に飯を出しちまったてえことだ。飯代はもらわねえから、素直に出てってくんねえかよ」

「行くだ」

尚平が新太郎の身体を押した。しかし気が昂《たか》ぶっている新太郎は動かない。立ち上がって相手と睨み合いを始めたとき、新しい客が入ってきた。

「みぞれが降ってきやがったぜ」

聞き覚えのある声を聞いて、新太郎と尚平とが客を見た。客の目が丸くなった。

「新太郎あにいと尚平あにいじゃねえか」

入谷から雑司が谷の鬼子母神まで一緒に走った源次だった。

「あっ、そうか……十五日の送りですかい」

笑いながら近寄ってきたが、すぐに様子がおかしいのを察した。

「どうしたてんでえ、あにい……」

「このふたりはあんたの知り合いか」

新太郎が答える前に、親爺が源次に問いかけた。

「いつだか話した、雑司が谷まで一緒に走った新太郎あにいさ。それよりとっつあんは、なんだってそんなつらあしてるんでえ」

「あんたらが新太郎さんと尚平さんか……おい、おかね、熱い茶をいれろ」

親爺が女房に茶を言い付けた。いきなり相手の様子が変わり、新太郎が面食らっている。目の尖りを消した親爺が、新太郎と尚平とに座ってくれと示した。

「木兵衛さんの悪口を聞いたもんで気が立っちまった。行き違いは勘弁してくれ」

「なんだよ、とっつあんと新太郎あにいとが揉めてたてえのかよ」

問われても新太郎は返事をしない。仲裁の役回りになった源次が親爺に目を向けた。

「とっつあんも新太郎あにいも、おれにはでえじなひとだ。なにがあったのか話してくんねえな」

取り成しているところに茶が運ばれてきた。女房は玄米茶《げんまい》を奢《おご》っている。香ばしい湯気につられて、新太郎が湯呑みに手を伸ばした。それで気配が和らいだ。

「あんたにも、裏の木兵衛さんのことは話したことがあったよな?」

「聞いたよ」

源次が問をおかず親爺に答えた。

「このふたりが深川から乗せてくるのが、どうやら木兵衛さんらしいんだが……そこで行き違いが起きたんだ」

「あにいがこぼしてた歩きの駕籠が、木兵衛さんだてえんですかい?」

今度は源次が驚いた。

「そうらしいぜ」

新太郎の返事は相変わらず愛想がない。気にした尚平が相肩の肘を突っついた。

「ひとつ確かめてえんだが、あんたの言ってる木兵衛さんてえのは、小柄で白髪頭《しらが》のひとかい?」

「そうさ……鼻の右わきに太い黒子《ほくろ》がある」

「だったら間違いねえ」

茶をひと口すすった親爺は、女房と何度もうなずき合った。

「どうにも妙な話だが、あんたは木兵衛さんの宿も知ってるよな」

「こどもみてえな娘を囲ってやがる二階家なら知ってるぜ」

「木兵衛さんをわるく言うわけがそれなら、とんだ勘違いだ」

「なんだって？」

「あの子はさくらてえなめえだが、木兵衛店で差配人の手伝いをしている娘だ」

「木兵衛店だと？」

新太郎と尚平が身を乗り出した。

「それがどうかしたか」

「半端《はんぱ》な口は挟まねえから、木兵衛さんのことを洗いざらい聞かせてくんねえか」

「いいともさ。どうやらわけがありそうだ」

新太郎も親爺も、すっかり尋常な顔つきに戻っていた。

「木兵衛さんの在所《ざいしょ》はここだそうだ。ガキの時分、火事で焼け出されて孤児《みなしご》になったらしいが、通りかかった高橋《たかばし》の金貸しに拾われて、色々と仕込まれたと聞いたよ」

入谷の木兵衛店は、いまから五年前に家持ちから買い取ったものだ。それと同時に差配人を取り替えて、店《たな》の名も変えた。

「前の差配の伍助《ごすけ》は因業《いんごう》でね。雨漏りしようがどぶが溢れようが、なにひとつ手入れをしなかった。それでも店子の多くは店賃を滞《た》めてる負い目があるから、伍助には文句も言えなかった」

長屋を買い取ったその夜に、これも買い取っていた二階家に店子を集めた。

「みんなの懐《ふところ》具合を聞き終わった木兵衛さんは、店賃を半分に下げると言いだしたんだ」

「半分だとう？……」

新太郎の声が調子はずれだ。親爺はしっかりとうなずいた。

「いまのあんたと同じように、店子連中も話がうますぎるてえんで、喜ぶよりも顔が引きつったよ。木兵衛さんには、無口な男がぴったりくっついてたしさ」

いつも出迎える男を思い浮かべて、新太郎と尚平が得心した。男の名は籐吉《とうきち》で、木兵衛とは高橋からの付き合いである。

「長屋を買ったり、差配を追い出したりするには、町役人を抱き込まねえとできねえんだが、なぜか木兵衛さんは役人に顔がきくんだ」

黒江町名主の清右衛門を説き伏せて、駕籠舁きを認めさせたことを新太郎は思い出していた。

「家主になったらすぐさま、木兵衛さんは長屋の造作に手を入れた。井戸とどぶをきれいに浚《さら》い、屋根も葺《ふ》き直したよ」

「あの木兵衛さんがかよ」

新太郎が心底から驚いた声を漏らした。

「それだけじゃない。木兵衛店は三軒の棟が三つ、都合九軒あるんだが、全部のへっついと水瓶《みずがめ》をそっくり取っ替えてくれたよ」

「ひとは分からね」

尚平がぼそりとつぶやいた。

「さっきも言ったとおり、木兵衛さんはこのあたりで生まれたらしいんだが、ふたおやとも火事で焼け死んだそうだ」

自分がいまもこうして生きていられるのは、当時の長屋のひとたちに助けられたからだ。ここは相変わらずの貧乏長屋だが、いまの自分には少々ならカネがある。これを役立てれば、世話になったひとたちへの恩返しになるし、ふたおやの供養《くよう》にもなる……長屋の連中に木兵衛が話したことである。

「おめえさんたちが運んでくる銭も、町内の食うにこと欠いてる連中に配るんだぜ」

「………」

「貧乏人が小粒銀を渡されても使うのに困るてえんで、さくらちゃんは銭だけにしてくれと頼んでる。それをあんたらが深川から運んでくるてえわけさ」

聞けば聞くほど、木兵衛が大した男に思えた。そのかたわらで、新太郎には別の思いも湧き上がっていた。

在所にしていることと、黒江町ですることとが違い過ぎる……。

親爺が誉めれば誉めるだけ、業腹な思いが募ってくる。話が終わり、源次に茶飯が運ばれたあとも、新太郎は黙り込んでいた。

五

源次に強く誘われて、新太郎と尚平は鳶《とび》のかしら辰蔵の宿をたずねた。宿は真源寺《しんげんじ》（入谷鬼子母神）から四町（約四百四十メートル）ほど西の、下谷坂本町《したやさかもとちょう》二丁目の辻にあった。

黒板塀囲みの平屋で敷地はおよそ百坪、三間間口《さんげんまぐち》の表口は戸が開け放たれている。広い土間の壁には鳶口や半纏、提灯《ちょうちん》が掛かっており、ひと目で鳶の宿だと分かった。

源次は戸口に駕籠を立てかけさせて、庭からふたりを案内した。辰蔵は小降りの氷雨《ひさめ》に濡れながら、松の枝を選《よ》り分けていた。

「どうしたよ、ふたりそろって」

「煮売り屋であにいたちに出くわしたもんで、あっしが無理やり引っ張ってきたんでさあ」

源次が半纏の前を合わせた。雨で寒さがきつくなっており、話すと息が白く見える。辰蔵は松を手にしたままで寄ってきた。

「ちょうど区切りのついたところだ。茶でもやんねえな」

師走も半ばで、町内鳶は正月飾りに追われている。しかし辰蔵は前触れなしにおとずれた新太郎たちを気持ちよく迎え入れた。

「がさ（正月飾り）造りの間は、明るいうちの酒を断《た》ってるんだ。茶で勘弁してくれ」

辰蔵の女房がいれたのは、湯呑みが持ちにくいほどに熱いほうじ茶だ。身体が冷えていた新太郎と尚平には、なによりの御馳走である。源次がうまく話をつなぎ、木兵衛のことで煮売り屋と揉めた顛末《てんまつ》が辰蔵の耳に入った。

「新太郎さんが治まらねえのも分かるが、木兵衛さんは深川でも因業なだけじゃねえと思うぜ」

言われても新太郎の顔が得心していない。辰蔵が湯気の立っている湯呑みに口をつけた。

「月初めに、今戸の源七さんから高橋の話を聞かされたよ。あんたらも芳三郎親分と一緒に乗り込んだそうだな」

高橋の話とは、この月の朔日《ついたち》に今戸の芳三郎や平野町の猪之吉と一緒に武家の賭場に乗り込んだ一件である。

「奉公人の走りがことの起こりだてえが、走った若い衆の請人が木兵衛さんだろう?」

黙ったままの新太郎のわきで、尚平が小さくうなずいた。

「おれが抱える若いので、請人になってるのは源次だけだ。半端な肚の括《くく》りで、ひとの請人には立てねえ」

源次がぴんと背筋を張った。

「あんたらの駕籠の株も人別移しも、木兵衛さんが背負ってたと思うが、どうでえ、新太郎さんよ」

立ち上がった辰蔵は縁側の隅に積み重ねたがさ材料のなかから、うらじろ(シダの葉)を手にして戻ってきた。

「木兵衛さんてえひとは、うらじろみてえなひとじゃねえか」

シダの葉も、表の緑とは異なり、葉の裏は真っ白だ。

正面から見詰められて、新太郎が仏頂面を引っ込めた。

「因業づらを見せつけながら陰で人助けをするてえのは、並みの料簡《りょうけん》じゃできねえ」

聞いているうちに、新太郎にも得心できることが浮かんだようだ。しかし寒空の歩きに加えて、半日の間に刃傷騒ぎや寅の嫌がらせ、煮売り屋の追い立てが重なった。素直には辰蔵の話にうなずくことができない様子だった。

ひとを束ねる稼業の辰蔵は新太郎の気持ちを読み取ったらしく、湯呑みを置くと顔を和らげて話を変えた。

「深川じゃあ、なにかおもしろい話は起きてねえのかい」

辰蔵の笑い顔で座敷の気配がゆるんだ。

「新太郎が駆けっこやるかも知れね」

口を開いたのは尚平だった。

「なんでえ、それは。またなにか賭けでもやろうてえのか」

「そうじゃね……新太郎、おめが話せ」

尚平に肘で突っつかれた新太郎が、渋々の調子で話し始めた。辰蔵と源次がおもしろがったことで、話しているうちに新太郎の機嫌も直っていた。

「それでいつやるんでえ」

「まだ決まっちゃあいやせんが、年を越さねえうちにはケリをつけやす」

「源次でよけりゃあ、見届人に出すぜ」

親方に名指しをされた源次が目を輝かせた。

「いま思いついたことだが……」

辰蔵がキセルを手にしている。源次が素早く煙草盆を運んできた。

「千住の寅も加えちゃあどうでえ」

「寅って……なんでまた寅を……」

新太郎がいぶかしげに問い返した。

「いまのあんたは、前ほどは寅をわるく思っちゃあいねえだろう……やっとケリをつけて、きれいに付き合うにはいい折りじゃねえか」

新太郎から返事は出なかったが、源次が辰蔵ににじり寄った。

「あにいとトコトンの勝負がしてえ。あっしも一緒に走らせてくだせえ」

「おめえが走ったら、見届人がいねえじゃねえか」

「おれがやるだ」

すかさず尚平が応じた。

「やってみろ、新太郎」

ことを押し付けたことのない尚平が、めずらしく勢い込んでいる。新太郎もやる気になったような目に変わっていた。

キセルを持ったまま思案を巡らせていた辰蔵は、あらたなことを思いついたような顔で三人を見た。

「四人が走るてえなら、備えも仕掛けも中途半端にはできねえ。今夜にでも今戸の親分に相談してみる」

四人が面子《メンツ》をかけて走るのなら、それなりの趣向がいる。芳三郎の知恵を借りて、おもしろい組み立てにすると辰蔵が請け合った。

「駆け出すのも戻るのも富岡八幡宮だてえなら、地元に筋を通さねえとうまくねえ」

辰蔵がすっかり乗り気になっている。

「深川のことは、木兵衛さんにまとめてもらってくれ。しっかり仕込んで、年の瀬の江戸で大騒ぎをしてみようじゃねえか」

ひとの評判になるのは新太郎も嫌いではない。木兵衛に頼むのは気が進まなかったが、尚平の様子を見て肚を決めた。

「芳三郎親分によろしく伝えてくだせえ」

ふたりがおもてに出ると、空は重たいままだが雨はやんでいた。小降りだったことで道はぬかるみにはなっていない。

「身体が冷えてててしゃあねえ。稽古のつもりで目一杯に駆けようぜ」

尚平が肩を入れるや、新太郎が押した。駕籠が見る間に遠ざかってゆく。その確かな走りを源次が見詰めていた。

六

十二月十五日の夜に新太郎が木兵衛にあたまを下げたところから、ことが動き始めた。

「勘助さんとだけじゃあつまらねえから、千住の寅に入谷の源次を加えて、四人で駆けようてえ算段なんで」

八幡様の鳥居下から駆け始められるように掛け合って欲しい。今戸の芳三郎親分も乗り気になっている……こう聞かされて、木兵衛も頼みを呑んだ。高橋の武家から百両の脅しをかけられた一件では、芳三郎に大きな借りがあったからだ。

黒江町にひとを呼び込む思案に詰まっていた矢先である。木兵衛から話を聞かされた肝煎連中は、町内総出で取り掛かろうと大乗り気になった。

庄吉と玄六とが使いに立ち、入谷の辰蔵と煮詰めを進めた。いつもはぼんやりしているふたりだが、若いだけに呑み込みが早い。二日のうちに趣向のあらましをまとめ上げた。

「二十六日の配り餅の日にやります」

十七日の夕方、ふたりが清右衛門と木兵衛に伝えた。

十二月二十六日は江戸の方々で餅搗《もちつ》きが行なわれ、それを配るのが町々の見栄である。配り餅の日に駆け比べをぶつけて、深川界隈《かいわい》から見物人を呼び込もう……これが辰蔵と詰めた思案だ。

「賭場を仕切る親分が思いつくことは、あたしらとは桁《けた》違いです。これをやったら、深川だけじゃなく、江戸中の評判になります」

「おまえひとりで力《りき》んでないで、分かるように話してくれ」

途方もない趣向が始まりそうだと察したらしく、文句を言いつつも、清右衛門の顔がゆるんでいた。

「駆け比べの勝ちを当てる、富札《とみふだ》のようなものを売るんですよ」

心覚えを書きとめた帳面を庄吉がめくった。

「だれが勝つかを当てるのがひとつです。それに加えて、一番手と二番手の組み合わせを当てる札も売ります」

芳三郎の思案をまとめた下書きを、庄吉が膝元に置いた。

「勝ちを当てる札は、新太郎、勘助、寅、源次の四通りです」

四通りということは、清右衛門も木兵衛もすぐに呑み込んだ。

「一番手と二番手の組み合わせは、全部で十二通りできます」

下書きには名前の上に（壱《いち》）新太郎、（弐《に》）勘助、（参《さん》）寅、（四）源次の番号が付けられていた。それらが一番手、二番手となる十二通りの組み合わせが書かれている。

「新太郎が勝って寅が二番手なら壱参で当たり、逆なら参壱が当たりです」

「まだきちんとは呑み込めないが、当たるとどうなるんだ」

清右衛門がもどかしげに問い質した。庄吉が答える前に、木兵衛が口を開いた。

「百人が買って当たりがひとりなら、売れた札のカネを独《ひと》り占《じ》めできるということだ」

庄吉に筆を持ってこさせた木兵衛は、算盤《そろばん》も使わずにすらすらと数を書き始めた。

「かりに一枚十文で札を売ったとして、百人が買えば一貫文（千文）になる。当たりがひとりだけなら、十文で一貫文が手に入るという仕組みだ。もっとも渡世人がやることだ、テラ銭を抜いた残りだろう」

「その通りです……」

木兵衛の呑み込みのよさに、庄吉と玄六が感心した。

「趣向はおもしろいが、どうやって触れ回るつもりだ」

「催しの広目《ひろめ》（宣伝）も、札造りや当たりの算盤も、一切合財《いっさいがっさい》を芳三郎親分が請け負ってくれるそうです」

「費《つい》えはどうするんだ」

「大丈夫ですよ、清右衛門さん。親分がテラ銭のなかで賄《まかな》ってくれますから」

「それは札が目算通りに売れたらの話だろう。売れなかったらどうするんだ」

「でえじょうぶだよ、清右衛門さん」

焦《じ》れた玄六が口を尖らせた。

「今戸の親分は肝っ玉がでけえらしいんだ。思惑通りにいかねえときでも、尻拭いを押し付けたりはしねえさ」

庄吉も調子を合わせてうなずいた。

「それは分かるが……」

思案顔の木兵衛が口を挟んできた。

「賭けの札を売るとなれば、勝負の見届けがなにより肝心だ。新太郎はここから高輪大木戸までの行き帰りを走ると言ってたが、それに間違いはないか」

「その通りです」

庄吉と玄六が口をそろえた。

「だとすれば、片道一里（約四キロ）はあるだろうが」

「一里半（約六キロ）です」

庄吉が淀みなく応じた。

「そんな長い道のりを走るのを、どうやって見届ける気だ。それも芳三郎さんが手配りするというのか？」

「抜かりはありません。走りの道のりはこの通りです」

庄吉がもう一枚の下書きを取り出した。

『八幡宮大鳥居～永代橋（大川渡ル）～御船手《おふなて》番所～豊海橋《とよみばし》（霊巌島《れいがんじま》新堀渡ル）～大川端新町～三ノ橋（新川渡ル）～東湊町《ひがしみなとちょう》～高橋《たかばし》（越前堀《えちぜんぼり》渡ル）～本八丁堀《はっちょうぼり》～弾正橋《だんじょうばし》（楓川《かえでがわ》渡ル）～京橋《きょうばし》（五間堀《ごけんぼり》渡ル）～尾張町大路～芝口橋《しばぐちばし》（御堀《おほり》渡ル）～御成《おなり》街道～増《ぞう》上《じょう》寺《じ》大門《だいもん》～浜松町《はままつちょう》～金杉橋《かなすぎばし》（新堀川《しんほりかわ》渡ル）～芝橋（入間川《いるまがわ》渡ル）～海沿い網干場《あみほしば》通り～札《ふだ》ノ辻《つじ》～芝田町《たまち》大路～高輪大木戸の行き帰り三里。ただし戻りは黒江町町木戸とする』

走りの道筋が細かに記されており、八幡宮から大木戸まで二十二箇所もの地名が書かれていた。

「ここに書いてある場所のすべてに、ふたりの立会人を張りつけて見届けるそうです」

何度も大山《おおやま》参りの先達《せんだつ》を務めた清右衛門は、高輪大木戸までの道筋は知り尽くしていた。書かれた地名の抜かりのなさに感心したのか、答えの代わりに低い声で唸った。

「この道のりを書いた引札を二千枚刷《す》って、芳三郎親分の若い衆が両国広小路で配ります。勝ち札のことも書き込みますから、二十六日はさぞかし凄《すご》い人出になるでしょう」

話し終わった庄吉が、おのれが思案したかのように胸を張った。

「いやはや、大したものだ」

清右衛門の顔が、心底から感心したという表情になっている。庄吉の胸が一層大きく反り返った。

「じつは清右衛門さん、あとひとつ、びっくりするような趣向があるんです」

「なんだと？」

声を出したのは木兵衛である。いつもは斜めに座っているのに、いまは真正面から庄吉を見ていた。

「帰り道の永代橋は渡りません」

「どういうことだ、それは……もったいぶってないで、さっさと聞かせろ」

焦れる木兵衛を庄吉と玄六がおもしろがっている。木兵衛がキセルを振り回して先を促した。

「帰り道の大川は泳ぎで渡ります」

年寄りふたりの目が丸くなった。

「川幅が百二十間（約二百二十メートル）もある真冬の大川をどう渡るかが、勝負の鍵を握ります。勝ち札選びには泳ぎの達者な走り手を見きわめる眼力も入用ですから、大いに盛り上がるはずです」

「四人はそんな泳ぎを承知したのか」

清右衛門に問われて、庄吉と玄六とがしっかりとうなずいた。

「渡世人は、とことん途方もないことを思いつくもんだ」

これだけ言うと、清右衛門は溜め息をついて黙り込んだ。

「札はいつから売り出すつもりだ」

木兵衛の声が尖っていた。

「勝負の二日前、二十四日からですが、なにか木兵衛さんの気に障《さわ》りましたか」

問われた木兵衛は庄吉を睨みつけた。

「新太郎と勘助の身に障りが起きたときには、だれが責めを負うつもりだ」

店子の身を案じて、木兵衛は本気で怒っていた。さりとて趣向を取りやめろとは言わず、庄吉が聞かせた通りの中身で動き始めた。

これだけ大掛かりな催しとなれば、黒江町だけでは運べない。永代寺門前仲町の町名主とは清右衛門が掛け合い、老舗の根回しには木兵衛が動いた。

十二月二十二日の昼過ぎ、黒江町の寄合所に門前仲町のおもだった連中が顔をそろえた。

「お寒いなか、黒江町のことで集まっていただき厚く御礼申し上げます」

あいさつに立った清右衛門が黒江町に力を込めると、仲町の連中が顔をしかめた。

「駆け比べの呼び名はこの通りです」

目配せされた庄吉と玄六とが、刷り上がったばかりの引札を配った。

『年忘れ吉祥《きちじょう》駆け比べ』

引札は墨と赤の二色刷りで、吉祥は赤の太文字で刷られている。

寄合の始まりでは、仲町旦那衆はだれもが憮然《ぶぜん》として座っていた。格下の黒江町に仕切られるのがおもしろくなかったのだろう。

ところが庄吉から子細《しさい》を聞かされたあとは、打って変わって愛想がよくなった。

「こんな凄い趣向は聞いたことがない……札を売るときには、あたしのところの店先を好きにお使いなさい」

表通りの一角を占める、米屋の太田屋《おおたや》が名乗りをあげた。乾物《かんぶつ》屋、履物屋、呉服屋が太田屋に負けじと手をあげた。

札の売出しを翌々日に控えた黒江町の寄合所は、夜が更けても明かりが消えなかった。

七

今戸の若い衆は、二十二日の午後から両国橋西詰の盛り場で引札を配った。

二十四日は分厚いねずみ色の雲が空をふさぎ、いまにも氷雨か粉雪になりそうな空模様で明けた。それにもかかわらず黒江町木戸わきは、まだ薄暗い朝の六ツ（午前六時）から、綿入れや刺子《さしこ》、掻巻《かいまき》などで着膨れしたひとで溢れ返った。

目当てはもちろん駆け比べの勝ち札である。

芳三郎から注文をもらった洲崎《すざき》の提灯屋は、夜なべ続きで縦四間（約七メートル）、幅三間（約五メートル）のばかでかい触れ看板をこしらえた。

蠟燭《ろうそく》の灯《ひ》で内側から照らし出された看板には、壱番寅、弐番勘助、参番新太郎、四番源次の名前が大書きされている。庄吉が見せた下書きと名前の書き順が違っているのは、歳の順に並べたからだ。

壱番　千住の寅
『宝暦《ほうれき》八年、寅年《とらどし》生まれ三十歳。在所は千住梅田《うめだ》村で生業《なりわい》は駕籠舁き。五尺一寸（約百五十五センチ）、十三貫八百匁（約五十二キロ）。千住大木戸から日本橋までの三里を、後棒を押して半刻で走り抜ける。夏場は荒川を泳ぎ渡る』
弐番　深川の勘助
『宝暦九年、卯年生《うさぎどし》まれ二十九歳。在所は小名木川べり大島村で生業は町飛脚。五尺四寸（約百六十四センチ）、十四貫三百匁（約五十四キロ）。日本橋から六郷《ろくごう》渡し場までの三里半を半刻かけずに走り切る。中川《なかがわ》船番所まで泳ぎ、役人に咎《とが》められしこともあり』
参番　深川の新太郎
『宝暦十年、辰年生《たつどし》まれ二十八歳。在所は日本橋小網町で生業は駕籠舁き。五尺九寸（約百七十九センチ）、十八貫六百匁（約七十キロ）。臥煙《がえん》の折りは、三貫纏《まとい》を抱えて火事場に一番乗りを繰り返した。こどものころは大川を泳ぎ渡るのが毎日の遊び』
四番　入谷の源次
『明和《めいわ》元年、申年生《さるどし》まれ二十四歳。在所は入谷三河島《みかわしま》村で生業は町内鳶。五尺三寸（約一六一センチ）、十三貫三百匁（約五十キロ）。入谷の空き地で百姓馬との駆け比べに勝つ。柳橋から水道橋《すいどうばし》まで、神田川を縦に泳ぐ水練達者』
看板のわきには、これも提灯屋がこしらえた四人の身の丈、目方に合わせた行灯《あんどん》人形が置かれている。新太郎の背丈が図抜けており、寅とは八寸も差があった。
提灯屋はそれぞれの顔も巧みに似せて描いている。小柄でいかつい顔をした寅は、日の出前の暗がりのなかで、見た目の強さが際立っていた。

文字の読めない客は、大看板下で繰り返し叫ばれている口上《こうじょう》に聞き入った。

「一番乗りを当てる単勝なら、四つにひとつが大当たりだ。一番、二番を当てる連勝はちょいと骨だが、当たるとでかい。札はどちらも一枚二十文、かけそば一杯をこらえれば、年越しのカネがざっくざっくと手に入る趣向だよ」

芳三郎は勝ち札を一枚二十文で売り出した。富くじは一枚一分、千二百五十文もする。高値で貧乏人は手が出せなかったが、勝ち札なら一枚わずか二十文だ。

口上屋が声を嗄《か》らして触れている通り、そば一杯、安酒一合を我慢すれば買うことができる。この朝六ツから黒江町に集まった客は、仕事に出かける前の職人がほとんどだった。腹掛けのどんぶり（小袋）から文銭を摑み出すと、単勝、連勝の札を何枚も買い求めた。

勝ち札は二寸角の紙札で、右下には恵比須の芳三郎の家紋青海波《せいがいは》が濃紺色で刷られている。単勝札は赤、連勝札には浅黄《あさぎ》色の番号印が押されていた。

売出し初日は寒い朝にもかかわらず、六ツから五ツ（午前八時）までの一刻（二時間）で、単勝五千二百七十三枚、連勝一万二千九百八十七枚を売った。都合三百六十五貫二百文、七十三両を上回る上々《じょうじょう》の滑り出しである。

四ツを過ぎると、こども連れの女房連中も買いにきた。職人に比べて買い方は渋い。しかし札を買ったあとは、黒江町の店を冷やかして歩いた。

人出を見越して、庄吉は豆腐、揚げ、がんもどきの安売りを仕込んでいた。いつもなら四半丁十四文の豆腐が十文、一枚八文の揚げが六文である。よそに比べて二割は安い値札を見て、客は競うようにして豆腐を買った。

いつもの四倍造った豆腐が、昼前には売り切れた。

「あいすみません、今日は売り切れです。明日も同じ値で売りますから、どうぞごひいきに願います」

あたまを下げる庄吉の声が弾んでいた。このたびの仕掛けを始めて以来、庄吉は懸命に家業に打ち込んでいる。

それは三軒隣りの炭屋も同じだった。この時季にもっとも売れるのは炭団《たどん》である。玄六は握り飯大の炭団十個を、勝ち札と同じ二十文で売り出した。

よその炭屋や炭団の棒手振《ぼてふり》に比べて五文も安値である。しかも玄六は十個の炭団を、持ち帰りやすいように藁網《わらあみ》に収めていた。炭団は冬場に欠かせない品だ。値の安さと持ちやすさが受けて、用意した二百叺《かます》をきれいに売り切った。

黒江町は小さな町で、豆腐屋と炭屋のほかには仏具屋、花屋、太物《ふともの》屋、乾物屋など十数軒の商店しかない。前もって清右衛門から趣向のあらましを聞かされていた店々は、どこもが庄吉や玄六と同じように安売りを繰り広げた。

降りそうで降らないまま二十四日が暮れた。黒江町の小商いの面々は、商いを始めて以来の売り上げを果たした。

翌二十五日は夜明けから冬晴れとなった。水溜まりに氷が張る冷え込みだが、人出は前日を上回った。

大看板のわきには、手書きで新しい触れが張り出された。

『単勝一番人気は千住の寅でおよそ二倍。もっとも人気薄は入谷の源次で十二倍』

『連勝一番人気は寅、勘助の組み合わせで七倍。もっとも人気薄は源次、新太郎の組み合わせで百九倍』

昨夜締めた勝ち札の配当である。単勝四通り、連勝十二通りの配当が分かりやすい字で張り出されていた。

この日は天気にも恵まれて、午後に入っても勝ち札を求める人波が減らない。寄合所では今戸の若い衆が、真冬だというのに汗だくになって番号印を押していた。

深川は平野町の猪之吉が仕切る土地である。芳三郎から筋を通された猪之吉は、この日も組の若い衆を手伝いに出した。

一枚二十文の札だが、売れる数が桁外れである。売り上げは酒の空き樽に投げ込み、溢れそうになると寄合所に運び込んだ。

八ッ（午後二時）過ぎに寅が顔を出した。似顔絵の描かれた行灯に近寄ると、札を買う客が大声で囃《はや》し立てた。

「おめえさんを買ったからよう、明日は頼んだぜ」

「正月の餅代を稼がせてくれよ」

単勝一番人気の触れを見て、寅が満足そうな笑みを浮かべた。

八ツ半（午後三時）になると、餅搗き道具を乗せた四台の大八車を、蓬萊橋《ほうらいばし》の損料屋《そんりょうや》が運んできた。明日の配り餅の備えである。

清右衛門を見つけて損料屋が寄ってきた。

「蓬萊橋の喜八郎《きはちろう》です。このたびは大きなご注文をいただきました」

あいさつを受けて、清右衛門が怪訝《けげん》な顔つきになった。

「あんたが喜八郎さんか。損料屋さんにしてはずいぶん若いじゃないか」

「まだ商いを始めて日の浅い新参者です」

喜八郎が掠れ声で応じた。

鍋、釜、布団などの所帯道具から、季節の行事に入用の道具を賃貸しするのが損料屋だ。この商いは威勢の失せた年寄りがあるじを務めるのが通り相場である。

ところが喜八郎は月代も青々としており、話し方も歯切れがいい。清右衛門に納めの指図を受けているところに、白髪ながら身体の引き締まった男が近寄った。

「差配をまかせてあります番頭の嘉介《かすけ》です。ほかにも入用なものがあれば、嘉介に言いつけてください」

番頭が軽い辞儀をした。

「それにしても大したはやりようですね」

「これが縁起となって、黒江町が盛り返してくれればなによりだよ」

胸算用を上回る人出に、清右衛門は上機嫌である。配当の触れを見ていた喜八郎が、清右衛門に向き直った。

「わずかですが、わたしと嘉介も札を買わせていただきます」

「嬉しいねえ。並ばなくてもあたしに言ってくれたら、札を持ってこさせるよ」

「いや、それはご無用に願います」

喜八郎が申し出をきっぱりと断わった。

「わたしも嘉介も、列に並ばせていただきます……それでは」

軽い会釈を残して喜八郎が売り場に向かった。嘉介の指図で、餅搗き道具が木戸番小屋わきに運ばれ始めた。

空は高く晴れ上がっている。師走の頼りない日差しが、勝ち札を求める人波に降り注いでいた。

八

札売りは六ツ（午後六時）の鐘で締め切ると引札に書かれていた。ところが永代寺の鐘が鳴り終わっても、人波が途絶えない。

「寒空のなかをわざわざ来てくれたんだ。仕舞いのひとりまで、きちんと受けろ」

芳三郎は充分な余りを見越して、五万枚の札を刷っていた。最後の客が十枚の連勝を買ったあとでは、五百枚も残っていなかった。

単勝が一万九千七百六十九枚、連勝が二万九千七百六十三枚、締めて四万九千五百三十二枚が売れていた。九百九十貫文、百九十八両の売り上げである。

芳三郎の賭場なら、ひと晩で盆を行き交うカネだ。蔵前の札差《ふださし》相手には、ひとつの勝負に二千両を賭けたりもした。それに比べれば、二百両弱の金高《きんだか》はさほどのことでもない。

しかし五万枚近い札が売れたことを、芳三郎は重く受け止めた。ひとり十枚としても、五千人ものひとが札を買った勘定である。賭場で遊ぶ客とは人数の桁が違っていた。

そのあかしが二十の四斗樽に詰まった九百九十貫文の銭である。千両箱を十個並べられても芳三郎は顔色ひとつ変えないが、これほどの銭を一度に見た覚えはなかった。

夜が明ければ、四人の男が面子をかけて走る。その勝負を、何千ものひとが夢を託して見守るわけだ。樽に詰まった銭は、金高の何百倍もの重みがあった。

寄合所には数十本の百目蠟燭《ひゃくめろうそく》が灯《とも》されており、芳三郎に呼び集められた七人の算盤巧者が忙《せわ》しなく珠《たま》を弾いている。部屋の隅では芳三郎、猪之吉と、清右衛門、木兵衛、玄六、庄吉とが向き合っていた。

「おふた方のおかげで、黒江町に途方もないひとが集まってくれました」

肝煎連中がふたりの親分に辞儀をした。

「礼は勝負がついたあとで結構だ」

芳三郎の物言いに気負いはなかった。

「札の配当と勝負の立会いは、わたしと猪之吉さんとで引き受ける。そちらも明日は気骨が折れるだろうが、町内をよろしくまとめていただきたい」

芳三郎の言葉を受けて、庄吉と玄六とが何度も大きくうなずいた。

「ところで木兵衛さん、新太郎さんは？」

「尚平と稽古走りのさなかだろう」

江戸の北と東を束ねる賭場の胴元を前にしても、木兵衛はいささかも臆するところがない。禿頭《とくとう》で大柄な猪之吉も、木兵衛を対等な相手として受け入れている様子だった。

「走りの器量に比べて、新太郎さんの札はいまひとつ人気が薄いようだが」

「図体が大き過ぎるからだ」

芳三郎の問いに、間髪《かんはつ》を入れずに木兵衛が応じた。

「最初に戻ってくるのは新太郎だと睨んでいるんだが、芳三郎さんはどうだ？」

芳三郎は、返事の代わりに木兵衛を見て小さくうなずいた。

そのとき。

寄合所の戸が乱暴に開かれて、八丁堀風の髷《まげ》の役人がふたり土間に立った。ともに黒い羽織の合わせ目から二本を差しているのが見えた。

「南町奉行所坂本《さかもと》与力配下の同心、大野清三郎《おおのせいざぶろう》である。黒江町名主はどこだ」

咎人《とがにん》を叱り付けるような横柄な口調である。奉行所同心と聞いて、庄吉と玄六が腰を浮かせた。年を重ねて練《ね》れているはずの清右衛門も、顔にうろたえの色が出ている。それを見て木兵衛が立ち上がった。

「あたしは長屋差配の木兵衛と申します。なにか火急のことでもございましょうか」

口調はていねいだが、畏《おそ》れは感じられなかった。

「差配では話にならん。名主を呼べ」

「お言葉ではございますが、名主は風邪《かぜ》で寝込んでおります。代わりにてまえが御用の向きをうけたまわります」

木兵衛は一歩も退《ひ》かない。連れと顔を見合わせてから、大野が木兵衛と向き合った。

「ならばその方に問い質すことがある」

「なんでございましょう」

「その方ら黒江町肝煎は御上《おかみ》の許しも得ずに、富札を売りさばいておるとの風評がわしの耳に届いた」

大野は耳障りな甲高《かんだか》い声である。言葉の区切りで羽織の紐をほどくと、二本の柄《つか》を見せ付けるように上体を張り出した。

「見たところ銭勘定に忙しそうだが、これらの銭の出所《でどころ》がなにであるか、有《あ》り体《てい》に申せ」

算盤の手を止めない連中を見ていた大野の目が、座敷奥に座っている猪之吉と芳三郎に移った。

芳三郎はともかく、禿頭で隙のない目をした猪之吉は、だれの目にも渡世人に見える。大野はふたりを凝視したものの、なにも言わずに木兵衛に目を戻した。

「仰《おお》せの通り札を売りはしましたが、富くじではございません」

「なんだ、その物言いは。この期に及んで偽りを申すならば、奉行所に引っ立てたうえできつく詮議《せんぎ》をするぞ」

大野の声がさらに甲高くなり、算盤を弾く音が消えた。

「さびれた町を盛り返すための趣向で、富くじではございません」

「ならばなにだと申すのか」

「駆け比べの勝ち札です」

「勝ち札だと？」

「左様でございます」

「聞いたこともない勝ち札などと、その方は奉行所を愚弄《ぐろう》する気か」

「滅相《めっそう》もございません。ありのままをお話し申し上げただけでございます」

木兵衛は大野の目を捉えて話している。

「町人の分際《ぶんざい》で、奉行所同心に面体《めんてい》を向けて話すとはなにごとか。面《おもて》を伏せろ」

「昨夜寝違えたらしくて、首がさげられませんので」

掠れ声でぬけぬけと言い放った。

「いまも申し上げました通り、勝ち札は黒江町を盛り返す手立てです。大目に見ていただけれぱ大野様の株もあがろうかと……」

「だまれ」

大野の右手が柄にかかり鯉口《こいぐち》を切った。

「同心に向かっての雑言《ぞうごん》、無礼千万だ。このうえ言うなら、この場で成敗《せいばい》するぞ」

大野の怒鳴り声が終わらぬうちに、稽古を済ませた新太郎と尚平が土間に入ってきた。

大野が新太郎を睨みつけた。

「真冬に下帯ひとつとは、貴様、雲助《くもすけ》か」

いきなり雲助呼ばわりされて、新太郎の背中で不動明王《ふどうみようおう》が赤味を帯びた。

「大野様はどうしても、お引き取りくださらないんですかねえ」

新太郎に構わず、木兵衛が話に戻った。

「まだそのように無礼な口をきくのか」

大野が身を乗り出した。年寄りとも思えない身軽さで立ち上がった木兵衛は、綿入れを諸肌脱《もろはだ》ぎにした。肌の色艶《いろつや》がよくて染《し》みもない。両胸から二の腕まで、見事な彫物がされていた。

「こうまで分からないならしょうがない。どうせ先の知れた年寄りだ、斬るてえなら斬んなさい」

言ったあとであぐらをかいて座り込んだ。

「黒江町をなんとかしたくて、みんなが汗を流しているさなかだ。あんたらに、四の五の文句をつけられる筋合いはかけらもない」

木兵衛のわきに芳三郎と猪之吉が寄ってきた。寄合所の目が、大野と連れの同心に集まっている。大野は柄を握ったまま動けなくなっていた。

「朝になったら四人の男が、面子をかけて命懸けの走りをするんだ。それをみんなが支えようてえことの、なにがわるくて奉行所が首を突っ込むてえのかね」

「札を勝手に売ったことを咎めておるのだ、走りをとやかく言ったのではない」

見下していた年寄りに嚙み付かれた大野は、それでも精一杯の空威張《からいば》りを見せた。

「札だ札だというが、これのどこが障るてえんだ。これから奉行所に出向いて、田所《たどころ》京太郎《きょうたろう》さんに訊こうじゃねえか。いるんだろう、いまでも」

「なにゆえその方が田所様の名を」

「むかし高橋で色々とあったてえことさ」

奉行所吟味方《ぎんみかた》筆頭与力の名を聞かされて、大野が柄の手を離した。

「なんだ大野さん、斬るのはやめたのか」

「奉行所まで引き立てるところだが、すでに夜も更けておる。あらためて吟味するゆえ、しかと心得ろ」

捨て台詞《ぜりふ》を残し、急ぎ足で大野は同輩を連れて出て行った。寄合所が静まり返っている。

「小遣い欲しさの腐れ同心が……」

吐き捨てた木兵衛が綿入れを着なおした。もとの渋い顔に戻ると、身体をぶるっと震わせた。

「負けたら長屋の名折れだぞ、新太郎」

呆気にとられた新太郎から返事が出ない。

勝負の朝の晴れを請け合うかのように、凍《い》てついた空を星が埋めていた。

紅白《めおと》餅

一

「今年はろくなことがなかったが、暮れにきてやっと縁起が上向きそうだぜ」

「まったくだ。こいつでいい正月にならあ」

深川の堀に面した呑み屋で、勝ち札を手にした男がおだをあげていた。

天明七年（一七八七）六月に老中職に就《つ》いた松平定信《まつだいらさだのぶ》は、就任早々から矢継ぎ早に財政引締め策を敷いた。後にいう「寛政の改革」である。

前任田沼意次《たぬまおきつぐ》の紊乱《びんらん》政治を正そうとする強い意志を、世に知らさんがためである。四月に将軍宣下《せんげ》した十一代家斉《いえなり》も、定信を強く後押しした。江戸の景気が、月を追って冷え始めた。

それに加えて、尚平が坂本村で相撲勝負に臨んだ前日の十一月九日、吉原の遊郭《ゆうかく》が大火事で丸焼けになった。大見世《おおみせ》の灯が消えたうえに公儀の引締め策が重なり、師走《しわす》の江戸町民は胸の奥底に屈託を募《つの》らせていた。

「このまま正月を迎えたんじゃあ、来年の縁起にも障《さわ》るてえもんだ」

深川のあちこちで職人がぶつくさこぼしていたとき、新太郎たちの駆け比べが仕掛けられた。しかもいままで見たこともない勝ち札が売りに出された。

一枚二十文で買える連勝札が的中すれば、百倍を超える配当が手に入るかも知れないのだ。どこもかしこも景気のわるい話ばかりでくさくさしていた深川の連中は、年の瀬の縁起話に飛びついた。

「正月めえに、でけえお年玉が手にへえりそうだ」

この思いが勝ち札人気を煽《あお》り立てた。

裏店ばかりが集まるさびれた黒江町の仕切りだと聞いて、永代寺門前仲町の老舗《しにせ》は話の始まりどきは冷ややかだった。しかし趣向の中身を知ったあとは大乗り気となり、町を挙げて助《す》けに入った。

仲町の旦那衆が前もって深川各町の名主《なぬし》と掛け合ったことで、二十五日は夜通し町木戸が開かれた。大晦日《おおみそか》のほかではないことだが、大店のあるじ連中も目一杯に入れ込んでいた。

四ツ（午後十時）を過ぎると各町の番太郎（木戸番）が、富岡八幡宮大鳥居前に集まってきた。朝までかがり火を焚《た》き続けるためである。山本町《やまもとちょう》、大和町《やまとちょう》、冬木町《ふゆきちょう》の町内鳶《とび》十人も、火の用心で番太郎のわきについた。

永代寺仲見世《なかみせ》や永代橋通りに店を構えた乾物問屋、瀬戸物大店、米屋、両替屋の各店は、それぞれ家紋の入った高張提灯《たかはりぢょうちん》を八幡宮参道に掲《かか》げた。三十張りの特大提灯には百目蠟燭が灯されており、大鳥居を豪勢な明かりで照らし出していた。

駆けの出発場所となる八幡宮鳥居前では、老舗の手代や小僧たち五十人が真冬の凍《こご》えに襲われつつも、夜中から支度を始めていた。

単勝一番人気に挙げられた千住の寅は大いに気を良くしたらしく、二十五日夜は仲間十人を引き連れて仲町の旅籠《はたご》に泊まった。明け六ツ（午前六時）の鐘で始まる、走りと寒中の泳ぎに備えてである。

斗酒《としゅ》でも呑み干す酒豪ぶりを知られた寅だが、この夜は湯につかっただけで早々と床に就いた。寅を気遣った仲間たちも、ひとり一合の寝酒で横になった。

単勝二番人気は町飛脚の勘助である。宿は新太郎と同じ木兵衛店だが、ひとり者の新太郎とは異なり、女房とこどもがひとりいる。

「ちゃんがいちばん速いよね。だれにも負けないよね」

五歳の貫太郎《かんたろう》に問われて、勘助は真冬でも日焼けしたままの太い腕で胸を叩いた。

新太郎の宿には、六ツ半（午後七時）前から入谷の源次が泊まりに来ていた。

「あにい、これをかしらから言付《ことづ》かってきやした」

源次は入谷の地酒が入った五合徳利《どっくり》を、鳶の辰蔵から持たされていた。

「せっかくだが、今夜はやらねえ。おめえが好きに呑んでくれ」

新太郎は口もつけずに、尚平と連れ立って走りの稽古に出て行った。

火の気のない部屋にひとり残された源次は、三合呑んで身体を温《あたた》めると、掻巻《かいまき》をかぶって早寝を決めこんだ。

寄合所で奉行所同心と木兵衛との揉め事に居合わせてしまった新太郎と尚平は、四ツを過ぎてから長屋に戻ってきた。

走り終わったあとの汗も拭わずに過ごしたことで、身体がすっかり冷えきっていた。両手を擦《こす》り合わせながら宿に近づいたとき、獣の吠えるような物音が聞こえてきた。

「なんでえ、あれは?」

「源次のいびきだべ」

新太郎が急ぎ腰高障子を開けた。明かりのない部屋では尚平が言ったとおり、源次が凄まじいいびきをかいて眠りこけていた。

「めえったぜ。これじゃあ寝られねえ」

土間から上がった新太郎は、袖を通していない源次の掻巻を剝《は》ぎ取った。

「源次……おい、聞こえねえのかよ」

大声で呼びかけても、鼻を思いっきり摘んでも、源次は起きない。枕元の五合徳利が月星の明かりでぼんやりと見えた。

「半分も残ってねえ」

新太郎が舌打ちをした。

「おめがいらねって言っただ。源次はわるくねえべ」

尚平が源次に掻巻を掛け直した。

「そいつあそうだが、ひとんところでやっけえになるんだ。ちったあ遠慮しろてえんだ」

「しゃんめえ、新太郎。おめも寝酒くらって寝るしかねえだ」

土間に下りた尚平が、素焼きの湯呑みを手にしてきた。

「寝たりねえのが一番よくね。呑むだけ呑んでしっかり寝ろ」

「そう言われても、うっかり寝過ごしたら朝の稽古ができねえ」

「しんぺえするな、おらが起きてる」

暗い部屋で、尚平が湯呑みにたっぷり酒を注《つ》いだ。もともと酒好きの新太郎である。稽古走りで喉が渇いていたこともあり、注がれた酒をひと息で呑んだ。

「まだ残ってるだ、しっかり呑め」

尚平はひと口もつけず、二合の酒を新太郎に呑ませた。

「入谷のいなかにしちゃあ、うめえ酒だ。いいあんべえに、身体もあったまってきたぜ」

二合をきれいに呑み干すと、小便を済ませてから横になった。

あっという間に眠りに入った新太郎は、源次に負けないいびきをかき始めた。

薄い壁板を突き抜けて、凍てついた夜の冷えが酒の入っていない尚平に襲いかかっている。

搔巻の前をしっかり合わせた尚平は、新太郎の寝顔を見てから壁によりかかった。

二

「新太郎、起きれ」

かすかな寝息を立てていた新太郎だが、尚平のひと声ですぐに目を開けた。わきで寝ていた源次も飛び起きた。

新太郎は臥煙の纏頭《まといがしら》を務めたことがあったし、源次はいまでも町内火消しである。ふたりとも寝起きは図抜けてよかった。

火鉢には炭火が熾《お》きており、餅《もち》の焼ける香ばしさが部屋に満ちている。土間のへっついでは、勢いよく薪《まき》が燃えていた。

搔巻をきちんと畳んだ新太郎は、身体に大きな伸びをくれてからおもてに出た。凍てついた空には無数の星がまたたいている。夜空の暗さと星とを見定めてから、新太郎が部屋に戻ってきた。

「七ツ（午前四時）前の見当だな」

陽の高さや月星の居場所、夜空の色味を見て時刻《とき》の見当をつけるのは臥煙の特技である。新太郎が口にした読みに尚平がうなずき返した。漁師の家に生まれた尚平も、新太郎同様に時刻が読めた。

「飯ができてるだ」

夜通し寝ずに過ごした尚平は、新太郎と源次の朝餉《あさげ》をすでに調《ととの》えていた。

飯の代わりに、焼いた餅に下地《したじ》（醤油）をつけて海苔《のり》を巻いた磯辺巻がひとり五つ。刻みねぎを散らした味噌汁には、丸ごとのたまごが落とされている。

「うめえ味噌汁だ。尚平あにいは、てえした料理上手でやすね」

「こいつのは浜仕込みの腕だ、うめえに決まってる」

煮干でしっかりだしをとった味噌汁である。新太郎と源次は寝起きにもかかわらず餅をぺろりと平らげて、味噌汁はどんぶりでお代わりをした。

飯が終わると尚平が番茶をいれた。分厚く切られた仲町船橋屋《ふなばしや》の芋羊羹《いもようかん》が、素焼きの小皿に載っている。明け六ツの鐘で三里の道を駆けるふたりに、尚平が買い求めておいた甘味だ。

「人心地ついたら稽古に出るだ」

羊羹を手にしたふたりが、尚平を見てうなずいた。


寅もすでに目覚めていた。が、千住から連れてきた仲間は、てんでにいびきをかいて眠りこけていた。

寅から一分《ぶ》の心づけをもらっていた旅籠の釜焚きが、七ツごろから寅のために湯を沸かしはじめた。杉板の湯船には新しい水がたっぷり張られており、湯気も立っていた。

風呂場にあらわれた寅は、真冬の未明だというのに下帯ひとつである。手早くふんどしをはずすと、加減も確かめずに湯につかった。

湯船のなかで寅がぶるぶるっと震えた。

「なんでえ、まだ水じゃねえか……釜焚きのとっつあん、聞こえてんのかよう」

寅の怒鳴り声で、薪を手にした親爺が風呂場の格子窓の下に飛んできた。

「ぬるいんですかい？」

「ぬるいもなにも水風呂だぜ」

「そいつあ済まねえことをしやした。がんがん焚き上げるから」

親爺は急ぎ足で焚き口に戻ろうとした。その足を寅が怒鳴り声で引き止めた。

「飯はできてんのか」

「賄《まかな》い女中に言いつけておきやしたが、見てきたほうがいいかね」

「間抜けなことを言ってねえで、とっとと確かめろ」

親爺は返事もせずに窓から離れた。

「たかだか一分の心づけで、えらそうにするんじゃねえてえんだ……」

親爺から、舌打ちまじりの毒づきがこぼれ出た。

「なんてえところだ。深川だ深川だと、てえそうなことを言いやるくせによう……」

湯船のなかでは寅が口を尖らせている。親爺を怒鳴りつけたが、湯は一向に沸いてこない。腹が立って湯を出ようとしたら、凍えにまとわりつかれて震え上がった。

「くそっ」

寅の舌打ちが風呂場の壁にぶつかった。

湯船から寅が出られなくて往生《おうじょう》しているとき、勘助は女房が調えた朝飯を食っていた。炊《た》きたての熱々飯に、前夜の大根煮の残りと買い置きの豆腐四半丁、味噌汁が箱膳《はこぜん》に載っている。

勘助が通う飛脚宿の番頭は、駆けの縁起をかついで籠《かご》に詰まったいがぐりをくれた。採れてから日が経《た》っていることで、いがはすでに濃茶色にひからびて見える。しかし番頭のこころざしを喜んだ勘助の女房は、箱膳の隅に載せていた。

「貫太郎も言ってたけど、あたしも勝つのは勘助さんだと思ってるから」

女房に請け合われて、勘助は飯を頬張ったまま目元をゆるめた。

所帯を構えて七年を過ぎても、女房のおくみはいまだに亭主を勘助さんと呼ぶ。木兵衛店で一番の器量よしと評判のおくみだが、人前でも平気で亭主自慢をする。夫婦仲のよさを、長屋のカミさん連中はいつも話の肴《さかな》にしていた。

「星がすごくきれいだから今日は上天気だと思うけど、冷え込みはきつそうよ」

「あたりめえだ、正月が目の前だぜ」

「こんな真冬に大川に飛び込んだりして、勘助さん、ほんとうに平気なの……」

行灯《あんどん》の明かりが、おくみの曇り顔を照らしている。女房の不安そうな声を聞いても、勘助は気にもとめずに箸を動かした。

「大川を上がったあとは、焚き火にでもあたることができるのかしら」

「ばか言うねえ」

勘助が茶碗を置いておくみを見た。

「大川から黒江町の町木戸までが仕上げの勝負どころじゃねえか。だれも焚き火になんざ、目もくれねえよ」

「でも……身体が凍《こご》えてるでしょう？」

「おれと一緒に走るのは、駕籠舁きに火消しだぜ。寒いのなんのを言うような、やわなやつらじゃねえ」

勘助が言い切ったところに、長屋の腰高障子戸の開かれる音が流れてきた。

「新太郎の野郎、もう出ようてえのかよ」

勘助の様子が落ち着かなくなっている。

「まだ七ツにもなっていないわよ。慌てないで、お茶でも飲んで……」

すでにおくみの言うことが耳に入らなくなっているらしく、勘助はあわただしく身支度を始めていた。

三

富岡八幡宮大鳥居から永代橋までは、広小路の一本道である。鳥居から仲町火の見やぐらの辻まで二町（約二百二十メートル）、やぐらから永代橋東詰までがおよそ四町だ。

やぐらを過ぎるとゆるやかな上り道となり、大きく盛り上がった永代橋の真ん中が頂《いただき》である。晴れた日に橋に立つと戌亥《いぬい》（北西）には江戸城が望めるし、申未《さるひつじ》（南西）の遠くには富士山を見ることができる。からからに乾いた冬場は、雪をかぶった富士の眺めがとりわけ美しい時季だ。

しかし新太郎、源次と、付き添いの尚平が稽古走りをしているいまは、日の出まで一刻《とき》（二時間）も間がある七ツ過ぎである。かがり火の焚かれている富岡八幡宮参道わきには明かりがあった。が、町はまだ寝静まっており、広小路も橋も星明かりだけである。

三人が走り始めて四半刻（三十分）が過ぎていた。身体は充分にあたたまっているようだが、新太郎にも源次にも汗は見えない。ふたりとも生まれつき汗をかきにくい身体で、駕籠舁きや火消しにはなによりの体質だった。

源次は二度吸って二度吐く息遣いで、調子よく走っている。源次のかしらの辰蔵は、坂本村の職人に底の分厚いわらじを誂《あつら》えさせていた。

柔らかな藁《わら》と固い藁とを幾重《いくえ》にも重ね合わせてあり、少々の小石を踏みつけてもびくともしない拵《こしら》えである。長い紐でふくらはぎまで締め上げたわらじは、源次の走りをしっかりと支えていた。

新太郎も似たような別誂えのわらじを履いていた。坂本村のおゆきが、芳三郎の代貸源七に言付けたものである。坂本村にはわらじ造りの名人が何人もおり、おゆきは本所の相撲取りのものを多く手がける職人に頼んでいた。

おゆきから走りの道筋を細かく聞き取り、大川を泳いで渡ると知ったわらじ職人は、牛革を細く切って紐に用いた。

「革を使えば、水のなかで足が暴れても切れる気遣いがねえ。濡れれば紐がこむらを締め付けてくれるからよう、足のつっぱりを心配することもねえさ」

分厚い拵えは源次とおなじに見えたが、細かな造りでは新太郎のものが勝《まさ》っていた。

ところがわらじはよくても、走る新太郎の様子がいまひとつである。足の勢いはわるくないが、息遣いの調子が出ないのだ。永代橋のたもとに差しかかったあたりで、新太郎が走りをやめた。

「どうしただ、具合でもわるいか」

「ゆんべの稽古んときもそうだったが、息の吐き方に調子が出ねえんだ」

「出ねえって、うまく吐けねえってか」

新太郎が顔をしかめてうなずいた。

「うまく言えねえが、勢いがつかねえ。肩に梶棒《かじぼう》が乗ってりゃあ、なんてえことはねえのによう」

「ちょっと待ってろ」

立ち上がった尚平は、暗がりの道端から一本の枯れ枝を拾ってきた。なかほどで大きく曲がってはいるが、六尺の新太郎が持っても充分の長さがあった。

「これを地べたに突き立てて走るだ」

「そうか、そいつはいい思案かもしれねえ」

駕籠舁きの息杖《いきづえ》よりは太くて不細工だったが、枝を手にしたことで新太郎の息遣いに調子が出てきた。

「杖とは気づかなかったぜ」

走りながら新太郎が相肩に笑顔を向けた。源次はすでに、見えないほどの遠くに離れている。新太郎は気にするでもなく、調子の出た足取りで永代橋を駆け上った。

真ん中で折り返し、八幡宮に向かってゆるい坂道を下って行く。遠くに見える明かりは、番太郎が焚いているかがり火だ。

「はあん」

「ほう」

新太郎と尚平とが息を合わせて仲町の辻を過ぎたとき、永代橋に向かって寅が凄まじい勢いで走ってきた。寅から幾らも間をあけず、飛脚の勘助も走り過ぎた。寅とさほど変わらない、全力の駆けっぷりだ。

新太郎と尚平は顔を見合わせたが、足取りを変えず流すような走りを続けた。大鳥居前の通りには石でかまどのようなものがこしらえられており、すでに集まった見物人たちが焚き火を囲んでいた。勝手な焚き火はご法度《はっと》だが町内鳶が守っていたし、この催しには富岡八幡宮も力を貸してくれている。焚き火の炎が、まだ暗い夜明け前の空を妖《あや》しく照らしていた。

稽古走りで鳥居下まで駆け戻ってきた新太郎を見て、見物人が大きな歓声をあげた。源次はすでに、橋に向かって四度目の駆けに入っている。

見物人の声を受けた新太郎が、尚平に人差し指を立てた。もう一回走ろうという合図である。尚平がうなずき、ふたりは橋に向かって折り返した。

二町走り、やぐら下に差しかかったところで寅とすれ違った。すでに橋を折り返したらしく、ひたいから汗が噴き出ている。その寅を追うように勘助も駆けてきた。寅との間合いが幾らか詰まっているようだった。

尚平は呆《あき》れ顔を見せたが、新太郎は顔つきを険《けわ》しくして走りを速めはじめた。

「待て新太郎、これは稽古だ」

前に出た尚平が新太郎を抑えた。ふうっと大きな息を抜いて、新太郎が調子を落とした。

　永代橋の真ん中で枯れ枝を橋板に突き立てた新太郎は、鳥居までの帰り道でまたもや寅、勘助、源次とすれ違ったが、調子を乱すことなく流しの走りを続けた。

　新太郎が稽古を終えても、源次たち三人はまだ走っていた。それも稽古とも思えないような全力の走りである。

「あいつら、始まるまでにへとへとになるんじゃねえか」

「ほっときゃあいいべ。それより新太郎、おめの息杖がいるべ」

「ちげえねえ。ひとっ走り宿まで取りにけえってくらあ」

「おれが行くだ。おめは焚き火にでもあたって休んでろ」

　言ったあとで尚平が大きく咳《せ》き込んだ。

「おめえ、風邪ひいたんじゃねえか」

「なんともね」

「なんともねえって……ちょいと待ちなよ」

　尚平を引き止めると、新太郎が手のひらをひたいにあてた。

「ええ熱いじゃねえか」

「おめと走ったからだ。なんともねっから」

新太郎の手を振りほどき、尚平が木兵衛店へと駆けてゆく。すぐに暗闇にまぎれて見えなくなったが、新太郎はいつまでも相肩が溶け込んだ暗がりを見詰めていた。

四

師走の六ツはまだ夜が明けてはいない。が、大鳥居前の通りはひとで埋まっていた。見物人が多くなり、焚き火のかまども四カ所に増やされた。

八幡宮大鳥居の左側は深川界隈の土地家屋の周旋《しゅうせん》屋、小澤《おざわ》屋である。番頭ふたり、手代十五人に小僧三人を抱えており、通りに面した十間《けん》(約十八メートル)間口の大店だ。

店の土間では寅、勘助、新太郎、源次の四人が、小僧から茶を振る舞われていた。

「そろそろ六ツの見当じゃねえか」

新太郎がだれにともなくつぶやいた。

「あにいの言うとおりだ。のんびり茶を飲んでるときじゃねえ……小僧さんよう、奥の連中はどうなってるんでえ」

源次が口を尖らせたが、小澤屋の小僧から答えはなかった。

黒江町の肝煎《きもいり》、仲見世の旦那衆、それと芳三郎に猪之吉が小澤屋の座敷に集まっていた。座の真ん中には芳三郎が座っており、右隣りは猪之吉である。

「そんなわけで、茅場町《かやばちょう》の兄弟に急ぎ話を通したが、ゆうべの今朝ではときがなさ過ぎた。兄弟は五ツ（午前八時）にはすべて手配りできると請け合ったから、あとの心配はいらないだろう」

芳三郎の話に、座の面々が神妙な顔でうなずき合った。

「親分には面倒をおかけしました。一同になりかわりまして、厚く御礼申し上げます」

小澤屋内儀《ないぎ》の加代《かよ》が礼を口にした。

周旋屋はしたたかな商人《あきんど》や、海千山千の同業相手のきつい商いである。多くの周旋屋はタヌキも逃げ出しそうな手ごわい男が仕切っているが、小澤屋は加代で持っていた。

細面《ほそおもて》で眉根がきりりと引き締まった加代は、季節を問わず紺地の小紋《こもん》に明るい色味の博多《はかた》小袋帯を締めている。仲町の旦那衆はうるさ型がそろっていたが、小澤屋の加代と、仲見世角の料亭江戸屋の女将《おかみ》秀弥《ひでや》の言うことには、ほとんど逆らわない。

それを知っている木兵衛は、ことを段取りよく運ぶために加代を引っ張り出していた。

芳三郎が話していたのは、昨夜黒江町の寄合所に押しかけてきた南町奉行所同心、大野清三郎への備えについてである。

大野は芳三郎仕切りの勝ち札にいちゃもんをつけてきた。木兵衛が見事なあしらいで追い返したが、芳三郎は同心がこのまま引っ込むとの甘い考えは持っていなかった。

かならず意趣返しを仕掛けてくる……。

こう判じた芳三郎は、猪之吉とふたりで手立てを思案した。

「大川の西側は大名屋敷が多いし、御上《おかみ》の目も光っている。走り手が大川を泳いでくたびれたあたりを狙ってくるだろう」

猪之吉の読みは芳三郎にも得心できた。

手下を要所につけて張り番をさせるところだが、芳三郎も猪之吉も手の者はすべて走りの立会人に出す段取りだ。思案の末、昨夜遅くに芳三郎、猪之吉がともに兄弟盃を交わした茅場町の貸元《かしもと》、翁《おきな》の仲蔵《なかぞう》をおとずれた。

「おめえたちの頼みを引き受けるのは構わねえが、成田《なりた》の兄弟から盆の助《す》けを頼まれて、あらかた出払っている」

それでも仲蔵は明日の朝五ツには十五人を集めて永代橋東詰を張らせると請け合った。

富岡八幡宮から高輪大木戸往復を、新太郎たちは半刻（一時間）で走り抜けると芳三郎は踏んでいた。仲蔵が手配りしてくれたとしても、五ツでは遅い。しかしその手前に呼び集めるのは無理だと断わられた。

「しゃあねえじゃねえか、恵比須の。翁の兄弟が五ツだというなら、走りはじめを半刻遅くするしかないだろう」

猪之吉の言うとおりだと呑み込んだ芳三郎は、肝煎連中にありのままを聞かせた。

「それはいいとして親分、走り手にはどう話をしましょうか。ありのままを話したのでは、余計な心配を抱えさせるように思いますが」

永代橋通りの両替屋、島田屋《しまだや》のあるじが問いかけた。芳三郎の目が島田屋に向けられた。

「六ツに走り出したのでは、鉢巻きの色が分からないということにする」

芳三郎が膝元の鉢巻きを座に出した。

「立会人は、高輪大木戸までの二十二ヵ所に手配りした。連中は走り手があたまに巻いた鉢巻きの色で、走りの順番を見きわめる」

鉢巻きは幅二寸（約六センチ）、長さ二尺五寸（約七十五センチ）の大きなもので、白・黒・赤・青の四色に染められていた。

「寅が白、勘助が黒、新太郎が赤で源次が青だ。立会人の前をどれだけ速く駆け抜けたとしても、この色味なら順番を見間違えることはない」

「なるほど……」

座の一同から感心の唸りがこぼれ出た。

「鉢巻きの色が見分けにくいから出発を遅らせるといえば、だれも文句は言わないだろう。六ツ半なら朝日も出ている」

「その通りにさせていただきます」

加代が話を引き取った。

「待っているひとたちには焼き芋を振る舞うように、番太郎に段取りさせます。みなさんもそれでよろしゅうございますね」

加代に反対するものはいなかった。

木戸番の番太郎は、冬場の焼き芋売りで小遣い稼ぎをしており、芋も番小屋にはたっぷりある。小澤屋の内儀からじかに指図された番太郎たちは、てんでに芋を持ち寄った。

「粋《いき》なことをやるじゃねえか」

焚き火の周りでは、焼き芋の振舞いに歓声があがった。

走りはじめを待っている新太郎たちも、鉢巻きが見えにくいからと言われて得心した。

息杖を取りに戻っていた尚平も、新太郎の隣りに座っている。

「ここで茶ばかり飲んでても、しょんべんが近くなってしゃあねえ。おれはひとっ走りやってくるぜ」

寅が出て行くと、あとを源次が追った。広小路の両側を埋めた見物人が手を叩いて囃《はや》した。

土間には新太郎、尚平、勘助の三人が残った。さきほどから息杖を見ていた勘助が、新太郎に目を移した。

「おめえ、その息杖を持ったまま走る気か」

「これがねえと調子がとれねえんだ」

新太郎が気負いのない口調で答えた。駆け比べの起こりは、新太郎と勘助のいさかいからである。が、勘助の走りを認めている新太郎は、揉めた一件はきれいに水に流していた。

「正味のことを言うと、おれも挟箱《はさみばこ》を担いでねえと、どうにも調子がとれねえんだ」

勘助がきまりわるそうな笑いを浮かべた。

「おめえが息杖を持ったまま走るてえなら、おれも挟箱を担ぐぜ」

「あんたの商売道具だ、好きにしなよ」

新太郎の返事を聞いて安心顔になった勘助は、挟箱を取りに宿へと戻って行った。

土間に出された火鉢の周りが、新太郎と尚平のふたりだけになった。火鉢のそばには台が置かれており、まんじゅうを山盛りにした鉢が載っている。

新太郎は旨《うま》そうにほおばっているが、尚平は湯呑みの茶もほとんど飲んでいない。

「おめえ、やっぱり様子がおかしいぜ」

新太郎がまた手のひらをひたいにあてようとしたら、尚平がよけた。

「心配いらねって言ってるだ」

「やせ我慢をするんじゃねえ。顔の赤いのが、暗がりでもはっきり分かるぜ」

「平気だと言ってるでねえか」

尚平がめずらしく口を尖らせているとき、土間に白粉《おしろい》の香りが漂ってきた。

「おゆきさん……」

新太郎がまんじゅうを落としそうになった。

「いよいよ今日ですね」

新太郎に笑いかけたおゆきだが、尚平を見るなり案じ顔に変わった。

「尚平さん、熱があるんでしょう」

尚平に近寄り、ひたいに手をあてて熱の具合をみた。

「すごい熱じゃありませんか」

心底から尚平を案ずる声である。さきほどまで相肩を心配していた新太郎だが、おゆきが尚平を気遣う様子を見て微妙に顔つきが変わっていた。

「なんともねえって言ってるぜ」

新太郎が突き放したような調子でおゆきに言った。

「こんなに熱が高いのに、平気なわけがないでしょうが」

聞き分けのないこどもを叱るような口調である。尚平は返事をしないまま、土間の樽に腰をおろした。

入ってくるなり尚平のことばかりを気遣うおゆきに、新太郎の頬が膨れ気味である。ひとあしらいに聡《さと》いおゆきは、すぐに察したようだ。

「新太郎さん、わらじの履き心地はいかがですか」

おゆきに話しかけられて新太郎の目元がたちまちゆるみ、膨れ気味の頬が元に戻った。

「礼を言うのを忘れてたよ。こいつあ、てえしたわらじだ……おゆきさん、ありがとよ」

「しっかり走ってくださいね」

「あたぼうさ。おゆきさんは、ずっとこのまま待っててくれるんですかい？」

「もちろんです。新太郎さんが一番で駆け戻ってくるのを、楽しみに待っていますから」

新太郎の口元が引き締まり、黒い眉が上下に動いた。

「こうしちゃあいられねえ。おれも軽く流して身体をあっためとくぜ」

「なら、おらも行くだ」

「ばか言うんじゃねえ。立ってるだけで精一杯じゃねえか」

新太郎が相肩を睨みつけた。

「おゆきさん、すまねえが尚平のわきについててやってくんねえ」

「分かりました、おまかせください」

おゆきの返事を背中で受け止めた新太郎は、息杖を手にして駆けて行った。

「こちらのお内儀様に、熱冷ましの頓服《とんぷく》をお願いしてきますから」

「…………」

「土間から動いてはだめですからね」

おゆきの口調はまるで世話女房のようだ。尚平はうまい返事もできず、無骨《ぶこつ》にあたまを下げるだけだった。

通りでは稽古走りが続けられていた。

挟箱を担いだ勘助もいつの間にか走りに加わっている。四人の走り手のだれかれかまわずに、見物人たちは誉めそやしていた。

六ツ半が近くなったころ、東の空が明るくなりはじめた。永代橋から駆け戻ってきた男たちを、木兵衛が順に呼び止めた。

寅はひたいが汗にまみれていた。

「いよいよ始まりだ」

木兵衛がいつになく大声を張り上げた。耳にした見物人が、わあっという声で応え、永代橋通りの両側がざわざわと落ち着かなくなった。

「名前を呼ばれたら、あたしのそばに寄ってくれ。分かったかい？」

「がってんだ」

四人の返事がそろった。

「壱番、千住の寅」

「へい」

寅が大声で答えた。

「おまえは白だ。立会人は鉢巻きしか見てないから、ゆるんではずれることのないように、しっかり締め上げてくれ」

「分かりやした」

こんなに素直な寅を見るのは初めての新太郎が、両目を見開いた。単勝一番人気の寅が鉢巻きを締めると、見物人から大喝采《だいかっさい》が起きた。寅も手を大きく上げて応じた。

「いいぞう、とらあ……おめえに有り金そっくり賭けたからよう」

見物人がどっと沸き、騒ぎがおさまらない。木兵衛が手をかざしたところで、なんとか喝采が静まった。

「弐番、深川の勘助。黒」

「参番、深川の新太郎。赤」

「四番、入谷の源次。青」

木兵衛が名前を呼び、走り手が鉢巻きを締めるたびに大騒ぎになった。が、勘助からあとは、寅ほどの騒ぎにはならなかった。

「もう一度念を押すが、鉢巻きがはずれたら、たとい一番はなを走っていても番外だ。これを肝に銘じてくれ」

「がってんだ」

ふたたび四人の力強い返事がそろった。

「大木戸の立会人が、おまいたちに帰りの鉢巻きを手渡す段取りになっている」

「けえりの鉢巻きとはなんのことでえ」

初めて聞く指図である。新太郎につられて、それぞれが木兵衛に一歩を詰めた。

「きちんと折り返したという証しだ。黒江町に戻ったときの鉢巻きに帰りと書かれてなければ、それもまた番外だ。なんだ新太郎、文句がありそうじゃないか」

「受け渡しで足を止めるのは勘弁してもらいてえ。そうだろ、みんな？」

新太郎がつけた物言いに、残りの三人がしっかりとうなずいた。

「だれが止まれと言ったんだ……大木戸が見えたところで走りながらはずし、受け取ったら走りながら締めなおすので結構だ」

木兵衛の口調が気色《けしき》ばんでいる。

「それなら文句はねえ」

新太郎が顔つきを元に戻した。

「きちんと聞かずに余計なあやをつけちまった、勘弁してくだせえ」

始まりを前にしてみなの気が昂《たか》ぶっていたが、新太郎が詫びてことがおさまった。

「走りの道筋は分かっているだろうから、くどいことは言わない。あの太鼓が鳴ったときが走り始めだ」

大鳥居の真下に、八幡宮本殿の太鼓が引き出されている。バチを持つ権禰宜《ごんねぎ》が、四人の走り手に軽い会釈を見せた。

「あたしから言うことはほかにないが、おまいたちはどうだ？」

問われた四人が首を振った。

「だったら始めようじゃないか。この空模様だときれいに晴れるだろうが、大川の水はぬるくない。くれぐれも身体に気をつけて泳ぎ切ってくれ」

木兵衛が話し終えると、四人が深々とあたまを下げた。いよいよ始まりそうだと察しがついたらしく、見物人たちが騒ぎ始めた。

大鳥居の正面の地べたに、うどん粉で幅五寸（約十五センチ）の真っ白な線が引かれている。木兵衛に先導された走り手四人が、線の内側に立った。

大鳥居に近いほうから寅、勘助、新太郎、源次の順に並んだ。寅と源次は手ぶらで、新太郎は右手に息杖を持っており、勘助は左肩に挟箱を載せている。

「新太郎が息杖持って走るのには呆れたが、おめえまでそんなものを担ぐのかよ」

寅が隣りに立つ勘助に嫌味を言った。

「担いじゃあいけねえか」

「いけなかあねえがよう……深川のやつらはどうかしてるぜ」

吐き捨てるように言ったあと、寅は口を閉じて正面遠くのやぐらに目を定めた。息遣いが上がり、小柄な身体から強い気力が溢れ出ている。

勘助は挟箱の柄《え》を握る手に力を込めた。

新太郎は握っていた息杖を地べたにそっと置いてから、赤い鉢巻きを締めなおした。

源次は素早い足踏みを繰り返していたが、新太郎が鉢巻きを締めなおしたところでやめた。

黒江町の肝煎、仲町の旦那衆、それに芳三郎と猪之吉が太鼓の前に顔をそろえた。

尚平とおゆきは、小澤屋の前に立っていた。尚平は周りから、あたまひとつ飛び出している。尚平の前には千住の連中が群がっていた。

入谷の辰蔵の顔も見えた。源次を見詰める目は、まさにとんびのように鋭い。半纏の肩から袖口にかけて引かれている太い赤線が、かしらの威厳を示していた。

「ちゃんが一番だからねえええ」

勘助の長男貫太郎の甲高い声に、見物人が手を叩いた。

右手を上げたまま大きく息を吸い込んだ木兵衛が、力一杯に手を振り下ろした。

ドン、ドン、ドドドン。

最初のドンで、四人がそろって駆け出した。通りの両側から凄まじい歓声が湧き起こった。

その歓声に、太鼓の音が重なって鳴り響いていた。

仲町の辻を先頭切って渡ったのは、単勝人気通り寅だった。大鳥居から辻までのわずか二町の間で、寅は二番手勘助に二十歩の差をつけていた。

勘助のあとが源次でしんがりが新太郎だが、この三人にはほとんど開きがない。やぐら下にはまだ陽が届いておらず、見物人の多くは掻巻を着たままで、ひいきの掛け声を発していた。

五

永代橋と大川が朝日を浴びていた。

佃島《つくだじま》の先から延びてくる赤味がかった光が、長い帯となって川面《かわも》を照らしている。朝の六ツ半に大川を行き交う舟やいかだは少なく、大川が朝日を独り占めにしていた。

年の瀬も押し詰まった二十六日の朝である。道具箱を肩に担いだ職人たちが、とりどりの半纏を着て急ぎ足で橋を渡っていた。

その人込みを割って寅が駆け抜けた。橋に差しかかっても勢いは衰《おとろ》えていない。新太郎が橋に一歩を踏み入れたとき、寅は橋の真ん中を過ぎて下り道に入っていた。

「なんでえ、なんでえ」

横をすり抜けられて道具箱を落としそうになった職人が、寅の背中に怒鳴り声をぶつけた。寅は構わず走り去った。職人が大きな舌打ちをして肩に担ぎなおしたとき、後続の三人がまたもやすり抜けた。

今度は職人も抱えきれず、箱を落とした。

「てめえ、このやろう」

中身がばら撒《ま》かれた箱をそのままにして、職人があとを追いかけようとした。

「にいさん、待ちな」

職人の袖を引いたのは、猪之吉の手の者で永代橋の立会人である。

「なんでえ、てめえは……」

見るからに渡世人風体《ふうてい》の男ふたりに引き止められて、職人が口ごもった。

「箱を落っことしたのはあんただが、断わりもなしにわきを駆け抜けて済まなかった。あんたも聞いてるかも知れねえが、今朝は四人が駆け比べをやってるんだ」

「あっ……あの連中がそうだったのかよ」

職人は深川に暮らしている男らしく、駆け比べと聞いてすぐさま得心した。

「こいつは迷惑賃がわりだ。気持ちよく受け取って、力を貸してくんねえ」

立会人は「平野町猪之吉」と筆文字の書かれた祝儀袋を差し出した。

「がってんだ、いただくぜ」

腹掛けのどんぶりに祝儀袋を仕舞い込むと、さっさと道具を片付けた。

永代橋を団子《だんご》になって渡った新太郎たち三人は、豊海橋も横一列で走り渡った。大川が左側に移っている。風除《よ》けの松並木に師走の朝日が差しており、枝の隙間からやわらかなひかりが漏れていた。

新川に架かった三ノ橋を渡ると、福井藩松平越前守《えちぜんのかみ》中屋敷の高い塀が正面にあらわれた。およそ三万坪の屋敷を囲む高さ二丈（約六メートル）の塀が、長々と四町も続く一本道である。

大名屋敷の道にはひとの姿がなく、五十歩も先を走る寅の後ろ姿がはっきりと見えた。勘助が足を速め、源次が続いた。新太郎は調子を変えなかったので、じわじわと間が開きはじめた。

「勝負は大川の泳ぎで決まるだ。それまでは焦るでねえぞ」

尚平が何度も念押しした言葉を肝に銘じている新太郎は、差を広げられても調子を変えずに息杖を突き立てた。

走り手は越前守中屋敷の塀が途切れた辻を左に折れて、越前堀を渡り八丁堀に入った。長さ八町の堀の両岸には、南北奉行所の与力、同心の組屋敷が連なっている。ここも武家町で人通りが少なく、走り手は気持ちよく駆けた。

　寅はさらに調子をあげている。弾正橋を渡りはじめたとき、新太郎はまだ組屋敷前を駆けていた。

「はあん、ほう、はあん、ほう……」

　息遣いをしっかり整えて、新太郎は焦る気持ちを抑え込んだ。

　楓川を越えて五間堀に架かった京橋を渡れば、尾張町の大路である。道幅がいきなり広がったが、行き交うひとも増えた。

　日本橋や尾張町の表通りに店を構える大店は、どこも六ツに店の雨戸を開ける。いつもなら買い物客が出てくるのは四ツ（午前十時）過ぎだが、大晦日を五日先に控えたいまは、多くの店が年の瀬大売出しを催している。

　まだ五ツまでには間があるというのに、大路は分厚い綿入れを着た買い物客で溢れていた。

　その人込みのなかに、緋色の下帯に木綿の半纏一枚で、あたまに白い幅広《はばひろ》鉢巻きを締めた寅が突進した。

「なんだろう、いまのひとは。目が血走っているように見えたが」

　尾張町には駆け比べのうわさが届いておらず、駆け抜けた寅を呆れ顔の買い物客が指差した。

七十歩ほど遅れて勘助、源次が駆けてきた。さらに二十歩あとには息杖を突いて走る新太郎が見えた。

「いま走って行ったのは飛脚じゃないか」

「あとからきたのは駕籠舁きに見えたが、息杖だけだしねえ……正月に向けての、新手《あらて》の願掛けかい、あれは」

老舗の手代たちが勝手な当て推量を交わしている間に、新太郎たちは大路を抜けて芝口橋を渡っていた。

「一番白、二番黒、三番青、四番赤」

「おれも見た、まちげえねえ」

芝口橋の立会人は芳三郎の若い衆ふたりだ。互いに往路の順番を確かめ合って帳面に書き留めると、復路を見定めるために橋の南詰に移った。

芝口橋から金杉橋までも、幅広の一本道だ。途中に将軍家が参拝する芝増上寺があることで、御成街道と呼ばれている。

道幅は広いが商家はあまりなく、通りを歩くひとも大きく減った。金杉橋を渡れば、折り返しの高輪大木戸までは幾らでもない。走りやすさに大木戸が近くなったことが重なり、寅の足が一段と速くなった。

新太郎には寅の背中が小さく見えるだけで、鉢巻きの色は分からないほど離されていた。それでも新太郎は調子を上げなかった。尚平の指図を固く守ってのことである。

朝方起こされたとき、すでに朝飯が調っていた。寝酒をくらって眠り込んでいる間に、尚平はかまどに火を起こして味噌汁のだしをとり、餅を焼いていたのだ。

そのせいで風邪をひきやがった……。

尚平は風邪をひいたことなどおくびにも出さず、熱に浮かされた身体で新太郎の稽古走りに付き合った。

その尚平が、勝負どころは大川越えで、そこまでは焦らず調子を保って走れと、くどいぐらいに念押しした。

寅、勘助はともかく、源次にまで先を走られて、新太郎は胸のうちで苛立《いらだ》っていた。しかしここで調子を上げたりすれば、尚平を裏切ることになる。

万にひとつ、間合いが詰められずに負けたとしても仕方がないと、新太郎は肚《はら》をくくって駆けた。

入間川の芝橋を渡ると道が大きく右曲がりになり、左に品川《しながわ》の海と砂浜に並ぶ干し網が見えはじめた。

真ん丸な陽が海と空との境目からわずか上にあり、新太郎の顔をまともに照らしている。凍えた潮風を突き抜けて届く、朝日のぬくもりが心地よかった。

大木戸に続く海沿いの道が、東海道を上る旅人で賑やかになった。先を走っているはずの寅たちが、人込みにまぎれて見えない。

尚平の指図に逆らわないほどに、新太郎がわずかに調子を上げた。潮の香りが強くなった空気を短く、勢いよく吸った。

札ノ辻を過ぎると道がゆるやかな左曲がりとなり、曲がり切ると道の両側に石垣の土手が連なり始めた。さほど高くもない土手には松が植わっている。

夏場、大木戸の吟味を待つ旅人には格好の日除けになるだろうが、真冬のいまは恵みの陽をさえぎらぬように枝が間引きされていた。

松並木が途切れたら折り返し場所だ。立会人まで残り半町のところで、新太郎は鉢巻きをはずした。先頭を駆ける寅が復路の鉢巻きを受け取るのが見えた。

二番手は勘助で源次が続いた。

「四番赤、新太郎」

立会人は大声で新太郎の名を呼びあげて、真っ赤な鉢巻きを手渡した。受け取った新太郎は息杖を背中の帯に差し込み、走りを止めずに鉢巻きを締め上げた。

六

走り手が大鳥居前から出走するなり、黒江町の肝煎衆は片付けを仲町にまかせて町内に駆け戻った。駆け比べのけりがつくのはここの町木戸だからだ。

木戸には幅五寸の紅白二本の細帯が張り渡されていた。この帯を胸で弾き切った者が、駆けの一番である。帯は黒江町に暮らす染物職人が、二度漬けして染め上げたものだ。紅白の木綿を木兵衛店の女房連中が五寸幅に断《た》ち、縁《ふち》をきれいに手縫いして仕上げた。長い帯の五カ所に切れ込みを加えてあり、すぐに弾き切れる細工がほどこされていた。

木戸を入った空き地では、前日損料屋《そんりょうや》から借り受けた道具を据えつけて、餅搗《もちつ》きの支度が進んでいた。

差し渡し三尺の大釜に焚き口をうがったかまどに、同じ大きさの釜がかぶせられている。釜には二升《しょう》のせいろが五段重ねで載っており、一斗のもち米を蒸《ふ》かすことができた。

木兵衛が借りたのは、たて杵《ぎね》とくびれ臼《うす》の千本杵《せんぼんぎね》である。江戸ではあまりはやらなくなっていたが、千本杵なら手返しも打水《うちみず》もいらず、搗きあがった餅のうまさは格別である。しかも十本近い杵が一度に使えるので、多くの者が餅搗きに加わることができる。

このたびの駆け比べは、黒江町をあげての催しである。木兵衛は千本杵につきものの餅搗き歌を、新年を迎える縁起として町の隅々にまで行き渡らせたかったのだ。

千本杵の手本を示す職人と餅搗き歌の歌い手とを、木兵衛は手配りしていた。

釜の湯が次第に沸き立ってきた。

新太郎たちが駆け戻る五ツ過ぎには、うまい具合にもち米も蒸かしあがっているはずだ。いつになく、木兵衛の顔がうきうきとして見えた。

尚平を気遣うおゆきは、何度も相手の顔を見上げながら、ふたり連れ立って木兵衛店に戻ってきた。勘働きの鋭いおゆきだが、いまは尚平の容態を案ずることに気が行っている。

すぐ後ろで、ふたりの後ろ姿を見ながら話を交わしている芳三郎と猪之吉には、気づかないまま木戸をくぐった。

「どう見たって、寅あにいの走りっぷりが一番だよなあ」

「言うまでもねえだろうがよ」

声高《こわだか》に話す千住の連中が黒江町の木戸に差しかかったとき、母親の手を振り切った貫太郎が駕籠舁きに駆け寄った。

「ちゃんが一番に決まってる」

いかつい男たちにあかんべえを見せてから、母親のもとへ逃げ帰った。

高輪大木戸への往路で、しんがりの新太郎が八丁堀の弾正橋を渡り切ったころ……。

南町奉行所同心大野清三郎の組屋敷には大野の下役田中半三郎《たなかはんざぶろう》と、七名の十手持ちが集められていた。

「藤八《とうはち》ばどうした」

「ゆんべから風邪っぴきで、どうにも起きられねえらしいんでさ」

大野の問いに答えたのは、箱崎町《はこざきちょう》を預かる目明しの房六《ふさろく》だ。集められた七人はいずれも大川の西側を縄張りとしており、深川にかかわりがあるのは山本町の藤八だけである。

その藤八が不参と知って、大野が露骨な舌打ちをした。

「おい、田中」

「はい」

「この大事に出てこぬようでは見込みがない。藤八の十手を今日にでも取り上げろ」

「うけたまわりました」

田中の神妙な顔つきを見て、明日はわが身と考えたのか、目明し連中が背筋を伸ばした。

「おまえたちは、わしの指図をたがえずに守れるだろうな」

「へいっ」

七人の目明しが短い返事をそろえた。十手持ちの顔を順に見回した大野は、青物町《あおものちょう》の百助《ひゃくすけ》で目を止めた。

「おまえの口でわしになぞり返してみろ」

「なぞりけえすてえのは、今朝の段取りをですかい？」

「ほかになにがある」

大野が口を歪めた。

「旦那のご指名でやすから、あっしの口で言わせてもらいやす」

七人のなかでもっとも年下の百助は、仲間に遠慮しながら話し始めた。

「あっしと房六さんに浜町の吾助《ごすけ》さんの三人が、永代橋の西詰で連中が駆けてくるのを待ってやす」

橋を渡らず土手を下りようとする走り手を、三人の目明しが咎める。少しでも早く大川を渡りたい新太郎たちは、止め立てに従うわけがない。いかに奉行所同心とはいえ、大川を泳いで渡ることを制止する権限はなかった。

百助たちは見物人に揉め事を見せつけるだけで、走り手を通す段取りである。肝心なことは、制止を聞き入れなかったと周りに思わせることだった。

残る四人の目明しは、東詰に先回りして泳ぎ渡ってくる連中を待ち構えている。川岸に上がったところで、今度は縄を打つ。わけは目明しの指図に従わなかったからだ。

真冬の大川に飛び込めば凍え死にする恐れがあり、奉行所は見逃すわけにはいかない。これが西詰で止め立てした理由である。

目明しが止めたにもかかわらず、従わなかったという騒ぎを作り上げること。これが大事であり、縄を打つ理屈など、どうとでもなると大野は考えていた。

それでも不測の事態が生じて、大川端で走り手を取り押さえられなかったときに備えて、大野はもうひとつの仕掛けを構えていた。

宿無しの年寄りに身なりを調えさせて、仲町の手前で走り手の前によろけ出させる企《たくら》みがそれだ。年寄りはわざとぶつかり、その場でうずくまる。先を急ぐ走り手は、年寄りには構わずに走り去ろうとするに決まっている。それを咎めようという魂胆《こんたん》である。

多くの見物人の前で生じることであり、走り手は言い逃れができない。

大川端は目明しにまかせて、大野と田中は年寄りの首尾を見届ける気でいる。大勢の人前で縄を打つことで、昨晩のなによりの意趣返しになるとふたりはほくそえんでいた。

百助が話し終えたところで、大野はわざと顔つきを厳しくした。

「黒江町の者どもは、下司《げす》な長屋住人の前でわしに恥をかかせおった。このまま捨て置いては、奉行所の威信にも障るというものだ。その方たちも手加減は無用だ、抜からず取り押さえろ」

大野がぐいとあごを突き出した。

話が終わるとすぐさま目明しは捕り物の支度にかかった。

走り手はすでに大木戸を折り返しており、先頭を走り続けている寅は、金杉橋を渡っていた。

七

復路の豊海橋をしんがりで渡ったのも新太郎だった。が、二番手を並んで走っている勘助、源次との間合いは詰まっており、黒と青の鉢巻きもはっきり見えた。

永代橋西詰には橋番小屋があり、渡り賃を受け取る橋番が詰めている。川岸には番小屋わきの石段を下りるのだが、柵《さく》を開け閉めするのは橋番だ。

猪之吉は駆け比べに先立って、橋番に二分の心づけを渡していた。

駆け手四人の着衣や持ち物は、橋番が向こう岸まで届ける段取りである。二分の心づけには、この手間賃も含まれていた。

「柵は開けてあるから心配いらねえ」

四人はこう聞かされていた。ところが新太郎が石段にたどりついたとき、先を走ってきた三人が柵の手前で揉めていた。

「なにをやってやがるんでえ」

新太郎が声を荒らげた。

「大川にへえっちゃあいけねえてえんでさ」

源次が口を尖らせていたとき、東詰の立会人ふたりと、仲蔵が呼び集めた五人を連れて、代貸の源七が飛んできた。ひと目で事情を察した源七は、目明しを相手にせず四人と向き合った。

「あとは引き受けた。あんたらは泳ぎを始めてくれ」

立会人が四人の半纏と、新太郎の息杖、勘助の挟箱を預かった。それを橋番が東岸で受け渡す手筈《てはず》である。

ふんどし一丁の四人が川岸に下りたのを見て、土手の見物人が大喝采した。

「川に飛び込むのがおんなじじゃあ、先を走ったあんたらに顔が立たねえ」

新太郎が三人を前にして考えを口にした。

「寅さんとおれとは百歩の差がついてたし、勘助さんと源次には二十歩は遅れていたはずだ。一歩あたりひとつとして、寅さんが飛び込んで八十を数えたところで、勘助さんと源次が飛び込むてえのはどうだ。おれはそこからあと二十数えてからへえる」

「おめえ、言うじゃねえか。おれに文句はねえよ」

寅が呑み込んだことで勘助、源次もそれで行こうと話がまとまった。

「話はもうひとつあるんだ」

言いながら新太郎は、ふんどしに挟み込んでいた大はまぐりの貝がらふたつを取り出した。

「こいつあ尚平が用意したタヌキの脂《あぶら》だ。うめえ具合にあったまってて塗りやすいや。こいつを塗れば、冬場の水を弾きけえすんだ」

新太郎が三人の前に差し出した。

「思いがけねえ手違いで足止めされて、四人のつらがそろったんだ。飛び込むのは塗ってからてえことでどうだ」

「そいつあおめえの備えじゃねえか」

新太郎を見上げながら寅が首を振った。

「気持ちはありがてえが、おれたちはでかい賭けを背中にしょった敵《かたき》どうしだ。そこまでは甘えられねえ」

寅の言ったことに勘助と源次がうなずいた。

「寅さんの言い分はしっかり聞いたが、脂は塗ってくれ。水にいじめられねえで、真っ向勝負がしてえ」

ここまでの走りで身体がほてっており、新太郎の背中の不動明王があざやかだ。その彫物をバシッと叩いて寅が折れた。もちろん勘助も源次も従った。

「そいじゃあ先に行くぜ」

塗り終わった寅は鉢巻きを締めなおした。両手をあげて大きな伸びをふたつくれてから、勢いよく飛び込んだ。残る三人が声に出して数え始めた。

「五十五、五十六……」

寅は水練も達者らしく、横泳ぎでぐいぐい川を渡って行く。六十五を過ぎると、数えているのは新太郎ひとりになった。

「七十九、八十」

勘助と源次が同時に飛び込んだ。ふたりとも寅と同じ横泳ぎである。身体を横にして、胸の前で水を掻《か》いて進む泳ぎだ。

その泳ぎを見詰めつつ、新太郎は百を数え終えた。だれよりも大きな水音を立てて新太郎が飛び込むと、見物人が大沸きした。

源七は立会人を東詰に戻したあと、目明し三人を仲蔵の手の者に預けた。そのあとさらに、組の七人を呼び集めた。仲蔵が手配りした残りの十人は、東岸に張りつけたままにした。

「親分が見立てた通りになった」

話を聞く若い衆は、だれもがさらしに右手をあてて匕首《あいくち》を確かめた。

「腐れ同心のやることだ、向こう岸でも仕掛けてるにちげえねえ。おめえたちは川岸まで下りて、目つきの危ねえのを片っ端からひっぺがすんだ。仲蔵親分から預かってる助《すけ》っ人《と》にもそう伝えろ」

指図を受けた七人が永代橋を東に駆けた。源七は泳ぎの四人から目を離さず、思案をめぐらせながら橋を渡りはじめた。

新太郎の泳ぎ方は、他の三人とはまるで違っていた。顔を水につけたまま両足を強く蹴り、両手を前に出して力強く水を掻いた。息が苦しくなると顔をあげて息継ぎをした。

尚平がこども時分に房州の海で体得した泳ぎである。おとといさきおとといの二日間、尚平と新太郎は夜の仙台堀でこの泳ぎの稽古をした。

「おらの親父が、魚の泳ぎを見て思いついたことだ。江戸の者には真似できね」

勝負どころは大川越えだと、尚平が強く請け合ったわけがこれである。習った泳ぎには目を見張るほどの速さがあり、川の真ん中まで泳がぬうちに源次と勘助を抜き去った。

が、なんといっても俄《にわか》仕込みで覚えた泳ぎである。川の半分を過ぎたあたりで、息が苦しくて泳ぎが続かなくなった。

新太郎も慣れた横泳ぎに変えた。が、いきなり泳ぎ方を変えたことで、脇腹に激しい痛みが生じた。横泳ぎもできなくなり立ち泳ぎにしたが、これはほとんど進まない。

抜き去った勘助と源次が追ってくるし、寅には引き離されるばかりだ。

苦しくなってもおめならできる。

尚平の励ましを思い出した。熱を隠して稽古に付き合ってくれた尚平の顔も、ありありと浮かんできた。

うおおうっと水の中で雄叫《おたけ》びをあげた新太郎は、尚平に教わった泳ぎに戻った。

相変わらず脇腹は痛むし、息継ぎも苦しい。新太郎は相肩を思う気力だけで泳ぎ続けた。

寅との差が縮まった。

川岸まであと四半町（約二十七メートル）足らずのところで真横に並び、一気に抜き去った。

大川東岸に新太郎が一番乗りで手をかけた。

八

川岸に上がり、息を弾ませた新太郎が橋番から息杖を受け取った、そのとき。

四人の男が十手を振り回して駆け寄り、なかのひとりが新太郎の腕を掴んだ。

川岸を埋めた見物人たちは、呆気にとられたらしくて声も出ない。

「御用だ、神妙にしろ」

「なんでえ、御用てえのは」

新太郎が怒鳴り返した。寅は川岸までわずかなところまで迫ってきている。

掴まれた腕を新太郎がふりほどいたのと同時に、真冬ながら唐桟《とうざん》一枚にさらし巻きの男の群れが目明しを取り囲んだ。

「はやく駆けてくだせえ」

男は今戸で見知った顔である。新太郎は礼を言う間も惜しんで、石段を駆け上った。石段の上には源七がいた。新太郎は目を合わせただけで走り出した。

「おい、新太郎さんについて走れ」

源七の指図を受けて、若い衆ふたりがあとを追った。

「おめえたちも、走り手ひとりにふたりずつ付いて、黒江町の木戸まで守れ。目明しどもは助っ人にまかせろ」

「分かりやした」

若い衆の返事を聞き届けてから、源七は新太郎を追った。

新太郎は永代橋からの下り道をすでに駆け下りていた。二町先の火の見やぐらがはっきりと見える。黒塗りのやぐらは、朝日を浴びているところが照り返っていた。

「はあん、ほう、はあん、ほう」

息杖を突き立てる調子が、大川を渡る手前までの倍の速さに上がっていた。

後ろを振り返って寅を確かめたいが、それで調子を崩すのが怖かった。

「相手がだれでも、おめはおめだ。いつもの走りができたら怖いものなんかねえべ」

あたまのなかを、尚平の言葉が駆け回っている。

おめえの言うとおりだ、おれはおれの走りをするまでだ……。

目一杯に駆ける苦しい息遣いのなかで、新太郎はおのれに言い聞かせた。

やぐらがぐんぐん大きくなってきた。


新太郎を追っている芳三郎の若い衆は、ふたりとも走りが自慢だった。新太郎たちのように、三里の道のりの駆け比べは到底かなわないが、永代橋から黒江町までなら後《おく》れずについて走れる自信があった。

深川に入ったことで、通りを埋める人波が大きく増えた。新太郎に通りの両側からひいきの掛け声が飛び交っている。若い衆ふたりは、その声のなかを妙に晴れがましい心持ちで駆けていた。


掛け声の調子が変わったのに気づいたのは、年下の仙吉《せんきち》だった。

新太郎の前のほうで、だれかがふらふらっと通りに出てきた。懸命に走っている新太郎は、それに気づいていないようだ。

仙吉の動きは素早かった。

ありったけの力を振り絞り、通りに出た者を目がけて突進した。しかし新太郎も全力で駆けている。仙吉はこめかみに血筋を浮かせて新太郎を抜き去り、年寄りを抱え込んで地べたに転がった。

見物人から地鳴りのような歓声が起きた。

柔《やわら》の心得がある仙吉は、受身の形で年寄りを抱きかかえていた。

人込みにまぎれていた大野が大きな舌打ちをしたが、気づいた者はいなかった。


新太郎はすでに仲町の辻を左に折れていた。ここから黒江町町木戸まではわずか二町だ。胸が潰れそうなほどに苦しかったが、それでも足をゆるめなかった。

通りの両側が一段と騒がしくなってきた。苦しい息遣いのなかで、新太郎は木戸が近いからだと思った。

ところが歓声に悲鳴のような叫びが混じっている。思わず振り返ると、幾らも離れていない後ろに寅がいた。

振り返ったことで新太郎の息に乱れが生じた。息杖を思いっきり叩きつけたが、調子が上がらない。寅の息遣いが聞こえそうで焦りが出た。息にも足にも乱れが出た。

寅は、新太郎の背中の不動明王を睨みつけて駆けていた。新太郎が足を踏み出すたびに彫物が揺れて、不動明王の顔つきが変わった。

おれは千住の寅だ。千住大木戸から日本橋まで、肩を替えずに走り抜く寅だ。

前を走る不動明王に自慢した。

手を伸ばせば届きそうな間合いまで詰め寄った。ところがその先を詰められず、さらにはわずかながら不動様が遠のいた。

どうなってやがるんだ、新太郎は……。

苦しい息遣いのもとで毒づいたとき、新太郎が振り返った。そして走りに乱れが出た。

届かないとあきらめかけていた不動明王が、相手のほうから寄ってきた。

寅は死んでもいいと肚をくくり、かすかに残っている力の溜めを振り絞った。


目の前に町木戸が見えてきた。

木戸の柱と柱が、紅白の帯のようなもので結ばれている。

どうしろてえんだ。あれをぶち切って、木戸んなかへ突っ込めてえのか……。

すぐ後ろに寅の息遣いを感じつつも、新太郎のあたまはそんなことを考えていた。

帯まであと半町。

新太郎は息を詰めて駆けた。

寅も息を詰めていた。全力で走り抜けるには、息遣いは邪魔だ。寅の太股がぶりっと膨れて、帯をめがけて突っ込んだ。

紅白の帯が胸に触りそうなところで、新太郎の足がもつれた。が、息杖を手にしたまま前にのめり込んだことで、新太郎が先に帯を切った。

「一番、赤。二番、白」

立会人の見きわめを聞きながら、新太郎が地べたに転がった。そのうえに寅が重なった。命懸けで倒れこんだふたりにだれも手を出そうとはせず、新太郎と寅とはそのまま重なり合っていた。

「三番、黒。四番、青」

勘助と源次はほとんど同時に戻ってきた。木戸奥の地べたに重なり合っているふたりのところに、荒い息遣いの勘助と源次が寄ってきた。

尚平も駆けてきた。

しかし駆けに加わっていなかったわきまえゆえか、新太郎にも話しかけず、黙ったまま立っている。

座り込んだ四人の男はだれも口を開かなかったが、見交わす目が、互いを褒《ほ》め称《たた》えているようだ。

そばに立つ尚平は、新太郎が一番を取った喜びと、走りに加わっていないさみしさとがまぜこぜになったような目をしていた。

長屋の餅搗きは、走り手四人が着替えを終えたところで始まった。最初の杵は新太郎、寅、勘助、源次の順に手渡された。

臼の周りには尚平とおゆき、芳三郎に猪之吉、それに千住の連中と辰蔵が顔をそろえた。

「おゆきさん、あんた尚平さんと並んだ姿がいいじゃないか。どうだね兄弟」

芳三郎の隣りに立つ猪之吉が、朝日を浴びた禿頭《とくとう》を二度上下に動かした。

熱に浮かされて赤い目をした尚平を見て、新太郎がそっぽを向いた。が、すぐに戻した顔には、悔《くや》しげな笑みが浮かんでいた。

五ツ半から勝ち札の払い戻しが始まった。

『単勝参番、新太郎十三倍』

『連勝参番壱番、新太郎・寅三十九倍』

三番人気の新太郎は十三倍の配当をつけた。連勝は寅・勘助の人気が図抜けていたことで、三十九倍の高配当となった。

長屋木戸前には、払い戻しを受ける的中客が長い列を作っている。単勝の列の後ろのほうには、餅搗き道具を用意した損料屋の喜八郎と番頭の嘉介の姿もあった。

喜八郎が手にしている単勝札は、ざっと見ただけで百枚ほどの分厚さである。新太郎を一本買いしていた喜八郎には、満足そうな笑みが浮かんでいた。

「あげろあげろ天竺《てんじく》までも、天《あめ》の河原の底までも……」

千本杵の餅搗き歌である。歌に合わせて、搗きあがった餅が高々と差し上げられた。

「いい歌じゃないか、木兵衛さん」

めずらしく相好《そうごう》を崩した町名主の清右衛門が、木兵衛のわきに寄ってきた。

「勝ち札の趣向も上々《じょうじょう》の首尾に終わったし、これで黒江町も盛り返せそうだ」

日焼けした清右衛門が、芳三郎と猪之吉を指差した。

「あの肝の太い親分衆や、奉行所の同心相手に互角で渡りあうとはねえ……このたびばかりは、心底からあんたを見直した」

木兵衛を見る清右衛門の目には、相手を敬《うやま》うような色が浮かんでいた。

せいろからは勢いよく湯気が噴き出しており、餅搗きはまだまだ終わりそうにない。

おゆきと並んで杵を手にしている尚平は、相変わらず熱が高そうで目が赤い。が、なんの熱かは分からなかった。

「みやこ颪《おろし》

一

天明八年（一七八八）一月十二日は、まだ厳冬のさなかである。暮れ六ツ（午後六時）の鐘が流れる八丁堀河岸《がし》は、あたりに商家がないこともあり、すでに闇が濃かった。が、満月を控えた上弦《じょうげん》の月が空にある。月明かりが南町奉行所同心、大野清三郎組屋敷の庭を照らしていた。真冬の夜だが、庭に面した十二畳座敷の障子戸が一枚だけ開かれている。盗み聞きする者を怖れる大野は、真冬でも障子を閉め切ることをしなかった。

古参の大野の俸給は、他の同心よりも三俵多い三十五俵である。組屋敷も百坪の敷地があった。とはいっても一俵四斗、三十五俵でも百四十斗だ。札差を通じて一石一両で売りさばいても、十四両に過ぎない。

腕のよい大工なら出づら（日当）五百文、月に二十日働いて十貫文（二両）は稼ぐ。駕籠舁きの新太郎、尚平のふたりは、勝手気ままに働いていても月の稼ぎが四両を下回ることがない。年に四十八両の実入りは、大野の年俸の三倍を大きく超えていた。

薄給とはいわぬまでも大した俸給ではないのに、大野の暮らしぶりは新太郎たちとは桁《けた》違いだ。敷地百坪の組屋敷では、賄《まかな》いを担《にな》う下女に、雑用をこなす下男がふたりも働い

ている。奉公人を多く抱えるのは古参同心の見栄《みえ》だが、その給金だけでもひとり四両、都

合十二両もかかった。

　ところが、ほぼおのれの年俸を奉公人の給金に充《あ》てても、大野は羽振りよく暮らしてい

る。わけは付け届けに事欠かなかったからだ。

　手焙《てあぶ》りを前にした大野の隣りには、下役の田中半三郎が座っている。ふたりと向き合っ

ているのは、手下の目明し四名、箱崎町の房六、青物町の百助、浜町の吾助、それに北新《きたしん》

堀町《ぼりちょう》の仙太郎《せんたろう》だ。

　大野は大川の西側、御府内に近い日本橋一帯の見回りに七名の目明しを使っている。さ

らに大川を東に渡った深川にもひとりの十手持ち、藤八を配していた。

　昨年暮れ、大野はおのれの面子にかかわる出来事への対処で目明しを呼び集めた。しか

し、藤八は調子を崩しているからと不参した。怒った大野は、年越しを翌日に控えた昼下

がりに田中を差し向けて、十手を取り上げた。目明しの処遇は、同心の胸三寸で専断でき

る。

　大野の気性を知り尽くしている房六たち四人は、雇い主へのまことを顔いっぱいに示し

ておおり、それぞれの膝元には祝儀物が競い合うように積まれていた。

「このたびも長年《ちょうねん》のお申し付けがありましたそうで、おめでとうございます」

目明したちが口をそろえたが、大野は当然だという顔つきである。同心は一年ごとの抱え席（契約）であり、大晦日の夜、差配の与力から「長年申し付ける」と言い渡されて、翌年も任に就くのが定めだ。

大野は先代から世襲で定橋掛《じょうばしがかり》（橋の見廻り）同心を務めており、さしたる手柄もない代わりに失態もない。咎《とが》められさえしなければ、同心が職を失うことはなかった。

「この先の一年、てまえどもは変わらず旦那にまことを尽くさせていただきやす」

仙太郎が祝儀物で膨れた風呂敷包みを差し出した。北新堀町で旅籠を営《いとな》む仙太郎は、大野に仕える目明し七名の総代《そうだい》役である。四人が差し出した祝儀物は、反物《たんもの》とカネだ。

「その方らの心持ちは預かっておく」

上役から目配せされて、田中は風呂敷を別間に運び出した。付け届けされたものは、カネも品物もすべて田中が仕切っている。大野の奥方といえども手出しはできなかった。

「薬師《やくし》縁日の賑わいは変わらずか」

田中が戻るまでの座興代わりに大野が問いかけた。毎月八日と十二日は薬師縁日である。江戸には幾つも薬師があるが、茅場町の瑠璃光《るりこう》薬師はとりわけ人気があった。

大野が目明したちをこの夜に呼んだのも、薬師縁日詣《もう》での流れで都合がよかったからだ。

「瑠璃光様のありがたみは、だれもが知っておりやすから」

したり顔で仙太郎が答えた。

「目星をつけておりやした相手にも、うめえことに茅場町で出会いやした」

「あのことをまかせられる者ということか」

大野から確かめられた仙太郎が、残る三人の目明しを順に見た。四人が口をそろえて

「へい」と短く返事をした。そのとき田中が戻ってきた。

「仕掛けに役立つ者が見つかったそうだ」

細くて甲高い声で聞かされた田中は、神妙な顔で元の座についた。

「おまえたちの話を聞く前に、ひとつ吉報がある。もすこし膝を詰めろ」

大野から格別に名指しをされて呼び集められた目明し四人が、ずずっと近寄った。

「奉行よりのお指図で、田所様が京都町奉行所に上られることになった」

「えっ……この一月にですかい？」

驚いた仙太郎がぞんざいな問い方をした。大野は目で咎めつつもうなずいた。

「処務方《しょむかた》が言うには、この月の二十日に出立《しゅったつ》なされて、五月までは都にとどまられるそうだ。どうだ、またとない吉報だろうが」

一段と甲高くなった大野の声は聞き取りにくい。目明したちは問い直すこともできず、

あいまいな追従《ついしょう》笑いを浮かべた。

田所とは南町奉行所吟味方筆頭与力、田所京太郎である。田所は父親から吟味方を世襲したが、先代健在のころは組屋敷を出て深川高橋《たかばし》で暮らしていた。

新太郎、尚平が暮らす木兵衛店差配の木兵衛は、こども時分に火事で焼け出されて孤児《みなしご》になった。そのとき通りかかった高橋の金貸しに拾われ、カネの貸し方とひとの目利きを仕込まれた。

八丁堀から抜け出して、高橋で遊蕩《ゆうとう》ざんまいの暮らしを続けていた田所は、カネに詰まると木兵衛から融通《ゆうずう》を受けた。

田所家の俸給は二百石。組屋敷には家来二人を抱えており、外出《そとで》には草履《ぞうり》取り、挟箱《はさみばこ》担ぎなど五人の供を従えなければならない格式の家である。その家格と田所の人柄を見込んだ木兵衛は、担保なしで百両を限りに貸し付けた。

しかし吟味方与力は、咎人《とがにん》の取調べを受け持つ奉行所の要職である。身勝手な外出など許されるわけがない。家督《かとく》相続を果たしたあとも、田所は深川をたずねることができず、三年もの間、木兵衛に無沙汰《ぶさた》を続けた。

木兵衛は一度も催促をしなかった。

それを深く恩義に感じている田所は、木兵衛が黒江町で裏店差配に就く折りも、その後《のち》も、陰から便宜をはかってきた。

昨年十二月下旬、大野は木兵衛に、おのれがたくらんだ強請《ゆすり》を撥《は》ね付けられた。田所京太郎の名を出されたことで、大野は強請を手控える羽目になり、同道した田中の前で面目《めんぼく》を潰された。

十手持ちを操っての意趣返しも、これまた不首尾に終わった。

奉行所吟味方与力と、裏店差配とのつながりがなんであるか、大野は探り当ててはいない。しかし古参同心の勘が、木兵衛の言い分に嘘はないと教えた。

それでも、町人から二度までも虚仮《こけ》にされた大野の遺恨《いこん》は深い。なんとか与力の目の届かないところで仕返しができないかと思案していた矢先、田所が半年近く江戸を離れることを知った。

まさしく大野には吉報だった。

「田所様がお留守となれば、案ずることは無用だ。存分に仕掛けるぞ」

薄い眉を動かした大野が気張った声で言い放ったが、調子の高い声だけに凄味《すごみ》はない。

それでも仙太郎たちは、もっともらしい顔をこしらえて何度もうなずいた。

「首尾のほどを聞かせろ」

大野が脇息《きょうそく》に寄りかかった。仙太郎に代わり、百助が同心に目を合わせた。大福帳のような綴《つづ》りを手にしている。

「仙太郎親分の指図で、あっしが万事の手配りをいたしやした」

綴りをめくると、細筆書きの文字でびっしりと埋められていた。

「正月の三日から黒江町にはふたり、駕籠の後追いには面が割れねえように、五人の足自慢をつけやした」

総代を立てながらも、年少の百助は小鼻を膨らませながら話している。大野がきつい目で先を促した。

「新太郎、尚平のふたりは毎朝四ッ（午前十時）に富岡八幡宮の大鳥居下で客待ちを始めやす」

「一日も休まずにということか」

「三日から今日まで、雨降りがありやせんでしたから」

大野は目つきで得心を示した。

「五日と十日は七ッ（午後四時）で早仕舞いをしたようですが、ほかの日は六ッ半（午後七時）までは走ってやす」

「なんだ、早仕舞いとは」

大野に聞き咎められた百助は、慌てて綴りに目を戻して確かめた。

「五と十のつく日は、尚平が入谷の坂本村に出向きやすんで」

「五と十の日だと、なぜ限りをつける。たかだかまだ二度ではないか」

大野の口調が尖っている。百助が口ごもると、わきから仙太郎が口添えを始めた。

「駕籠舁きだの棒手振《ぼてふり》だのは、縁起を担ぎたがりやす。旦那はたかだか二回だと言われやしたが、あの連中の二回は、この先もずっと続く決め事でやす。それに……」

「もったいぶらず、手早く言え」

「百助の調べだと、尚平には女がおりやしてね……早仕舞いまでして出向く坂本村が、その女の居場所らしいんでさ」

女がいると聞いて、大野が顔つきを動かした。その様子を見た百助が、調子を戻して話を引き取った。

「仙太郎親分が言われたとおりでやして……あっしはまだじかに確かめておりやせんが、女は坂本村で煮《に》売《う》りと飯屋をやってやす」

「ならばその日の新太郎はどうしておる」

「今戸の貸元《かしもと》の宿で待ってるようです」

「なんだ、ようですとは。定かな話ではないのか」

「貸元の宿は張り番が固めてるもんで、長くはその場にいられねえもんですから」

さらなる問い質《ただ》しはせず、大野は渋い顔のまま腕組みをした。そのまましばらく思案を続けていたが、やがて考えを定めたような目で目明したちを見た。

「駕籠舁きの宿の戸締まりはどうなっておる」

大野は仙太郎に問いかけたが、口を開いたのは百助だった。

「しじみだの豆腐だのの担ぎ売りが品物を置いていきやすんで、心張《しんば》りはしてやせん」

「ならば百助、十五日と二十日の動きを見定めろ。その二度ともおなじ動きであったならば、二十五日の夜に仕掛ける」

目明し四人が背筋を伸ばした。

「早仕舞いをした日に、ふたりが宿に戻るのは何刻《なんどき》だ」

「木戸が閉じるぎりぎり手前でやす」

百助がきっぱりと答えた。

「それなれば、日暮れたあとでも仕込みの間は充分にある。抜かるなよ」

百助が両手づきで指図を受けた。大野は百助に顔をあげさせたあと、仙太郎を正面に捉えた。

「茅場町で出会ったという者の素性は？」

「渡世人くずれでやすから、十手の怖さは肌身で知ってやす。万にひとつも案ずることはありやせん」

仙太郎は、膝元の十手を手にして身体を反らせた。が、寒さゆえか背中が震えていた。

二

いっときゆるんでいた寒さが、一月下旬に入るとぶり返した。が、氷雨《ひさめ》も雪も降らず、江戸の町は凍えながらも乾いていた。

地べたにはそれでも水気が残っているらしく、明け方には方々で霜柱《しもばしら》が立った。ひとに踏まれたり、冬の陽を浴びたりして、ほとんどの霜柱は昼過ぎには姿を消した。

しかし小網町　鎧《よろい》ノ渡《わた》し河岸の路地は、あたりに連なる武家屋敷の高塀に日差しをさえぎられている。八ツ半（午後三時）過ぎに霊巌島新堀の湊橋《みなとばし》たもとで客をおろした新太郎たちは、まだ残っている霜柱を踏み潰しながら早足で歩いていた。

「おいおい、駕籠屋さん」

路地から出てきた羽織姿の男に声をかけられて、先棒の尚平が足を止めた。

「浅草寺の雷御門までやってくれないか」

羽織は黒羽二重《くろはぶたえ》の上物で、手には鞣《なめ》し革の巾着を提げている。見た目も物言いも商家のあるじ風だ。背丈はさほどでもなく、立ち止まった尚平が客を見おろす形になった。

「酒手《さかて》をはずむから、七ツには間に合わせてもらいたいんだが」

今日は二十五日だ。七ツには早仕舞いして、尚平は入谷坂本村におゆきをたずねる日だ。浅草寺に七ツならお誂《あつら》えの客である。

しかし客は、鐘までには着けるかと言いたげだ。小網町から浅草寺なら、大川端沿いにおよそ半里（約二キロ）の道のりだが、ふたりなら四半刻（三十分）で楽々駆けられる。

「乗んなせえ」

去年の暮れから不機嫌続きの新太郎が、尚平に代わって無愛想な声で答えた。

「やってくれるのかね」

「だから乗ってくれと、そう言ってるぜ」

駕籠舁きからぞんざいに言いはなたれて、客が眉根にしわを寄せた。

「ずいぶん威勢がいいが、あたしは七ツの鐘とともに浅草寺に着きたいんだ」

「なんでえ、それは……七ツよりはええと気に入らねえてえのか」

「そんなに尖らなくてもいいだろう」

客も口調がいささか雑になっている。浅草寺に着いたあとの段取りを思ったのか、尚平が相肩に目配せをして落ち着かせた。

「あたしは縁起を担ぐんだよ。なんとか七ツの鐘にうまく合わせてくれないか」

「はなからそう言ってくれりゃあ、揉《も》めることたあねえんだ」

ひと一倍縁起担ぎにうるさい新太郎が、いきなり口調を和《やわ》らげた。

「ぴったり鐘に合わせやしょう」

客も表情を元に戻して駕籠に座った。前棒がすかさず肩を入れ、後棒がぐいっと押した。

季節ごとの陽の高さからときを判ずるのは、駕籠舁きには欠かせない技である。新太郎は臥煙《がえん》でそれを鍛えていたし、漁師だった尚平は元々ときの判断は得手である。

走り出すや陽の高さを見定めた新太郎は、七ツまでには充分な間があると判じた。

大川には向かわず、崩橋《くずればし》を渡ると蠣殻町《かきがらちょう》河岸を走り始めた。このあたりは中洲《なかす》になっており、右手は大川の枝川で、左には武家屋敷の屋根つき塀が連なっている。ときはたっぷりあったが、尚平は人通りの少ない武家町の走りを選んでいた。

新大橋《しんおおはし》西詰からは、河岸がゆるやかな左曲がりになる。その先には両国橋が見え始めた。寒さは厳しいが、風はない。駕籠の走りも、ほどほどにゆるやかだ。客は着物の襟元を合わせつつも、顔つきは落ち着いていた。

浜町河岸に差しかかると、駕籠がわずかに走りを速めた。風の強さが変わったらしく、客が座り直した。左手には相変わらず武家屋敷が建ち並んでおり、人影も物音もない。

「はあん、ほう……はあん、ほう……」

聞こえるのは駕籠舁きの掛け声だけだった。が、両国橋西詰が近くなると、いきなり賑やかになった。冬のさなかでも、西詰にはひとが群れていた。お目当ては軽業《かるわざ》小屋と芝居小屋で、どの小屋の木戸口にも長い列ができている。

前棒は人込みをよけながら駆け進んだ。両国広小路を左に折れた駕籠は、吉川町《よしかわちょう》の辻を北に入り柳橋を渡った。正面の高い御米蔵の瓦《かわら》屋根が、冬空を狭くしている。

尚平は真っすぐには走らず、柳橋のたもとを左に折れて大通りへと出た。浅草橋の大路《おおじ》は、道の両側を札差《ふださし》の大店が占めている。しかし米蔵が忙しいのは昼までで、七ツが近いいまは静かなものだ。駕籠は気持ちよさそうに、蔵前の大通りを走り抜けた。

雷御門へは、吾妻橋西詰を左に折れれば一本道である。残る道のりは十町（約一キロ）そこそこだ。鐘までにはまだ間があると判じた新太郎は、押し方をゆるめた。

駆け方を落としたことと、吾妻橋に差しかかった眺めを見たことで、新太郎は幾つかの出来事を思い返すゆとりができた。

芳三郎と札差の賭けで、佐賀町から吾妻橋まで、猪牙舟《ちょき》と走り比べをやった朝のこと。

あのときは、勝ちを目の前にしてしくじった。

途方もないカネの賭けに負けて、新太郎の矜持《きょうじ》は深く傷ついた。文句ひとつ言わない芳三郎には、顔向けできなくなって落ち込んだ。

が、敵《かたき》だと思っていた千住の寅が、途中から調子取りで伴走してくれた。意外なことだったが、同じ駕籠舁きの絆《きずな》を強く感ずることができた。

その寅と、去年の暮れに力の限りを尽くして駆け比べをやった。勝負は新太郎が勝った。しかしその勝ちは、走りではなく、大川の泳ぎで得たものだ。黒江町から高輪大木戸行き帰りの走りでは、明らかに寅が勝《まさ》っていた。

真冬の大川を泳ぐ段には、尚平が用意したタヌキの脂《あぶら》を寅にも塗らせた。勝負において恥ずべき振舞いは、断じてなかったと思っている。

あのとき一緒に走った源次と勘助には、駆けでは負けないという自負がある。しかし寅には、勝てないかも知れない……。

この思いが新太郎から消えない。ゆえに去年の暮れから、新太郎はいまひとつ気分がすっきりしないままでいた。

機嫌がよくないわけはもうひとつある。

日ごとに尚平が熱をあげている、おゆきとのことだ。

おゆきを好ましく思ったのは、新太郎のほうが先だった。それにおゆきに出会うまでの尚平は、女よりも新太郎の世話を焼くことを大事にしていた。新太郎は相肩を、こころの底では女嫌いではないかと案じていたほどだ。

ところがおゆきは、新太郎ではなく尚平を選んだ。暮れの駆け比べのとき、おゆきは走り手の新太郎よりも、風邪気味の尚平を心底から案じた。長屋の餅搗《もちつ》きでは、尚平と並んで紅白餅を搗いたりもした。

おゆきが尚平を選んだことは、いまでは新太郎も得心できていたし、異存もなかった。気持ちのざらつきは尚平の振舞いにあった。

格別にのろけを言うわけではないが、いつも尚平のあたまのなかには、おゆきが居座っている。それが新太郎にはしゃくだった。

さりとてあからさまな文句は、焼きもちを焼いていると思われかねず、新太郎は口にできない。言えない分だけ、深いところで不満がくすぶった。

雷御門で客をおろしたあとは、空駕籠を担いで今戸に向かう算段をしていた。駕籠を芳三郎の宿に置いたあと、尚平は坂本村までひとっ走りしておゆきをたずねる。

ふたり差し向かいで、さぞかし愉《たの》しいことだろうぜ……。

成り行きを思い巡らせた新太郎の足が速くなった。駕籠の走りが変わり、樫の長柄《ながえ》から吊り下げた手拭いを客が強く握った。

浅草寺雷御門を目前にして早走りをしたことで、七ツの鐘が鳴る前に着いてしまった。長柄から肩をはずした新太郎が、舌打ちをして悔しがった。が、さすがに新太郎と尚平が担いだだけのことはあり、客がおりたときに捨て鐘が鳴り始めた。

「わずかっぱかり早過ぎたが、いま鳴り始めたところだぜ」

「いやはや大したもんだ。あたしに文句はないよ」

駕籠をおりた客は巾着の口を開き、紙入れを取り出した。黄色地の絹に、羽根を一杯に広げた鷹が縫い取りされた、見るからに上物の紙入れである。

小粒銀を取り出そうとした客が手元を滑らせてしまい、紙入れが足元に落ちた。雨を吸っていない地べたは固く乾いている。なかの小粒銀が何粒も転がり出たし、十匁《もんめ》はある丁銀《ちょうぎん》までがはみだした。

紙入れを拾っている間に、小粒銀は通りがかりの通行人たちが拾い集めてくれた。

「まことにご造作《ぞうさ》をかけました」

受け取った小粒銀を紙入れに仕舞いながら、客が深々とあたまを下げた。通行人たちは、鷹の縫い取りの紙入れをめずらしそうに見てから立ち去った。

「粗相《そそう》なことをしてしまった」

きまりわるそうな顔で巾着に紙入れを仕舞った客が、小粒銀三粒を新太郎に手渡そうとしたとき、お店《たな》の手代風の男が駕籠に寄ってきた。

「茅場町までお願いできますか」

小粒を受け取った新太郎に、その男が問いかけた。新太郎は返事をしない。ふたたびお店者から問われて、尚平が前に出た。

「今日は仕舞いだ、ほかをあたってくれ」

「そんなことを言わずに、なんとかやってくださいな。七ツ半（午後五時）までには、お店に戻らなければなりませんので」

あわれみを乞《こ》うような口調である。それを聞いて新太郎が男に目を移した。

「相肩が仕舞いだと言ってるじゃねえか」

手代が後ずさりしたほどに、新太郎の言い方はきつかった。

「七ツ半なら、まだたっぷり半刻（一時間）はある。荷物も持ってねえあんたなら、のんびり歩っても着くだろうによ」

「なんです、その物言いは。辻駕籠のくせに、客を断わるというんですか」

手代が口を尖らせた。

「おめえさんも分からねえやつだなあ。わけがあって、ここで仕舞いだと言ってるんだ」

「だってまだ七ツですよ。こんな時分に仕舞う駕籠など、聞いたことがない」

「うるせえ野郎だぜ、おめえは」

新太郎が手代の前に立った。背丈はらくに五寸（約十五センチ）の差がある。目の前に詰め寄られて手代が怯《ひる》んだ。ことの成り行きに驚いたのか、駕籠をおりた客もその場から動かずにいた。

「どこのお店者かは知らねえが、手代ふぜいが辻駕籠に乗るてえのが料簡《りようけん》違いだ。ぐずぐず言ってねえで、歩ってけえりな」

「なんです、えらそうに」

手代は助けを求めるかのような目で、新太郎の後ろに立った先客を見た。小網町からの客は、かかわりになりたくないのか、目を逸《そ》らした。

手代は新太郎を見上げつつも、気を踏ん張って胸を反り返らせた。

「駕籠舁きから、説教されるいわれはありません」

精一杯の捨て台詞《ぜりふ》を吐くと、急ぎ足で立ち去った。

「胸くそのわるい野郎だぜ」

地べたの小石を踏みつけた新太郎が振り返ったときには、小粒を払った客も立ち去っていた。

三

「話は分かったが、締《し》め括《くく》りのところがうまくねえぜ」

北新堀町の仙太郎が渋い顔でキセルを灰吹《はいふ》きに叩きつけた。叩き方は強くなかったのに、灰吹きの縁《ふち》がぼこっとへこんだ。

仙太郎の向かいには、七ツに雷御門で駕籠をおりた羽織の男と、さらし巻きの素肌に唐桟《とうざん》の胸元をはだけて着た男が座っていた。まだ一月だというのに唐桟一枚の身なりは、渡世人か臥煙と相場が決まっている。油断のない目の動きを見ただけでも、男が堅気《かたぎ》ではないのが分かった。

「わきから知らねえお店者に割り込まれて、しかもどこの手代かも分からねえてんじゃあ、大野の旦那に言いわけができねえ。そうは思わねえか、豊吉《とよきち》よう?」

「ですが親分、紙入れは通りがかりの連中に、しっかり見せつけてきやしたぜ」

羽織の紐《ひも》をいじりながら、豊吉と呼ばれた男が口答えした。

駕籠の客だったときとは、口調がすっかり違っていた。

「それに駕籠舁きの連中が、鐘より早く着けたのが手違いのもとだ。亮介《りようすけ》が遅れたわけじゃねえ」

雷御門に着いた豊吉に通りかかった亮介がからみ、派手な縫い取りの紙入れを亮介に見せつける、というのが元々の筋書きだった。

駕籠が刻限前に到着したことで段取りが狂ったが、亮介のせいではない。

名指しでかばい立てされた亮介は、きつい目つきで仙太郎を見ていた。それが癇《かん》に障ったらしく、仙太郎が膝元の煙草盆を手荒くわきにどけた。

「言い逃れが聞きたくて、おめえに声をかけてやったわけじゃねえ。おい、豊吉」

仙太郎からキセルを突きつけられて、豊吉がいじっていた羽織の紐をきつく握った。

「大野さんは虫の居所がわるいと、容赦なしに十手を取り上げるようなきつい旦那だ。こんな働きぶりじゃあ、おめえの面倒はみきれねえ」

仙太郎はキセルを引っ込めると、豊吉から目をはずさずに煙草を詰めた。一服したあと、煙をまともに相手に吐き出した。

「おめえがうまく潜り込んだ乾物屋も、長くは持たねえかも知れねえな」

吸い終わったキセルを豊吉の鼻先でぶらぶらと揺らせた。まるで十手をひけらかしているような手つきだった。

「そこまで言うこともねえでしょう」

豊吉の目が据わっていた。五十が近い豊吉だが、物言いの調子にも凄味が加わっている。仙太郎がキセルをおろした。

「親分には、貸しはあっても借りはねえ」

「なんだと」

仙太郎の語尾が上がった。が、豊吉は取り合わない。わきに座った亮介も目の光を強めていた。

「十手持ちと正面からことを構えると、色々と厄介だと思うから頼みを引き受けたまでだ。多少の行き違いがあったのはわるいと思うが、乾物屋をどうこうとまで言われては、いつまでも猫をかぶってもいられない」

豊吉が言い終わる前に、亮介はさらしから匕首《あいくち》を抜いていた。十手の威光で相手が怯えるものと思っていたらしく、仙太郎は部屋にだれも入れていない。思いがけない成り行きとなって、おろしたキセルを取り落とした。

「ここがどこだか分かってるんだろうな」

目明しはなんとか取り繕《つくろ》おうとしたが、器量は相手が上だった。

「無駄な荒事をやりたいわけじゃない」

豊吉が言葉の調子をわずかに和らげた。

「親分が行儀よく応じてくれりゃあ、おれたちも突き当たりまで付き合いますぜ」

「…………」

「どうです、親分？」

豊吉は自在に話し方を変えていた。

「どうしても尻尾が摑めなかった腕が欲しくて、こっちに声をかけたんでしょうが」

豊吉にあごをしゃくられて、亮介は匕首をさらしに納め直した。

豊吉は四十七歳、亮介は来年が不惑《ふわく》の三十九で、ともに浜町や茅場町の賭場に出入りをしていた渡世人である。ふたりはすでに十五年の付き合いで、ともにサイコロ博打を得意とした。

しかしいつも稼げるわけではない。負けが込んで元手に詰ると、亮介は盗みに入った。段取りを組み立てるのが豊吉の役目である。

豊吉は顔つきがおだやかで羽織が似合う恰幅《かっぷく》のよさがあり、人の気が惹《ひ》ける座持ち上手だ。賭場で仲良くなった旦那衆のうわさ話をもとに、盗みに入る先の目星をつけた。

元が鳶《とび》職の亮介は、身軽にどこにでも忍び込めた。

蔵の造りがしっかりしている大店は避けて、奉公人なしか、さもなくば家族を含めて七、八人の小商《こあきな》いに限った。そして掛売りではなく、酒屋、青物屋、魚屋、履物屋などのような、日銭《ひぜに》商売を狙った。

盗みは五両を限りとした。

有り金全部をかっさらったりすれば、騒ぎが大きくなる。ふたりには博打の元手ができれば充分だったし、小商人《こあきんど》を生き死にの瀬戸際まで追い込む気はなかった。

小商人に盗人《ぬすっと》が入ることなど、毎日江戸のどこかで生じている。それに賭場で豊吉と話をした客が盗みの被害に遭ったわけではなかったから、茅場町で盗人の被害が多発しても、貸元も客も豊吉と亮介を疑わなかった。

しかし縄張りうちを荒らされて、面子を潰された仙太郎はたけり立った。懸命に聞き込みを続けるうちに、賭場に出入りする豊吉、亮介に行き当たった。十手持ちとしての勘が、ふたりの仕業《しわざ》だと教えた。

が、それを決めつける定かなものがない。しょっ引いて身体《からだ》に訊くこともできたが、見込みだけで賭場の客に縄を打ったりすれば、貸元からきつい仕返しをされる。

貸元相手に張り合う気は、仙太郎にはさらさらなかった。

どうしたものかと思案を続けているうちに、豊吉が茅場町の乾物屋を居抜きで買い取った。博打で大儲けしたカネで、賭場が家質に押さえていた店を手に入れたのだ。

店の売り買いには、町役人五人組を間に入れての手続きが必要だ。貸元はすべての手順を踏んでおり、仙太郎には手出しができなかった。

乾物屋のあるじに納まった豊吉を、仙太郎は見張った。店に居残った小僧、手代の三人は、元のあるじを追い出した豊吉を恨んでいると読んだ仙太郎は、奉公人にも聞き込みを繰り返した。

しかしなにも出てこない。

出るわけがなかった。

店のあるじは豊吉として沽券状《こけんじょう》（権利書）の書替えをしたが、真の持ち主は貸元の妾《めかけ》である。女が持ち主では手続きが面倒だということで、豊吉が貸元に手を貸していたのだ。

仙太郎はおのれの縄張りうちのことでもあり、乾物屋には頻繁《ひんぱん》に顔を出した。店を貸元から預かっている豊吉は、無用なごたごたを嫌い、手代を通じて月々の小遣いを支払った。が、顔を合わせることは避けていた。

亮介は本所の裏店暮らしで、いまでも博打を続けている。豊吉から月に五両の小遣いをもらっており、盗みはやめていた。十二日の瑠璃光薬師のお参りは、小遣いの受け渡しを兼ねていた。そこで仙太郎と行き合った。

話をしたい相手でもなかったが、目明しを邪険《じゃけん》にもできない。気乗りしないいまま仙太郎に付き合ったら、思いのほかの話が聞けた。

「おめえたちの腕を見込んでの頼みがある。深川黒江町の駕籠舁きの宿に、紙入れを隠してくれねえか」

いままでの盗みには目をつぶると、仙太郎は言外に匂わせた。

盗みではなく物を置いてこいという頼みと、しばらく盗みをやっておらず身体の虫がうずいていたこともあり、亮介の気が動いた。めずらしく仙太郎が下手《したて》に出て頼み込むような口調だったことも気持ちがよかった。

亮介が乗り気なので豊吉も加わった。自分に振られた役回りもおもしろそうに思えたからだ。

ところがわずかな手違いが生じたことで、仙太郎がまた目明しのいやらしさを剝《む》き出しにしている……。

「乗りかかった舟を途中で下りるのは、おれも亮介も流儀じゃねえんだ」

豊吉が伝法《でんぽう》な口調で仙太郎に詰め寄った。

「しっかりケリをつけるから余計な脅しは引っ込めて、親分が描いた絵図の残りを聞かせなせえ」

言われた仙太郎は顔に血が上っていた。

四

一月二十六日は久々に朝から雨となった。それもみぞれ混じりの氷雨である。多くの職人は正月以来の仕事休みを決め込み、六ツ半（午前七時）を過ぎても掻巻《かいまき》にくるまって床から出ないでいた。

氷雨の朝に外を歩きたがる者はいない。江戸の多くの町が凍えた静かな朝を迎えていた。が、深川黒江町だけは違っていた。

「家主の木兵衛さんてえのはこちらかい？」

分厚い雲にさえぎられて朝の明るさがほとんどない六ツ半に、木兵衛の宿に数人の男があらわれた。

「あたしだが、そちらさんは？」

綿入れに袖を通しながら木兵衛が応対に出てきた。朝から見知らぬ顔に押しかけられて、見るからに不機嫌そうだ。

「おれは北新堀町で、御上《おかみ》の御用を預かる仙太郎だ。この店《たな》に、新太郎とかいう辻駕籠舁きがいるだろう」

「いるかどうかは、用向きを聞かないことには答えられないね」

木兵衛が目明しの問いを撥《は》ね付けた。

「なんでえ、その言いぐさは」

仙太郎の後ろに立った百助が、十手を突き出して怒鳴った。木兵衛はまるで動じない。

百助が身を乗り出そうとしたら、仙太郎が腕を押さえた。

「用向きが分かりゃあ答えるてえんだな」

「あたしがそう言ったんだ、なぞらなくてもいい」

「威勢のいい家主だぜ」

薄笑いを浮かべた仙太郎は、背後にいた豊吉を木兵衛の前に呼び寄せた。

「こちらは茅場町で乾物屋を営んでる豊吉てえひとだが、きのうの夕暮れめえに新太郎の駕籠に乗ったてえんだ」

木兵衛は返事もせずに仙太郎を見据えている。目明しも家主から目を逸《そ》らさなかった。

「鎧ノ渡しから浅草寺雷御門まで駕籠に乗ったそうだが、おりてから紙入れを忘れたことに気づいたてえんだ」

言葉を区切った仙太郎が、ずいっと木兵衛に詰め寄った。

「ことによると、新太郎がわけを知ってるんじゃねえかと思ってね。そこんところを当人に問い質したくて、朝から押しかけたてえわけだ。どうでえ、得心がいったかい？」

仙太郎が十手の先を、左の手のひらに打ちつけている。

「新太郎が紙入れをどうかしたように聞こえるが、あたしの思い違いかね」

木兵衛の物言いは氷雨よりも冷たかった。

「だれもそんなことは言ってねえぜ」

「だったらとんだお門違《かどちが》いだ。うちの店子に、ひとさまの紙入れをくすねるような、さもしい料簡の者はいない」

「いねえかどうかを、新太郎に問い質そうてえんだよ。いつまでも分からねえことを言ってねえで、とっとと駕籠舁きんところへ連れていきな」

焦《じ》れた百助が息巻いた。

「木兵衛さんよう……」

仙太郎が調子を変えて話しかけた。

「こっちは同心の旦那から、家捜ししてもいいてえお墨《すみ》付きをもらってるんだよ」

仙太郎がふところから包みを取り出した。雨に濡れてにじまないように、書付は油紙にくるまれていた。包みから取り出した書付を、仙太郎は木兵衛の目の前でひらひらさせたが、手に取らせはしなかった。

「新太郎がまかり間違ってたときにゃあ、家主のあんたも咎めを食らうぜ」

書付を仕舞い直してから、仙太郎はふたたび木兵衛に詰め寄った。

「もっとも、店子に不心得者はいねえと信じているようだ、案ずることもねえだろう。話が呑み込めたら、先に立って新太郎の宿に連れてきねえ」

相変わらず木兵衛は返事をしなかったが、目明しを連れて行くことは引き受けた。狭い長屋のことである。新太郎の宿にはほんの何十歩かで行けた。

いつもなら軒下に立てかけてある駕籠がない。首をかしげながら木兵衛が呼びかけると、木綿のあわせ一枚を身につけた新太郎が腰高障子戸を開いた。

「なんでえ、こんな早くから」

氷雨の冷気がきついのか、口を尖らせた新太郎が身体を震わせた。

「駕籠はどうした」

「勘弁してくれよ、木兵衛さん。そんなことで起こしにきたてえのか」

「そうじゃねえぜ」

仙太郎が前に出てきた。

「なんでえ、おめえさんは」

「北新堀町の仙太郎だ、へえるぜ」

新太郎が止める間もなく、目明し四人と豊吉が土間に入った。木兵衛があとに続いた。

土間も流しも畳の部屋も、きれいに片付けられている。部屋の真ん中には、敷布団が一枚だけ敷かれていた。

「尚平はどうした」

木兵衛の声が心配そうだ。が、新太郎は怒りで寝起きの顔が上気していた。

「尚平はどこだ、新太郎」

「ゆんべから泊まりで出かけてる」

返事はしたものの、新太郎の腹立ちはおさまっていないらしく、家主を見ようともしなかった。

「駕籠はどうした」

「今戸に預けてきた……そんなことより木兵衛さん、なんだって十手持ちがぞろぞろ押しかけてきてるんでえ」

「そいつはおれが答えるぜ」

仙太郎が前に出てきたが背丈に大きな開きがあり、新太郎を見上げざるを得なかった。

「おめえ、きのうの七ツに雷御門でこちらの豊吉さんをおろしたな？」

手招きされて豊吉が仙太郎に並んだ。

「このひとに間違いない。あんたもあたしを覚えてるだろうが」

「派手な紙入れを落っことしたひとだな」

客だった豊吉にたずねられて、新太郎は声音の尖りを引っ込めていた。

「覚えてるてえなら好都合だ」

仙太郎と百助がさらに一歩詰め寄った。

「豊吉さんは、おめえの駕籠に紙入れを忘れたてえんだ。覚えはあるか？」

「なんでえ、覚えてえのは」

またもや新太郎の顔が真っ赤になった。

「親切心から、おめえが預かっててくれてたのかと訊いてるんだよ」

「知らねえ」

新太郎が吐き捨てた。

「もう一度訊くぜ。おめえが……」

「知らねえと言っただろうが」

目明しの口を新太郎の怒鳴り声が抑えた。

「おめえがそう出るんじゃあしょうがねえ」

仙太郎がまた書付を取り出した。

「これは同心の旦那から、おめえの家捜しをしていいてえ書付だ。家主の立会いで、おめえの持ち物をいじるぜ」

言われた新太郎は赤い顔のまま目明しを睨みつけていた。が、大きな息を何度か繰り返すと、顔色を元に戻した。

「見ての通りの暮らしだ。好きなだけ探せばいい」

新太郎は両腕を伸ばして身体をほぐした。

「なにも出てこなかったときには、しっかりあいさつをさせてもらうぜ」

「御上の御用に凄もうてえのか」

「おれの流儀で尻《けつ》を拭かせると言ったつもりだが、うまく聞こえなかったか」

「ふざけんじゃねえ」

わきから百助が十手を突き出した。その腕を新太郎が軽々と掴んだ。百助が身動きできなくなり、顔を歪めた。

「そこまでにしときな」

仙太郎がおのれの十手で、百助を摑んだ新太郎の手を叩いた。

「なにもなけりゃあ、おめえのあいさつてえのを受けようじゃねえか。それでいいな」

新太郎の返事を待たず、仙太郎が十手を振って百助たちに指図をした。目明し三人は、土足のままで畳に上がった。

「出てこなかったら、畳の拭き掃除もやらしてもらうからよう」

仙太郎が薄笑いを浮かべている。木兵衛は目明したちの手元から目を離さぬよう、すぐさま雪駄《せった》を脱いで畳に上がった。

敷布団に箱膳がふたつ、ほかには壁から吊り下げられた新太郎と尚平の着替えぐらいで、家財道具はほとんどない。家捜しといっても、探す場所はたかが知れていた。

紙入れは鴨居《かもい》の神棚から見つかった。

目明しに付きっきりで一部始終を見ていた木兵衛には、文句のつけようがなかった。鷹が羽根を広げた縫取りの紙入れを手にした百助は、得意顔で土間に下りた。紙入れを受け取ったあと、仙太郎は豊吉を呼び寄せた。

「これに間違いはねえか」

「あたしの紙入れです」

豊吉がすかさず応じた。

「ゼニはどんだけへえってたんだ」

「十匁の丁銀がふたつに、小粒が五つです。ほかに、仕入れの書付が一枚入っているはずです」

「書付がへえってるなら間違いようがねえ。家主さんよう……中身を一緒に確かめてもらうぜ」

成り行きを見て顔色の変わっている木兵衛が、仙太郎のそばに駆け下りてきた。

「丁銀が二枚、粒は確かに五粒だ。それとこの書付だが……茅場町豊吉殿としっかり宛名が書いてある」

中身を一緒に確かめる木兵衛の目に、力はなかった。

「さあて新太郎さんよう……どういうわけで、豊吉さんの紙入れがおめえの神棚に納まってたのか、ゆっくり番屋で訊かせてもらうぜ」

「おれにはわけが分からねえ」

「まだそんな寝言を言ってるのかよう」

百助が十手の先で新太郎の鳩尾《みぞおち》を突いた。新太郎は歯向かう気力をなくしていた。

「木兵衛さん、おれは知らねえ」

「分かり切ったことだ」

木兵衛のほうが正気に戻っていた。

「新太郎をどこへ連れて行く気だ」

「新太郎だけじゃねえ。家主のあんたも、北新堀町の番屋まできてもらうぜ」

仙太郎の物言いに容赦はなかった。

宿の前にはなにごとが起きたのかと、長屋の住人が群がっている。雨で仕事休みになった町飛脚の勘助も、その群れに加わっていた。

「勘助、ここにきてくれ」

木兵衛に呼ばれて勘助が土間に入ってきた。

「見ての通りだ。あたしと新太郎は北新堀の番屋に行く」

「…………」

息を呑んだ勘助から返事がでない。

「しっかりしろ、勘助。ことの次第を、今戸の芳三郎さんに伝えてくれ」

「がってんだ」

正気に返った勘助がきっぱり請け合った。

今戸の芳三郎の名を耳にして、土間に立った豊吉の顔色がわずかに変わった。

五

二十六日に降り始めた氷雨は翌日になってもやまず、二十八日夕方には雪に変わった。雪は夜通し降り続き、一月二十九日朝の江戸は真っ白に染められていた。

「尚平さん……」

雪に埋もれた木兵衛店にたずねてきたのは、恵比須の芳三郎の代貸、源七である。一度の呼びかけで腰高障子戸が開かれた。

「親分が尚平さんに会いてえそうだ。すまねえが支度をしてくんなさい」

「分かった」

答えた尚平の顔は不精ひげが伸び放題で、寝不足なのか目が赤かった。なかに引っ込んだ尚平は、新太郎とそろいでこしらえた木綿のあわせに、半纏一枚を羽織っただけで出てきた。

「これを履きなせえ」

源七が藁沓《わらぐつ》を差し出した。代貸の心遣いに下げたあたまの月代《さかやき》も、手入れがされていない。新太郎が引っ張られた二十六日から、尚平はおのれのことにはなにも構っていなかった。

芳三郎は永代橋東詰の佐賀町桟橋に、屋根船を着けさせていた。

船のなかは、四隅に置かれた火鉢で暖められている。尚平が座って間をおかずに、湯気の立っている粥《かゆ》と、玉子の厚焼きに佃煮《つくだに》、梅干が運ばれてきた。

「あんた、ろくに物を食ってないだろう」

尚平が力なくうなずいた。

「寒いときは、身体に滋養のつくものを食わせてやるのが一番だ。あんたが倒れたら、新太郎さんが哀しむぞ」

芳三郎に諭《さと》されて尚平が粥に箸をつけた。最初のひと箸で食欲が目覚めたらしく、粥を三杯お代わりしたうえに、佃煮も玉子焼きもきれいに平らげた。

尚平に人心地がついたのを見定めた芳三郎は、髪結い職人にひげと月代をあたらせた。さらに、厚手の裏地で仕立てたあわせに着替えさせた。

着替えを終わったときには、尚平がすっかり生き返って見えた。

「しんぺえかけて、すまね」

「あたしがしたくてやってることだ、気にすることはない」

芳三郎と差し向かいで座った尚平の膝元に、熱々のほうじ茶が出された。湯呑みを運んできたのはおゆきである。尚平が息を呑んだ。

「この三日の間、あんたが命懸けで茅場町の手代を探しているのは分かっている。豊吉という乾物屋のあるじに、談判で何度も出向いているのもうちの若い者が見ている」

「…………」

「おゆきさんのところに泊まっていたばかりに」

芳三郎が言葉を切った。

うつむいていた尚平が顔をあげると、芳三郎の隣りのおゆきが、不安げな目で尚平を見ていた。

「新太郎さんと木兵衛さんが引っ張られるのを止められなかったと、あんた、おのれを責めているだろう」

「そんなことはねって」

「隠すことはない。それでこそ男だ」

物静かな芳三郎の物言いは、尚平を称えているようだ。

「さりとて物には限りがある」

芳三郎の口調が変わった。大きな組を束ねる親分ならではの厳しいものである。尚平が真っすぐに芳三郎を見た。

「あんたひとりで踏ん張っても、この厄介事は片付かない。意地を通すのも大事だが、ここ一番のときには、ひとの助けを受け入れる度量もいる」

芳三郎に目を合わせたままで、尚平がしっかりとうなずいた。

「目明し連中も手の者を総ざらいにして、手代を探し回っている」

知らなかったことを聞かされて、尚平の両目に力がこもった。

「向こうが先か、こっちが早いかの勝負だ。あたしに段取りを預けてくれ」

いまの尚平に異存はない。両手をついて頼んだとき、芳三郎が初めて目元をゆるめた。

二十五日の夜、尚平は初めておゆきの宿に泊まった。新太郎に強く言われてのことである。が、尚平はおゆきと身体を合わせるどころか、口吸いひとつしないままの一夜を過ごした。

おゆきが好きで好きでたまらない。

しかし新太郎が寒い長屋でひとり寝をしていることを思うと、自分だけが抜け駆けすることはできなかった。

おゆきにも、その気持ちは伝わっていたようだ。ふたりは床を並べてはいたが、手も握らずにそのまま眠った。それでもおゆきの寝顔は満足そうだった。

尚平が目覚めたのは五ツ（午前八時）過ぎである。すでに起きていたおゆきは、炊き立てのごはんと、しじみの味噌汁、それに朝から焼き魚を調《ととの》えて待っていた。

新太郎とは四ッ（午前十時）に芳三郎の宿で落ち合う段取りである。たっぷりと朝飯を食べたあと、おゆきがいれた煎茶を飲んでいるとき、今戸の若い者が息を切らせて駆け込んできた。

「新太郎さんが番屋に引っ張られたそうです。あっしと一緒に今戸に戻ってくだせえ」

尚平はおゆきと話を交わす間も惜しんで、氷雨のなかに飛び出した。今戸では芳三郎の前に勘助が座っていた。

「新太郎と木兵衛さんが、北新堀町の仙太郎てえ目明しにしょっ引かれた」

「なにをやっただ」

尚平はこれしか訊かなかった。

「きのう雷御門でおろした客てえのを覚えてるか」

「覚えてるとも。七ツの鐘に合わせて着けてくれと言った客だべ」

「その客が紙入れを駕籠に忘れたてえんだ」

「今戸に着いたあと駕籠はおらが掃除したが、そんなもん、なんも残ってね」

芳三郎の前だが、勘助と尚平はふたりだけの話を進めている。芳三郎も源七も、黙ってやり取りを聞いていた。

「ところが尚平、その紙入れがおめえたちの宿の神棚に載ってたてえんだよ」

「ばかこくな。まるで新太郎がくすねたみてえじゃ……勘助さん、それで新太郎がしょっ引かれたてか」

「北新堀の目明しだと言ったべ？」

勘助が目を曇らせてうなずいた。

「そうだ」

「この前の勝ち札のことを根に持って、新太郎を嵌《は》めただ」

尚平がきっぱりと言い切った。が、勘助は首を振った。

「紙入れを見つけたときは、木兵衛さんも一緒だ。連中が仕掛けたりする暇はねえ」

「ちょっと待ってくれ」

芳三郎が話に割り込んだ。

「おれも尚平さんの見立てと同じだ。この一件は、陰で八丁堀の同心が糸を操ってる」

「あっ……」

尚平が大声を出した。聞いたこともないような甲高い声だった。

「その客の話は嘘だ」

話し始めたときには、尚平はいつもの落ち着いた調子に戻っていた。

「あの男は新太郎にゼニを払うとき、紙入れを落としただ。通りがかりの何人かが小粒さ拾って渡したら、そいつは巾着に紙入れを仕舞っただ。それはおらが見てた」

「尚平さんの話を支えられる者が、だれかいるかね」

「ひとりいる」

尚平の答え方に迷いはなかった。

「茅場町まで駕籠をやってくれと言った、手代が見てただ」

「それは好都合だ。どこの店の手代だ」

芳三郎に問われて、尚平が黙り込んだ。

「どうした、尚平さん」

「新太郎が断わっただ。どこの者かは見当もつかね」

これで風向きがガラリと変わった。あとは大した知恵も浮かばず、勘助から何度もおなじ話を聞いただけだった。それでも尚平が嘘をついていると断言した茅場町の乾物屋は、名前が分かっていた。

「乾物屋と談判するだ」

すぐにも飛び出そうとする尚平を、芳三郎が引き止めた。

「紙入れがあんたらの宿の神棚で見つかったことひとつを取っても、目明したちは存分に手筈を調えて仕掛けている。尚平さんひとりの手には負えないだろう」

「すまねが親分、おらにやらせてくれ」

「そうか……余計な口出しをしてわるかった。あんたの好きにやってくれ」

相肩を思う尚平の胸のうちを汲《く》んだのか、芳三郎はあっさりと申し出を引っ込めた。

茅場町の乾物屋はすぐに見つかった。客だった豊吉も、番屋から戻っていた。

「あんたと話すことはなにもない。言いたいことは、番屋の仙太郎さんに話してくれ」

なにひとつ話ができぬまま、氷雨のなかに追い出された。その足で北新堀番屋まで駆けたが、ここでも新太郎に会うこともできずに放り出された。

なにもことが運ばぬまま、尚平は黒江町に戻った。鴨居には抜け殻のように新太郎の着替えが掛かっている。敷かれたままの敷布団が、新太郎が引っ張られたときのあわただしさを示していた。

おらが泊まりさえしなければ……。

この思いに責められて、ひと眠りもできないまま寒い夜明けを迎えた。
二十七、二十八の両日は、朝から茅場町の商家を片っ端からたずねて回った。
「二十五日の七ツごろ、雷御門で駕籠を断わられた手代さんはいねか」

だしぬけに、氷雨に濡れた大男から房州訛《なま》りで問われても、まともに答える奉公人はいない。尚平は話すら聞いてもらえなかった。

豊吉の店では奉公人が立ちふさがったし、番屋では六尺棒を振り回された。氷雨のなかを駆けまわっても、なにも進まない。

こころも身体もくたびれ果てていたとき、源七が迎えにきてくれた。

「手代を探すのと、乾物屋を問い詰めるのを一度に始める。この先は尚平さんも、あたしと源七の指図に従ってくれ」

「がってんだ」

気力の戻った尚平が、力強い返事をした。

六

一月二十九日の午後、茅場町の豊吉のもとには代貸の源七がみずから出向いた。

「やっぱり豊吉とはあんただったか」

「やっぱりとは、また随分なあいさつをもらうもんだ」

豊吉は座敷にも上げず、帳場前の板の間で源七と向かい合った。奉公人はすべて使いに出しており、店には豊吉と源七しかいない。互いに遠慮のない話を進めた。

「どんな裏かは知らないが、半打《はんぶ》ちの豊吉とまで呼ばれたあんたが、御上に尻尾を振るとは思わなかったよ」

「言いがかりをつけたくて、わざわざ雪道を歩いてきたのかね」

「そんなところだ」

「それで……気はすんだのか」

「紙入れ云々《うんぬん》の主《ぬし》が、あんただと確かめたかっただけだ」

源七は、相手が拍子抜けするほど簡単に座を立った。

「あんたの後ろで糸を引いている連中は、恵比須の芳三郎を相手にしている。それを伝えておいてくれ」

言い置いた源七は、豊吉を見ようともせずに店を出た。

黒江町の長屋で芳三郎の名を耳にしたときから、豊吉はこの成り行きを覚悟していた。が、それでもいいと開き直ってきた。

十五年ぶりに源七と話した豊吉は、あらためて芳三郎の凄味を肌身で感じていた。

二十五から三十二までの七年間、豊吉は芳三郎の賭場に出入りした。亮介との付き合いはそのあとである。

どれほど盆が盛り上がっても場の雰囲気には流されず、豊吉は半目《はんめ》（奇数）だけに張った。しかも勝負どころを見つけるまでは、辛抱強く見《けん》（賭けずに見るだけ）を続けた。

ひと晩に買う駒札は決まって三両。

芳三郎の客は蔵前の札差が多く、連中には三両など端金《はしたがね》である。しかし三十手前の渡世人には大金だ。豊吉は勝負と決めたら三両を一度に賭けた。

負ければさっさと賭場から出たが、勝てば次の勝負どころで六両を賭ける。この賭け方を繰り返した。四回勝ちが続けば三両が四十八両になっている。ここで勝負を打ち止めにした。

負けて文無しになるか、四十八両を手に入れるか。こんな博打を続けたことで、『半打ちの豊吉』という二つ名がつけられた。

出入りを始めて七年が過ぎた秋、豊吉は四十八両になっても駒札を引っ込めなかった。

出方《でかた》（盆の差配）も受けた。

札差相手の勝負では、百両、二百両の賭けもめずらしくはなかったからだ。勝負は豊吉が勝ち、さらに倍々の賭けが続いた。

丁半博打は丁と半の駒が釣り合わなければ成り立たない。七回勝ちが続いたところで、豊吉は三百八十四両を半目に賭けた。

丁に応じる客がいなくなり、賭場がざわざわと落ち着かなくなった。

「何千両でも賭場が受けろ」

芳三郎の指図が盆に届くと、ものには動じない大尽《だいじん》の札差がどよめいた。

さらに二度豊吉が勝ち、千五百三十六両の勝負になった。黒漆《くろうるし》塗りの千両札と紅色の五百両札、それに樫板の一両札三十六枚が豊吉の前に積み重ねられている。

ほかの客は勝負をおりて、豊吉と賭場の差しの勝負に息を詰めた。

「続けやすか?」

出方が豊吉に問うた。

気負いのない落ち着いた問いかけである。出方に見据えられた豊吉は勝負をやめた。

「おめでとうごぜえやす」

差配の目配せで、賭場の若い衆が寄ってきて駒札を数えた。勘定しおわると、間をおかずに駒に見合ったカネが運ばれてきた。千両箱と二十五両包みが二十一個、それに一両小判が十一枚だ。何万両もの金持ちのはずの札差たちが吐息を漏らした。

芳三郎は千両箱などを、わざと剝き出しで玄関先まで運ばせた。

持ち帰れるものなら持って行け。

上がり框《かまち》に置かれたカネが、豊吉に向かって吼《ほ》えていた。

豊吉は二十五両包みふたつだけを手にした。

「出すぎた真似をしやした。二度とここにはめえりやせんので、親分にはよろしく伝えてくだせえ」

その夜を限りに豊吉は今戸を離れた。


あの夜、分《ぶん》を過ぎた勝負に出た。

サイコロの出目《でめ》が仕込みだったのか正味《しょうみ》の勝負だったのかは、いまでも分からない。

しかし芳三郎ほどの賭場をまかされる壺振りなら、出目は自在に出せる。それなのに、賭場は半目を続けた。

四十八両までの勝ち負けなら、賭場は好きにさせてくれていたのだろう。踏み越えたことで、芳三郎はきつい仕置きを加えてきた。

どこまで賭場と勝負を続ける度胸があるかを試された……あの夜、出方の目を見て豊吉はそれを悟った。悟ったからこそ、その上の仕置きをされずに済んだ。

十五年が過ぎたいま、また芳三郎から試されている。源七はそれを伝えにきたのだ。歳を重ねたことで、くるならきてみろと開き直っていた。

「あんたの後ろで糸を引いている連中は、恵比須の芳三郎を相手にしている……」

源七は、十五年前の出方と同じように気負いもなく口にした。その静かさこそが、後ろに控えた芳三郎の大きさなのだ。

源七が出て行ったあとの土間を見詰める豊吉の顔に、暗い影がさしていた。

七

二月朔日《ついたち》の夕方七ツ過ぎに、消え残りの雪道に足元を気遣いつつ、亮介が今戸に顔を出した。

「親分につないでくだせえ」

博打は打っても、亮介は本寸法の渡世人ではない。ゆえに軒先での仁義も切らず、堅気《かたぎ》衆とおなじようなあいさつをした。月代もひげも念入りに手入れをしてきた亮介は、細縦縞の結城《ゆうき》紬《つむぎ》にこげ茶色の羽織を着ていた。

若い衆に案内された客間には、芳三郎を挟む形で右に源七、左には尚平が座っている。早春の陽は足早に落ちているが、庭に残った雪が薄くなったひかりを座敷に照り返らせていた。

「あっしは豊吉の舎弟《しやてい》分で亮介と申しやす。あにいからの言伝《ことづて》を届けにめえりやした」

「聞かせてもらおう」

間髪《かんはつ》を入れずに芳三郎が答えた。

二十九日に源七を差し向けたあと、芳三郎は豊吉に見張りはつけなかった。黙って行方をくらます男ではない、と相手の器量を認めていたがゆえである。

豊吉は、芳三郎の信に応《こた》えて舎弟を遣《つか》わしてきた。その男からの言伝であるなら、すぐにも聞きたかった。

「あにいとの賭けを受けてくだせえ」

これだけ言って口を閉じた亮介は、厚みのある書状を芳三郎に差し出した。

『御願《おんねが》いのこと』

豊吉の上書きは達筆だった。

書状にはこのたびの顚末《てんまつ》が細かに書き記されていた。

親分を持たない流れの渡世人で生きてきた豊吉だが、茅場町の貸元にはそれなりの恩義があると思っていた。

亮介と組んで繰り返した盗みのことが、賭場で取り沙汰されたことは一度もなかった。

ことによれば……と、薄々のところで思った者はいたかも知れない。しかし貸元が知らぬ顔をしてくれたことで、客も安心して付き合ってくれた。

貸元と豊吉が、盗みについてじかに話し合ったことは一度もない。

「博打の元手づくりも、そろそろきついと感ずる歳だろう。あんたの器量を見込んだうえで、ひとつ話があるんだが……」

貸元は豊吉の面子を立てつつ、妾に乾物屋を持たせたい、と切り出してきた。元手づくりがきついだろうと言われたとき、貸元にはお見通しだったと豊吉は察した。

亮介に月々五両の小遣いが渡り、乾物屋商いの儲けの一割が実入りになる約定《やくじょう》で、豊吉は話に乗った。亮介の稼業をやめさせることも約定に含まれていた。

乾物屋のあるじはまんざらでもなかった。

当初は先《せん》のあるじを追い出したと陰口を叩かれて、仲間内でも奉公人にも評判は散々だった。しかし元のあるじは、商家を博打の担保に差し入れた男だ。商いには気が入っておらず、夫婦仲もひどいものだった。

豊吉はひとの気を逸らさない、天性の如才《じょさい》なさが備わった男だ。『半打ち』と呼ばれたほどの、豪胆《ごうたん》な気性でもある。賭場で仲良くなった商家との取引きも加わったことで、半年を経たころには商いは着実に育っていた。

仙太郎の話はまるで気乗りがしなかった。

しかし沽券状を細かく突っつくと、脅しめいた言葉を何度も口にした。さらにわるいことに、途中から亮介が乗り気になった。

貸元には迷惑をかけたくないこと、乾物屋のあるじが楽しくなっていたこと、それに亮介が御上の手引きで腕がふるえると喜んでいることが重なり、仙太郎の話を受けた。

『芳三郎親分にかかわりのあるひとが相手だとは、思いもよりやせんでした』

それが分かっていたら引き受けなかったと、豊吉は二度、書状に書いていた。

すべてを白状したいが、目明しとの約定を破っては一分《いちぶん》が立たない。

ゆえに賭けをしたい。

負ければおのれが奉行所に願い出て、ことのすべてを白状する。茅場町の貸元には迷惑をかけるかも知れないが、七年の間、今戸で遊ばせてもらった恩義のほうが重たい。

しかし勝ったときは一切の口をつぐみ、最後まで濡《ぬ》れ衣《ぎぬ》を着せる片棒を担ぐ。

二月二日の四ツ（午前十時）に、相州《そうしゅう》藤沢《ふじさわ》宿の江《え》ノ島《しま》参道一ノ鳥居下にいる。駕籠舁きの相肩に、ここまで走ってきてもらいたい。

江ノ島には、博打を始めたときに願掛けをした弁財天《べんざいてん》がある。一身を賭ける勝負にはなによりの場所だ。

今戸を六ツ半（午前七時）に出て、遊行寺《ゆぎょうじ》が四ツの鐘を打ち終えるまでに着けば親分の勝ち。着かなければこちらの勝ち。

六ツ半出立《しゅったつ》は亮介が立ち会う。

四ツには一ノ鳥居下で待っているから、間に合ったかどうかはこちらで分かる。

「受けて立とう」

読み終えた芳三郎の答えは短かった。

八

今戸から遊行寺までは、六郷川《ろくごうがわ》の渡しを含めておよそ十三里（約五十キロ）だ。品川宿を皮切りに、川崎《かわさき》、神奈川《かながわ》、保土ケ谷《ほどがや》、戸塚《とつか》を経て、東海道六番目の宿場が藤沢である。

尚平は品川宿までの二里半（約十キロ）を四半刻（三十分）で駆けた。途中の高輪大木戸では、江戸城に急ぐ伝馬《てんま》の通過で足止めされた。先の道のりを考えた尚平は、逸《はや》る気を抑えて息を整えた。

品川から六郷までは海沿いの道である。陽をさえぎるものがなく、雪はきれいに解けていた。うまい具合に颪は追い風だったこともあり、渡し舟を下りたあたりで五ツ（午前八時）の鐘を聞いた。

川崎から神奈川宿まで道のりは二里半だが、袖ヶ浦《そでがうら》のあたりはきつい登りだ。坂道を登り切った高台は、湾を隔てて房州も眺められる景勝地である。

しかしひたすら駆ける尚平には、眺めを楽しむゆとりはなかった。首に巻いた手拭いで汗を拭きつつ、下り坂で勢いをつけて保土ヶ谷宿を目指していた。

同じころ、南町奉行所と茅場町では大きな動きが生じていた。

奉行所では急ぎ呼び寄せられた大野が、差配与力と差し向かいに座っていた。

「京で大火事が起きたとのことだ」

都からの早馬が伝えてきた知らせを、与力は奉行より聞かされていた。

「三十日朝に出火した炎は一向に衰《おとろ》えず、ついには二条城《にじょうじょう》の本丸御殿までも焼け落ちたとのことだ」

与力は目のひかりをひときわ強くした。

「江戸も町が乾ききっており、いつ大火事が起きるやも知れぬと、奉行には格別のご心配であられる。ついては大野、その方は風烈廻《ふうれつまわり》与力の配下に組み入れられた」

「はは」

神妙にあたまを下げて返事をしながらも、大野は顔をこわばらせた。

「ただいま限り、いまの役目をすべて解く。四ツには風烈廻組に出頭し、与力の指図に従うよう申し付ける」

「吟味途中のものもございまするが」

「なんと申した、大野」

与力が部下を見据えた。

「吟味方でもないその方が、なにゆえ吟味をいたしておるのだ」

「いささかわけがございますゆえ……」

うっかり口を滑らせた大野がうろたえた。与力の目がさらに強く光った。

「組替えは速《すみ》やかにとの御下命ゆえ、詮議《せんぎ》は控えるが役目違いは許さぬ。すぐさま吟味方に引き継げ」

「うけたまわりました」

役目違いは厳しいご法度《はっと》である。

しかもこのたびの一件は、木兵衛への意趣返しを狙ったでっちあげだ。木兵衛と新太郎は、手続きを踏まずに北新堀町番屋に留め置いたままになっている。吟味方が本気で調べ始めたら、仕掛けが露見するに違いない。

業腹《ごうはら》きわまりないが、木兵衛と新太郎には恩を着せて解き放してやろう。あとの辻褄《つじつま》合わせは、目明したちに算段させればいい……。

風烈廻組への出頭まで、いくらもときがなかった。大野は口惜しさまぎれの舌打ちを繰り返しつつ、番屋へと駆けた。

「たしかにその日、てまえは雷御門で辻駕籠に乗ろうとしましたが、それがなにか……」

茅場町の小間物屋、三刀屋《みとや》の手代が土間で口を尖らせた。

店の口開け早々にたずねてきた渡世人から、わけの分からない問い質しを受けたのだ。愛想のよさが売り物の三刀屋だが、邪険な応対もやむをえなかった。

「あんたの返事に、ひとの生き死にがかかってるんだ。しっかり答えてくんねえ」

やっと探し当てた相手である。今戸の若い者は相手を思いっきり睨みつけた。手代の背筋がぴんと張った。

「その駕籠の後棒んところに、ひとり先客がいただろう」

「紙入れを落っことしたひとのことですか」

「そうよ、そのことよ。あんた、その客が紙入れをどうしたか覚えてるかい？」

ひとの生き死にがかかっていると言われた手代は、懸命に思い起こそうとしているようだった。が、答える声には張りがなかった。

「あのときは乗せる乗せないで、後棒のひとと口争いになったんです」

「それでどうした、覚えてるか、覚えてねえのかどっちだよ」

「そのお客のことに、気を払うゆとりなどありませんでした」

「覚えてねえのか」

「お役に立てなくて申しわけありません」

手代が詫びた。

「これっぱかりでもいいから、紙入れをどうしたかを聞かせてくんねえな」

「ほんとうにごめんなさい」

消え入りそうに細い声の返事だ。気落ちした若い者の背中が、猫のように丸くなった。

北新堀町の番屋で木兵衛と新太郎が解き放たれたのは、五ツ半（午前九時）をわずかに過ぎたころである。

縄こそ打たれてはいなかったが番屋の狭い仮牢では、六尺近い新太郎は手足を伸ばすこともままならなかった。

朝日が斜め前から差している。

通りに出た新太郎は、目一杯の伸びを身体にくれた。

小柄な木兵衛にも牢は窮屈だったらしく、朝日のなかで手足をぶらぶらと振った。

「尚平が気を揉んでるにちげえねえ。はええとこ深川にけえろうぜ」

両手を伸ばしてまだ伸びを続けている木兵衛に、新太郎が話しかけていた、そのとき。

番屋の辻に身を隠していた今戸の若い者が、新太郎のそばに駆け寄り袖を引っ張った。

辻に植わった老松の陰で、江ノ島に向かって尚平が駆けているさなかだと、若い者は伝えた。

聞き終わった新太郎は、ひとことの問い返しもしなかった。

朝日が品川沖に見えていた。

いま、ひたすら尚平が駆けているのは、昇り来る途中の天道《てんとう》の方角である。

姿勢を正した新太郎は、深々と天道に二礼し、柏手《かしわで》をふたつ打った。

尚平の武運を祈る新太郎の声は、木兵衛にも今戸の若い者にもはっきりと聞こえた。

尚平は戸塚の松並木を過ぎて、鎌倉《かまくら》と藤沢との分かれ道に差しかかっていた。陽の高さを見て、四ツにはまだ四半刻を超えるゆとりがあると見当をつけた。

出がけに見た道中図には、この分かれ道から一ノ鳥居までは半里そこそこと記されていた。四半刻あれば充分に行き着ける。

道がゆるやかに下り始めた。遊行寺も鳥居も、この坂を下ったところだ。

新太郎、もう心配ねって。

安心した尚平は向かい風を心地よく感じたのか、ふっと目元を和ませた。

両手の振りが勢いを増しており、地べたを蹴る足のふくらはぎが、ぶりっ、ぶりっと躍《おど》っている。

尚平は新太郎の息杖を手にして走っていた。

暮れの駆け比べで新太郎が使った杖だ。

北新堀町では慌てふためいた大野が、すでに新太郎と木兵衛を解き放っていた。

尚平は知らずに走っている。相肩を思う気持ちを込めて息杖を突き立てた。

「はあん」

「ほう」

「はあん」

「ほう」

尚平はふたりの息遣いをひとりで繰り返している。

この息をすることで、尚平は新太郎と一緒に走っていた。
背中から、新太郎が強く押してくれている。
それに応えるかのように、尚平は息杖を突き立てて足を速めた。
顔に当たっている風は、都から吹き渡ってきた颪《おろし》かも知れなかった。

注・この作品は、平成十四年九月祥伝社より四六判として刊行されたものです。――編集部

解説　「格好いい」とは何かを山本作品は思い出させてくれる

文芸評論家　細谷正充《ほそやまさみつ》

本好きの間でよく使われる言葉に〝作家買い〟がある。その作家の出す本ならば、内容を気にすることなく、とにかく購入することである。作家の名前が、ブランドであり、信用銘柄であるということだ。

もちろん一冊読んだだけで、そのような信用を得られるわけではない。同じ作者の本を何冊か読み重ね、すべて面白かったとき、初めて〝作家買い〟となるのだ。そして現在の時代小説界で、多くの読者を〝作家買い〟に走らせている作家のひとりに、山本一力がいる。それだけの人気・実力を兼ね備えた存在といえよう。

山本一力は、一九四八年、高知県に生まれる。十四歳のとき、父親を亡くし上京。住み込みで新聞配達をしながら、世田谷《せたがや》工業高校を卒業する。その後、旅行代理店・広告製作会社・コピーライター・通信販売の企画など、さまざまな職業を遍歴する。そんな作者の、小説執筆の動機がもの凄い。仕事で二億を超える借金を背負い、それを誰の世話にもならず返済する道を考えて、作家になることを選んだというのだ。もちろん、小説が好きという下地《したじ》があってのことだが、借金が背水《はいすい》の陣になったといえるだろう。一九九四年から時代小説を書き始め、九七年「蒼龍」で第七十七回オール讀物新人賞を受賞した。初めての著書となる『損料屋喜八郎始末控え』が刊行された頃から、徐々に注目を集め、二〇〇二年『あかね空』で第百二十六回直木賞を受賞。受賞の会見場まで、家族四人が自転車で向かったエピソードは、あまりにも有名だ。

以後の活躍については、ことさら詳しく述べる必要もあるまい。直木賞受賞を機に、たちまち人気作家となった作者は、各誌に多数の連載を抱え、次々と新作を上梓《じょうし》しているのである。

『深川駕籠《ふかがわかご》』は、「小説ＮＯＮ」（祥伝社刊）二〇〇〇年十一月号から、二〇〇二年五月号にかけて、断続的に掲載された七篇をまとめた、連作シリーズである。二〇〇五年七月にはシリーズ第二弾『お神酒徳利《みきどっくり》』が刊行され、現在も「小説ＮＯＮ」に新作が掲載されている。

物語の主人公は、深川で駕籠舁《か》きをしている新太郎《しんたろう》と尚平《しょうへい》。後棒《あとぼう》の新太郎は、駕籠舁きとは思えないほど色白な顔の中で、濃い眉と大きな黒目が際立っている。かつて臥煙《がえん》（火消し）の纏《まとい》振《ふ》りだったが、事故で高所恐怖症になり、臥煙をやめた。老舗《しにせ》両替屋の惣《そう》領《りょう》息子だが、実家からは勘当《かんどう》されている。いかにも江戸っ子らしい、さっぱりした気性の持ち主である。

一方、前棒《まえぼう》の尚平は、安房勝浦《あわかつうら》の生まれ。肌黒で、潮焼《しおや》けした漁師のような身体の持ち主だ。故郷の草相撲で網元の息子を死にそうな目に遭わせて逐電《ちくでん》。江戸は本所《ほんじょ》の相撲部屋に入ったが、ここも訳あって追い出された。口は重いが、頼りになる男だ。

そんなふたりが、喧嘩が縁で出会い、深川の木兵衛店《きへえだな》の大家をしている木兵衛の世話で、駕籠舁きを始めて一年。今は辻駕籠稼業の生活に満足している。とはいっても、そこは鼻っ柱の強いふたり。なにかと騒動にかかわってしまう。だがそれが、新たな人間の輪を広げていくのだった。

本書の特色は、駕籠舁きを主人公にしたところにある。江戸期を舞台にした小説や時代劇でお馴染《なじ》みの駕籠舁きだが、彼らが主役を務める作品は意外なほど少ない。久生十蘭《ひさおじゅうらん》の『顎十郎《あごじゅうろう》捕物帳』の後半で、北町奉行所の例繰方《れいくりかた》を辞めた仙波阿古十郎《せんばあこじゅうろう》が、駕籠舁きをやっていたなあと、思い出す程度である。駕籠に乗せた客が襲われ、あわてて逃げ出すか、腰を抜かして座り込むというのが、多くの時代物での、駕籠舁きの役回りであった。そんな時代物の端役《はやく》を、作者はあえて主役に据《す》えた。この着想が面白い。しかも、ふたりでなければ出来ない駕籠舁きを題材にしたことで、見事なバディ（相棒）物となっているのだ。生まれも育ちも違うふたりが、互いを尊重し、理解しながら事に当たる。本書はまさに、そのようなストーリーなのだ。

たとえば本書のクライマックスともいうべき「うらじろ」「紅白餅《めおと》」。なりゆきで、大勢の人々を巻き込んだ、寒中トライアスロンの選手となった新太郎は、風邪をひいたことを隠して練習に付き合い、世話を焼いてくれた尚平に感謝し、

「その尚平が、勝負どころは大川《おおかわ》越えで、そこまでは焦《あせ》らず調子を保って走れと、くどいぐらいに念押しした。
寅《とら》、勘助《かんすけ》はともかく、源次《げんじ》にまで先を走られて、新太郎は胸のうちで苛立《いらだ》っていた。しかしここで調子を上げたりすれば、尚平を裏切ることになる。
万にひとつ、間合いが詰められずに負けたとしても仕方がないと、新太郎は肚《はら》をくくって駆けた」

のである。尚平は寒中トライアスロンに参加していないが、新太郎と一緒に走っている。だから新太郎の力は、一力ではなく、二力なのだ。しかもこれは人間のこと。1＋1＝2という数式で割り切れるものではない。重なり合ったふたつの力は、周囲の人を巻き込み、三にも四にもなっていくのである。

こうした場面は、他にも見ることが出来る。「うらじろ」「紅白餅」の後を受けたラスト

の「みやこ颪《おろし》」では、とある事情で、尚平がひとりで走ることになる。だが、やはり尚平も、新太郎の息吹きを感じながら走っているのだ。形はなくとも、たしかに存在する男同士の絆《きずな》。それがたまらなく、心地よいのである。

そして新太郎と尚平の周囲に集まる、気風《きっぷ》のいい人々の魅力も見逃せない。「菱あられ」で新太郎たちと知り合い、その男気に惚れ込む鳶《とび》の源次。嫌味なライバルとして登場しながら、しだいに別の顔を見せる大木戸《おおきど》駕籠の寅。偏屈ぶっているが、実は人情家の木兵衛。江戸の北側を預かる渡世人・今戸《いまど》の芳三郎《よしさぶろう》。坂本村《さかもとむら》で煮売《にう》りと飯屋をやっているおゆき……。新太郎と尚平を認める人は、誰も彼もが一本筋の通った、美しい姿を見せてくれる。とにかく気持ちよく、格好いいのだ。

格好いい。これは本書のみならず、山本作品を読むときの、キーワードだと思う。ここ数年、気になっていたのだが、日常会話の中で「格好いい」という言葉が出てくることが減ったような気がする。まあ、ある程度はしかたのないことなのだろう。社会はどんどん複雑になり、多様化した価値観は、単純明快なヒーローの存在を許さない。現実に鬱屈《うっくつ》し、何事も斜《しゃ》に構える人々は、目だった人間を自分と同じ場所まで引きずり落とすことで安心する。こんな時代にヒーローとして屹立《きつりつ》するのは、至難の技である。

しかし、それでいいのだろうか。言葉が衰微《すいび》するのは、その言葉の表現する事象が、衰微しているということだ。他者を「格好いい」と思えない、「格好いい」といえない社会の、なんと味気ないことか。そんな時代だからこそ、山本作品の価値は高まる。活き活《い》きと描かれた、格好いい人々の姿に、胸が躍る、心が湧き立つ。こんな人間になりたいという、憧れを抱く。時代小説というフィクションのオブラートに包んで、作者は何が本当に「格好いい」かを、示してくれるのである。それを受け取るのも、本書の深い読みどころになっているのだ。

おっと、ひとつ忘れるところだった。本書には「損料屋喜八郎始末控え」シリーズの主人公が、ちらりと顔を覗かせている。映画でいうところの、カメオ出演である。ファンにとっては、嬉しいサービスだ。

自身が暮らす深川の人情と風物をこよなく愛する作者は、本書だけではなく、多くの作品で深川を舞台にしている。「深川駕籠」と「損料屋喜八郎始末控え」シリーズのように明確なつながりが書かれなくても、ひとつの作品世界といっていいだろう。そこにも新太郎や尚平のように、爽《さわ》やかな人々が息づいている。

だから、本書が山本作品初体験の読者は、ぜひ他の本にも手を伸ばしていただきたい。作品数は多いが、どれから読むか、悩む必要はないだろう。〝作家買い〟をすればいいのだ。そのような作家を持つことは、本好きにとって、大いなる歓《よろこ》びなのである。

一〇〇字書評

深川駕籠

切り取り線

購買動機（新聞、雑誌名を記入するか、あるいは○をつけてください）	
□（　　　　　　　　）の広告を見て	
□（　　　　　　　　）の書評を見て	
□ 知人のすすめで	□ タイトルに惹かれて
□ カバーがよかったから	□ 内容が面白そうだから
□ 好きな作家だから	□ 好きな分野の本だから

●最近、最も感銘を受けた作品名をお書きください

●あなたのお好きな作家名をお書きください

●その他、ご要望がありましたらお書きください

住所	〒				
氏名		職業		年齢	
Eメール	※携帯には配信できません	新刊情報等のメール配信を希望する・しない			

あなたにお願い

この本の感想を、編集部までお寄せいただけたらありがたく存じます。今後の企画の参考にさせていただきます。Eメールでも結構です。

いただいた「一〇〇字書評」は、新聞・雑誌等に紹介させていただくことがあります。その場合はお礼として特製図書カードを差し上げます。

前ページの原稿用紙に書評をお書きの上、切り取り、左記までお送り下さい。宛先の住所は不要です。

なお、ご記入いただいたお名前、ご住所等は、書評紹介の事前了解、謝礼のお届けのためだけに利用し、そのほかの目的のために利用することはありません。またそのデータを六カ月を超えて保管することもありませんので、ご安心ください。

〒一〇一－八七〇一
祥伝社文庫編集長　加藤　淳
☎〇三（三二六五）二〇八〇
bunko@shodensha.co.jp

祥伝社文庫

上質のエンターテインメントを！　珠玉のエスプリを！

祥伝社文庫は創刊15周年を迎える2000年を機に、ここに新たな宣言をいたします。いつの世にも変わらない価値観、つまり「豊かな心」「深い知恵」「大きな楽しみ」に満ちた作品を厳選し、次代を拓く書下ろし作品を大胆に起用し、読者の皆様の心に響く文庫を目指します。どうぞご意見、ご希望を編集部までお寄せくださるよう、お願いいたします。

2000年1月1日　祥伝社文庫編集部

深川《ふかがわ》駕籠《かご》　時代小説

平成18年4月20日　初版第1刷発行

著者　山《やま》本《もと》一《いち》力《りき》

発行者　深澤健一

発行所　祥《しょう》伝《でん》社《しゃ》
東京都千代田区神田神保町3-6-5
九段尚学ビル　〒101-8701
☎03（3265）2081（販売部）
☎03（3265）2080（編集部）
☎03（3265）3622（業務部）

印刷所　萩原印刷

製本所　明泉堂

ISBN4-396-33283-1　C0193

祥伝社のホームページ・http://www.shodensha.co.jp/